童亮

著

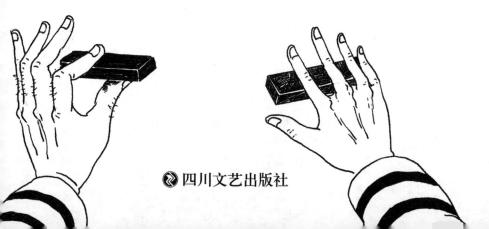

四川文艺出版社

目 录
contents

起源

阿亮的爷爷去世了。那天是正月初九。

很多熟识的人前来悼念，其中有一个人告诉阿亮，他爷爷去世的头一天傍晚，去龙湾镇的街上剪了头发，好像他在为最后一天的到来做准备。

一起来悼念的人里面有个少年。

少年跟阿亮说："你爷爷二十岁出头那年很喜欢打牌，尤其喜欢打骨牌，也玩骰子。"

阿亮不信。阿亮记忆里的爷爷是个只有烟瘾，没有赌瘾的人。后来由于肺部不好，连抽了一辈子的烟也戒了。

少年感叹说："谁没有青春过？谁没有灿烂过？"

阿亮还是不信。这位少年看年纪不过十七八岁，怎么可能知道他爷爷年轻时候的事情？

接着，少年说："你爷爷在那段时间里认识了一个名叫老罗的牌友。"不管阿亮听或不听，少年开始了他漫长的讲述。

故事

1.

老罗特别喜欢打牌，但老罗不老，长得还很好看，有狐媚相。打牌的人常说"牌品看人品"。老罗虽然输多赢少，但赢了钱请大家吃饭，输了钱也不骂娘。那时候打牌的女人相对较少，她又豪爽大气，所以很多人叫她老罗。

有一天，老罗在打完牌回去的路上忽然感觉左脚下面有一阵凉气。那时候正是夏天，天气炎热。

她脚下的凉气却一点一点地从小腿往上盘，仿佛突然生长的藤蔓，一直缠到膝盖的位置。

她觉得奇怪，便扯起裤腿脱了鞋子看，腿上什么东西都没有，没有草叶，也没有水迹。

到了家，那凉气还在，仍然缠绕在小腿上。她倒了热水洗了脚，凉气还是没有消失。

2.

老罗心里犯嘀咕，不会是昨晚打牌经过坟地的时候踩到了什么不干净的东西吧？

这时候，突然一个声音响起："我可不是什么不干净的东西，我可爱干净了。"

老罗吓了一跳，环顾四周，闺房里除了她没有第二个人。

可老罗的胆子不止这么点儿，很快镇定下来，试探地问："你说你可爱？"

那个声音又响起："我说我可……爱干净了。不是可爱的意思。"

"可"字后面拖得很长很长。

老罗心想，糟糕了，真的撞邪了。

但是她立即想到老人们常说"鬼怕恶人"，你越善良，它越欺负你。

她假装漫不经心地说道："我还以为房间里躲了个人呢，幸好只是一个不干净的东西。"

那个声音说："你不怕我，却怕人？"

老罗挤出笑容说："当然怕人劫财劫色。怕你做什么？"

老罗其实就想套出它的话来，看看它缠着她到底想做什么。

她接着说："我明天就请个道士来……"

那个声音连忙打断她："可别！我道行浅，到你这里来是避难的。我靠你救我呢，你怎么能把我赶走？"

老罗说："我一个普普通通的人，除了长得好看一点没别的能耐。我怎么能救你这样的东西？"

那个声音说："你有味儿。"

老罗嗅了嗅鼻子，问："我哪有味儿？你可别瞎说。我还要嫁人呢。"

那个声音说："我说的是你有人味儿。"

老罗骂道："你是不是傻？我是人，当然有人味儿。只有你这种不干净的东西才没人味儿！"

那个声音示弱说："不好意思，我没说清楚。我的意思是，你有人情味儿。我叫小白，在洞庭湖边一座山上修炼了些时日，因为道行浅，需要庇佑，让我免遭雷劫。我要找一个有人情味儿的人来掩盖我的气息，躲避雷劫。"

老罗这次听明白了，原来它是来渡劫的。

3.

老罗的脚上有了小白之后，赌运越来越好，总是赢钱。

老罗每次都用赢来的钱请大家吃饭，将赢来的钱花光。

经常跟她一起打牌的牌友认为她出老千，每次打牌的时候有两三个人坐在她后面盯着看，但没有发现任何异常。

如此两个月后，外地来了一个打骨牌的高手。

那个高手名叫齐黄，据说骨牌已经打得出神入化。他到处寻找同样会打骨牌的高手，一决高下，却从来没有输过。

他听人说这里有个打骨牌特别厉害的人，于是找了过来，邀请老罗跟他一起打牌。

众人起哄，希望老罗接受挑战。

老罗拒绝了。

"我不跟不认识的人打牌。"老罗说。

4.

跟老罗打牌的人越来越少。

齐黄在外宣称他是专门捉老千的高手。他放话说，老罗是老千高手，之所以不敢跟他打牌，是怕在他面前露了馅儿。

老罗置之不理，好些天不出门打牌。

小白问老罗："你怎么不去打牌了？"

老罗说："我怕你被人发现。"

小白说："你这样躲着，他是不会走的。"

5.

老罗接受了齐黄的挑战。

他们约定在老罗最常去的牌馆里打牌。

牌馆其实不是牌馆，是一个牌友的家里。那位牌友热情好客，牌友的妻子不闹脾气，还给前来打牌的人端茶倒水。所以牌友们常常约在这里打牌。赢了钱的给牌桌钱，喝了茶的给茶水钱，大家伙都叫她老板娘。

为了防止打合手，老罗和齐黄相对而坐，另外两个座位各坐一位老牌友。

牌馆里挤了许多围观的，前面的蹲了身子，后面的踮了脚。再外面一些的看不见牌桌，就等着听里面的人一层一层往外传。

洗好了牌，码好了骨牌，老罗突然说："老板娘，给我来一盅茶，多放茶叶，越浓越好。"

老板娘泡了一盅浓香的茶来。

老罗不喝，却将手伸进茶水里洗。

齐黄见状大笑，连连摇头。

打了五盘，陪打的牌友有赢有输，老罗和齐黄平手。

老罗擦了擦手，说："就打到这里吧。"

齐黄不肯，说："还没分出胜负呢。"

老罗说："我打牌就图一个开心，胜负不重要。"

齐黄笑着说："没分胜负，大家看得不开心。"

众人纷纷说是，堵在牌馆里不肯散开，不让老罗走。

老罗感觉到左脚上缠绕的凉气越来越凉，像踩在冰窟里一般。

老罗打了个哆嗦。

6.

齐黄自己把牌洗好，码了几堆，然后抽走了四张骨牌。

齐黄将那四张骨牌扑在桌上，说："老罗，打了这一局再走。为了避免我们又打成平手，我撤走四张牌。虽然骨牌没有这样打的，但是这样只剩单数堆的牌了，你我应该不会再出现平局。"

围观的牌友们纷纷怂恿老罗再来一局。

不等老罗回应，旁边的牌友帮忙抓完了牌，放在老罗面前。

老罗站起来要走。

齐黄说："这么多人等着看呢，要是你现在拔腿就走，是不是太没人情味儿了？"

老罗听到"人情味儿"这几个字，想了想，又坐了回来。

这一局，打到最后两张牌的时候，齐黄和老罗尚未分胜负。此时轮到齐黄出牌。

他将手里的牌亮了出来，两张牌都是十二点。

"天牌。"齐黄说。

这是最大的牌。

老罗打骨牌习惯将牌攥在手里，不让别人看到。大部分打骨牌的习惯这样。

在齐黄下手的牌友摇头说，这谁打得起！

那位牌友将两张骨牌扑在桌上。打不起别人的牌，就要将自己的牌背面朝天丢下，这在俗语里叫"消牌"。

轮到老罗了，老罗将两张骨牌在手心里搓了又搓，磨了又磨。

她的手里有一张也是十二点，天牌。

但一副骨牌里只有两张天牌。

7.

接受齐黄的挑战前，老罗跟小白商量过了。

小白说："如果他有天牌，你不论有什么牌，那盘都让他赢。"

老罗问："为什么？"

小白说："骨牌每张都有意义的。我是妖，与人斗与妖斗，不与天斗。"

8.

老罗将手里的两张牌扑在了桌上。

围观的人立即起哄，都说齐黄技高一筹。

老罗长吁一口气，几乎瘫软在座位上。

可是齐黄示意大家安静，然后说："我临时改了规矩，这对老罗不公平。我们再打一盘，这次真正定输赢。"

众人本来就意犹未尽，听齐黄这么说，都巴不得再看一盘。

这次老罗不想拒绝了。照她不服输的脾气，上把输了这把得赢回来才行。也就是因为这个脾气，她在小白出现之前输多赢少。

齐黄将那四张牌放回，洗牌之后另外抽了四张出去。

四人抓完牌，齐黄先出。

齐黄从八张骨牌中抽出两张丢了出来，说："斧头！"

老罗一愣。

9.

老罗今天早上出门的时候，小白又说："如果他出斧头，那盘你也要让他赢。"

老罗问："为什么？"

小白说："斧头管妖，劈山救母。"

老罗是牌场老手，自然知道"斧头管妖"的意思是斧头是幺牌里最大的，但她不理解"劈山救母"的意思。

小白说："这牌之所以叫斧头，是因为古代有斧头劈山救母的传说。斧头能管住妖怪。齐黄要是打出这个牌，就是暗示你他发现了你身上有妖气。"

老罗说："他又不是盘盘都能抓到天牌或者斧头。我还是有可能赢的吧？"

小白说："你错了，他想有天牌就有天牌，想有斧头就有斧头。"

老罗问："为什么？"

小白说："齐黄身上也有东西，并且爱打压同类。他之所以专门找打牌厉害的人一决高下，就是想欺负别人身上的仙家。别人身上的仙家要是修为不如他身上的，即使知道齐黄出老千，也不敢把自己的牌亮出来，或者赶紧把自己的牌换成别的牌。"

老罗说："真是闲得无聊！"

小白说："这可不是闲得无聊。别人身上的仙家一旦受到打压，气焰就会低下去，轻则实力大减，重则就此消散。就像人突然没了气势会显得虚弱很多，甚至一病不起。而那个仙家损失的实力会被齐黄身上的东西拿走，增强它自己的实力。"

老罗吓了一跳，问道："这么说来，要是我这次输给了齐黄，你就可能变虚弱甚至消散？"

小白说："那是当然。"

老罗撇嘴说："你道行这么浅，还需要我保护。如果我输了，你就死翘翘了。"

10.

"出牌呀！"齐黄喊道。

老罗回过神来，这才发现大家都看着她，等她出牌。

坐在她下手的牌友等不及了，已经将两张骨牌扑在桌面，等着消牌。

等着消牌的牌友说："老罗，想什么呢？斧头你还要得起不成？"

老罗笑了笑，抽出两张牌来，扑在桌面上，推到齐黄面前。

齐黄拿起他的牌，将老罗和两位牌友的牌盖在下面，摞成一堆。

赢了的牌都是这样放。这本没什么，但齐黄脸上得意的笑容让老罗恨得牙痒痒。

齐黄讥讽道："我还以为用茶水洗手有什么讲究，洗了手就能赢我？"

老罗说："你想多了。最近打牌打得多，手比较干，听说茶水洗手能保养皮肤，所以试一试。"

齐黄感到被她轻蔑了，不爽道："都这个时候了，你还关心皮肤干不干？"

老罗微微一笑，说："打牌图个乐，干吗这么认真？"

齐黄板着脸说："那你之前为什么不敢跟我打？"

老罗皱眉道："不是不敢，是不愿意。我不愿意跟不是你死就是我活的人一起打牌。"

11.

接受齐黄挑战的头一天晚上，老罗正在跟小白说话的时候，老罗的妈妈闯进了她的闺房，劈头盖脸骂了老罗一顿。

老罗的妈妈唾沫横飞地骂道："你是不是打牌打疯了？大半夜的跟自己的左脚聊什么天？你看看跟你差不多年纪的姑娘都成家

了！你再不给我争点气，后面只能捞些臭鱼烂虾了！熬夜熬到现在也不知道去煮个面给自己吃！我给你煮好了放在灶上，剁辣椒要多少你自己加！"

等老罗的妈妈走了，小白小声问老罗："你是不是承包了鱼塘？"

老罗瞄了一眼走远的妈妈，说："没呀。"

小白说："那你妈让你捞臭鱼烂虾做什么？"

老罗啐了一口，又赶紧将左腿上的唾沫擦掉。

老罗神色黯然，说："我妈希望我早点找个男人嫁了。"

小白问："你不愿意吗？"

老罗说："不是不愿意，是觉得那个人还没有来。我想再等等。"

小白说："可别等了。"

老罗问："为什么？"

小白说："哪有那么容易啊。我都等了几百年了，也没等到。"

老罗说："也没你说的那么难吧？跟我差不多年纪的，不是大多都等到了吗？"

小白说："不是大多都等到了，是大多都等不及了。"

12.

"梅花！"齐黄喊道。

老罗往桌上看去，齐黄扔出了一张十个点的骨牌。骨牌上的点形似梅花，所以叫梅花。

"出牌呀。"齐黄催促道。

老罗怒火中烧，大声道："急什么急！能不能有点耐心！老娘几十年都能等，你这一会儿都等不了？"

齐黄一脸茫然。

老罗抬手刮了一下鼻子，然后看了看手里的牌，说道："和牌吧？"

在这里，和牌有此盘作废，各不追究的意思。如果大家都同意的话，就将各自的牌都丢了，搅和在一起，洗牌重新开始。一般来说，出现有人抓错了牌或者明显能赢但是让一局的情况，才有人提出和牌。

不过骨牌里面的一点为红色，三点为白色的牌也叫和牌。与天牌地牌人牌合称为"天地人和"。和牌大过梅花。

齐黄已经等得着急了，听老罗这么说，立即摆手道："不可能和牌！我说了，一定要有胜负！"

老罗知道齐黄说的话有两层意思：第一，他不可能同意重新开始，他自信必胜无疑。第二，即使老罗手里有大过梅花的和牌，他也不相信老罗敢出和牌。出斧头已经是警告老罗——他知道老罗身上有仙家。

齐黄认为他已经捏住了老罗的命脉，老罗不敢反抗。

老罗手里确实有一张一红三白的和牌。

出，小白会死；不出，小白也会死。

13.

老罗的手指在和牌的凹点上捻磨。

出和牌大过齐黄的梅花，就违背了小白的交代。既然小白交代了，那说明那么做就会有危险。

不出和牌或者把和牌消掉，齐黄打击小白的目的就实现了，小白便会被齐黄身上的东西夺走实力，生命垂危。

她腾出一只手来，在左脚上挠了挠。

左脚上依然冒着凉气。凉气在指尖缠绕。

齐黄立即警觉地看着老罗，半开玩笑半认真地说："不会是想换牌吧？"

因为老罗之前运气突然好转，确实有人怀疑她偷牌换牌。此时齐黄这么一说，大部分围观的人紧紧地盯着挠脚的老罗。

老罗将手收了回来，咬了咬嘴唇，皱起眉头，盯着齐黄这一轮之前出的斧头看。

几位牌友见她看齐黄那边，也跟着看了过去。

齐黄身子稍稍往后一缩，说道："该你出牌了，看我干什么？"

老罗脑袋一歪，作深思状。

齐黄说："你又要什么幺蛾子？"

老罗说："我倒要问问你要了什么幺蛾子。你们都看看，齐黄出的那两张斧头怎么颜色不太对呢？"

老罗这一说，眼尖的牌友立即发现了问题。

齐黄出的两张斧头上面的白点有点暗，骨牌看起来有点旧，摸牌时不易摸到的顶角边还有一条裂纹。

那两张斧头显然是用了很久的旧牌。

而牌馆的老板娘为了这场特殊的决斗特意准备了新牌，当着所有人的面拆开的。

14.

老罗出门来牌馆的时候，出了村口又折回了家。

小白问："你怕了？"

老罗说："我老罗怕过什么？"

小白问："那你回来干什么？"

老罗不理它，在柜子抽屉里翻了许久，找出一副旧骨牌，抽了两张斧头。

小白迷惑地问："你这是做什么？"

老罗说："不与天斗就算了，人家有斧头你怕什么？我也有！"

老罗挥舞着手里的骨牌，气势汹汹。

15.

"你这斧头是假的！"老罗对着齐黄大喊。

齐黄看了一眼他面前的斧头，瞬间脸色煞白。

"不可能！"齐黄惊恐道。

他往后一退，椅子往后一倒，摔了个人仰马翻。

陪打的牌友将手里的骨牌往桌上一摔，怒道："齐黄！你出老千！"

围观的牌友们一拥而上，狠揍齐黄。

齐黄先是争辩抵抗，很快跪地求饶，然后哭爹叫娘，最后发出黄鼠狼一样咔咔的叫声。

接着，一只黄鼠狼从齐黄的裤腿里钻了出来，迅速从众人脚下钻过，从牌馆的大门那里逃走了。

众人再看齐黄，他在地上抽搐不已。

老板娘怕齐黄死在牌馆里，急忙叫人将他抬到附近的医院去。

齐黄在医院住了一晚，第二天就不见了。

医生第二天早上去看他，发现床单和枕头被咬坏了，地上落了一些黄鼠狼的毛。

毛有臭味。

16.

老罗跟齐黄打完骨牌回到家，忽然感觉脚上没有了凉气。

她心中一慌，赶紧呼唤小白的名字。

可是她没有听到小白的回应。

17.

老罗顾不上身体的疲惫，从家里走了出来，原路返回，一边走一边轻声呼唤小白。

她怕别人认为她精神不正常，不敢大喊。她又怕小白听不到，不能不喊。

终于，她走到村口的大槐树下时，一个虚弱的声音传来。

"老……罗……"

老罗急忙蹲下来，双手在地上摸索。

她在一丛狗尾巴草旁边摸到了一股凉气。

凉气缠绕在她的手指上，缓慢地往手腕处盘。

"是你吗，小白？"老罗惊慌地问道。

"齐黄身上的东西……太厉害，我已经不行了……"小白的声音越来越虚弱。

老罗着急道："我其实会出老千，但打牌的时候从来不用。这次我偷偷换了牌，但我没出老千，把牌换到他那里去了，让他出了老千，斧头变成了假斧头。你怎么还是这样了？"

小白说："是的，你没让我为难，但是你把牌换到齐黄那里……惹齐黄身上的东西生气了。它要害你，我给你挡了一爪子……我道行浅，这一下可能会要了我的命……"

老罗记起黄鼠狼从齐黄的裤腿里钻出来，经过她脚下的时候停了一下，然后往牌馆大门那里逃走了。

老罗提起裤脚，果然看到左腿上有五道抓痕。她竟然没感觉到疼。老罗抓起小白，将它盘在左脚上。

可是老罗一松手，凉气就往下滑，落在她的脚边。

小白已经无力盘在她的左脚上了。

老罗将凉气捧起，急忙往家里走。

回到家里，凉气居然渐渐变热，变烫。烫得老罗的手都拿不住。

"你怎么发热了？"老罗担忧地问。

"我要死了。"小白回答说。

"你别吓我。"老罗几乎哭出声来。

"谷发热酿成酒，草发热烧成灰。我不行了。"小白的声音小到几乎听不见。

"那你会变成什么？"老罗抹了抹眼角的泪水。

"我？"小白问。

"嗯。如果可以，你能不能也变成酒？"老罗说。

"你希望我变成酒？为什么？"小白问。

"我正在做青梅酒，前几天摘了些青梅，刚好还没买酒。"老罗说。

老罗听到了小白的哭泣声。

老罗问："你哭什么？"

小白说："没有这么欺负人的。"

老罗说："反正死都要死了，不能给我省点酒钱吗？又不是不省这点酒钱，你就不会死。该伤心我还是会伤心的，不会因为省了钱就伤心得少。"

18.

小白说："你这么说话，实在太没人情味儿了。"

老罗转身去搬了一个散发着酒香的玻璃坛来，放在小白面前。透过玻璃坛能看到里面的酒还有一半，酒里泡着十来个青梅。

小白幽幽地说："真是让人伤心……你都准备好了……"

老罗抓住玻璃坛，晃了晃。酒水随之荡漾，青梅跳跃。

老罗抱着玻璃坛说："说我有人情味儿的是你，说我没人情味儿的也是你。打牌就是有人情味儿，喝酒就不是有人情味儿了吗？

喝酒还有酒味儿呢，说不定比人情味儿更能保护你。"

"可是……我是仙家……变不成酒……"

小白的声音小得跟蚊子似的。老罗笑了。

"你笑什么？"小白问。

老罗笑着说："变不成酒没关系的，你不是蛇仙吗？蛇也可以泡酒的。像你这样的蛇，大补。"

小白问："你就这么肯定我是蛇修炼的仙家？"

老罗说："是不是也修炼这么多年了，泡酒准没错儿。我跟你说，我六叔那个酒坛才厉害呢，什么东西都放里面泡着，蛇啊、地虿子啊、蝎子啊、枸杞啊、人参啊……对了，有一次他在山上捉了只斑鸠，居然也想泡在里面……"

小白说："我头疼，我不想聊这个……"

老罗赶紧说："不好意思，我不该在这个时候……弄得我好像很着急一样。小白，其实我不急的，我可以等。"

小白发出一声长叹，说："看来无论如何，我迟早要被你泡了。"

19.

老罗的妈妈冷不丁地走进了老罗的闺房。

老罗的妈妈拉着脸说："老罗呀老罗！不打牌就喝酒，是吧？你看看你成什么样子了！醉得抱着酒坛子说酒话！别人听到了还以为我们家撞了邪！"

老罗不耐烦道："妈，能不能让我安静待会儿？"

老罗的妈妈说："我才懒得管你！外面来了个人，说是要找你。"

老罗问："谁呀？"

老罗的妈妈说："不认识。"

老罗眉头一皱，问："不认识找我干什么？"

老罗认识的人，她妈妈基本都认识。

老罗的妈妈说："那个人说前些日子在这里丢了个什么东西，问你捡到没有。"

老罗赶紧将烫手的小白捧起，慌乱地塞进玻璃酒坛里。

20.

老罗出了闺房，看到一个面容消瘦且憔悴的中年人坐在客厅。

那人手里拿着一个铜制八卦，往东南西北各个方向晃，好像拿着一个手电筒在漆黑的空间里寻找什么东西。

那人穿了一身中式绸缎衣，袖口绣着仙鹤和祥云。

那人见老罗出来，立即笑脸相迎。

不等老罗询问，那人先开门见山了。

"听说姑娘最近牌运不错，是不是捡了什么东西？"那人问道。

老罗一下子就明白他的意思了。他说的就是小白。

老罗若无其事地说："打牌嘛，看手气的，有时候好有时候坏。"

那人笑容立即消失，板着脸说："那就是不想承认啰？"

"我不明白你的意思。"老罗说。

那人点点头，说："实话告诉你吧，我是无龙山的星将道人，专门捕捉害人的妖怪邪灵。前些日子有个妖物从我手里逃脱，我循着它的气息找到了这里，就找不到了。那妖物冒充仙家，擅长邪术，在别的地方害了不少人。你要是看到了它，记得来龙湾街找我。"

21.

星将道人走后，老罗回到闺房，犹豫了一会儿，然后抱起玻璃酒坛往外走。

老罗的妈妈追出来，问道："老罗，老罗，你去哪里？"

老罗说："龙湾街。"

22.

龙湾街这一天特别热闹，锣鼓喧天。学堂里的小孩子正在列队游街。

小白从玻璃酒坛里发出好奇的声音："老罗，怎么这么热闹？"

老罗说："今天是小孩子们的节日。"

小白说："那祝你节日快乐！"

老罗说："我早不是小孩子了。"

小白说："在我们这种千年妖怪面前，你们这些人即使一百岁也是小孩子。祝你节日快乐！"

23.

龙湾街上有一个牌馆，方圆十几里算是最大的，平时五六桌，逢年过节的时候十几桌。骨牌扑克麻将色子诈金花，样样齐全。

牌馆是一个寡妇开的，姓赵名一，有一个孩子。也有人说她其实一直单身，那孩子是她领养的，名叫九饼。据说九饼被她捡到的时候，除了一个襁褓，就只有一个麻将。她翻开麻将一看，是九饼，于是给孩子取了这个名字。

当然了，认为她是寡妇的人不相信九饼这个名字的由来，说是她瞎编的。

赵一正站在门口看游街的小孩子，想从里面找到九饼的身影，不料瞥见了抱着玻璃酒坛的老罗。

赵一热情地朝老罗招手，喊道："老罗！老罗！今天怎么没打牌啊？"

老罗平时很少来龙湾街打牌。一是嫌路有点远，二是听人传言赵一在家里供了不太正经的仙儿，那仙儿专门教她邪魅之术，这样的话，很多男人愿意到她的牌馆里打牌。

老罗也理解，这样一个寡妇细皮嫩肉的，做不了农活儿，又要养活自己和九饼，只能靠牌馆挣点钱。

只有在别处没有牌打且手实在痒的情况下，老罗才来这里。虽然老罗来得少，但赵一对她却比对别人要热情得多。

老罗回答道："上午刚打过。"

赵一立即想起了什么一样，愣了一下，然后凑到老罗身边。赵一神秘兮兮地说："我听说了，你是跟齐黄打的骨牌吧？"

老罗知道这里的消息传得快。

老罗点头说："是啊。"

赵一问："结果怎样？你赢了还是他赢了？"

老罗说："你都知道我跟他打牌，还不知道谁赢了吗？"

赵一用肩膀轻轻撞了撞老罗，媚笑道："我问的不是牌面输赢。"那股媚劲儿让老罗都心底害臊。

这谁招架得住？那传言怕不是空穴来风。老罗心想。

一瞬间，老罗更相信那个传言了。赵一说"不是牌面输赢"，那就是问暗地里的输赢，也就是齐黄身上的东西和她左脚上的东西谁输谁赢。

一般人不知道齐黄和老罗一决高下的真实原因。

赵一既然知道，说明赵一不是一般人。她身上必定也有类似的情况。

想到这里，老罗心里咯噔一下。

赵一见老罗惊慌，知道自己猜对了，得意地用手指敲了敲老罗怀里的玻璃酒坛。

"你不会把它泡了吧？"赵一挤眉弄眼地问道。

老罗心想，糟糕，被她一眼看穿了！

赵一凑到老罗耳边，轻声说："酒香确实可以遮盖它的气息，避免被星将道人发现。但你这样会闷死它的。不如……你把它送给我吧。"

老罗没想到，除了星将道人，这个赵一也盯上了她。老罗慌张道："赵老板，你想截和？"

24.

老罗最讨厌被人截和了。

在遇见小白之前，有一段时间老罗打麻将手气特别差，常常在听牌后被人截和。牌友笑话她，说她衰神上了身，最好回去拜拜关二爷，把衰神赶走。

老罗回想起来，那阵子真的是运气差到了极点。帮妈妈切菜切到手指，洗完衣服发现兜里的钱没掏出来，就连走路都会莫名其妙大脚趾踢到硬石头，脚趾盖淤血好久。

似乎就是在遇到小白之后，她的运气突然好转起来。

把它送走之后，不会我的运气又变得那么差吧？老罗摸了摸怀里的玻璃酒坛，有些犹豫了。

可如果它是害人的东西，最后我恐怕要付出更大的代价。老罗想起了星将道人说的那些话。

老罗知道有些牌友打牌会做局——两三个人合伙，找一个新牌友打牌，让新牌友连赢好几次，引诱新牌友上钩，新牌友胆子越来越大，打得越来越大，那两三个人趁机收网，让新牌友输得很惨，如果新牌友输红了眼，坚信牌运还在，想把输的捞回来，于是打得更大，最后可能倾家荡产。

老罗想了想，自己这段时间牌运好得很，像极了被做局的新牌友。

她忽然有种上了当的感觉。

小白呀小白，你不会真是来害我的吧？老罗在心里对着玻璃酒坛问道。

25.

赵一听到老罗说她"截和"，愣了好一会儿才说："截和？老罗你果然是牌鬼！不过要说截和，那也是星将道人那个老头子截和。我可盯着你身上的东西好久了。在你的牌运没好转之前，我就知道它的存在。"

老罗惊讶道："你早就知道小白？"

赵一又一愣，反问道："它说它叫小白？我的天！比老头年纪还大，居然叫自己小白。真不要脸！"

听赵一骂它，老罗忍不住差点笑出声来。

赵一将老罗往牌馆里拉，一边拉一边说："这里不方便说话。"

牌馆里有很多认识老罗的牌友。有的牌友专心打牌，没看到老罗进来。看到老罗进来的牌友都会打一声招呼。

赵一拉着老罗穿过烟雾缭绕的牌桌，将她往二楼上带。

老罗从来没上过赵一家的二楼。

赵一家的一楼老罗熟悉得很，都是牌桌。二楼是赵一生活居家的地方，一般人不让上来。

有人传言说，晚上倒是常看见一个男人的身影站在二楼的窗前。那男人有时候会在窗前站许久，有好几个人恰巧看到过。因为窗户上只有黑糊糊的影子，没人知道那个男人到底是谁。

男人身影出现后的第二天，赵一便像换了一个人似的，精神焕发，笑容可掬，脸色泛红，说话的声音都比平时要大许多。

老罗上楼的时候有些忐忑。

可别碰着那个传言中只有身影的男人了。老罗心想。

到了二楼的门口，赵一掏出哗啦啦响的钥匙开门。赵一有许多钥匙，楼上楼下大门小门的钥匙，还有装牌的装零钱的钥匙。

老罗隐约听见门后面有轻微的脚步声。

老罗又想，见着了也好。我倒要看看他的庐山真面目。

玻璃酒坛里的酒水忽然搅动起来，仿佛有条被惊动了的鱼。

赵一听到水声，回头看了看老罗怀里的玻璃酒坛，微笑着说："别怕，都是自己人。"

老罗也感觉到了小白的不安。

26.

赵一推开门，老罗闻到了一股淡淡的香气，那是焚香的气味。

屋里面跟楼下一样烟雾缭绕。要不是闻到了香气，老罗还以为失火了。

老罗忍不住往四周看，却没看见刚刚发出脚步声的人，连个影子也没有。

她刚在客厅坐下，又听到卧室那边传来轻微的脚步声。

"有人？"老罗指着卧室问赵一。

赵一像是没听到，对老罗说："放茶几上吧。"

老罗将玻璃酒坛放在茶几上。虽然里面只有一半的酒，但也让老罗感觉胳膊酸痛了。

赵一去给老罗倒了一杯茶，然后在老罗对面坐了下来。

酒坛里面恢复了平静。

赵一将酒坛的玻璃盖揭开，酒香弥散开来，跟屋里的香气混在一起。

老罗听到卧室里传来吸鼻子的声音，仿佛想闻出酒的好坏。

赵一不自觉地往那个卧室方向瞥了一眼，然后对老罗说："这东西对你没有好处，不如送给我吧，或者你开个价也行。"

老罗问道："赵老板，既然它没什么用，你要它做什么？"

赵一被老罗问住了。

赵一尴尬地站了起来，又去给自己倒了杯茶，咕嘟咕嘟一口气喝完，好像渴得不行了一样，然后放下杯子，回到老罗对面坐下。

老罗看着赵一，等待她的回答。

赵一抹了一下喝茶时嘴角剩下的水，说："我先回答你上一个问题，我这里确实有人。"

原来赵一并不是没有听到老罗问她。

赵一接着说："实话跟你说吧，我身上也有东西，它让我的牌馆生意兴隆。相信你早有所耳闻。但是呢，前不久一道雷打到了我家里，它受了伤，需要你这个东西让它恢复。"

老罗已经知道齐黄身上的东西是为了吸收其他同类的实力才在牌桌上一决高下的。她自然而然地猜到赵一家里的东西也想要吸收小白的实力来恢复自身。

"不行。"老罗坚决地说。

"为什么？你把它送给星将道人，它不也是死路一条吗？"赵一问道。

老罗说："害人之心不可有，防人之心不可无。我想把它送给星将道人，是怕它害了我。我要是把它送给你，就是我害了它。"

赵一说："老罗你还挺讲道义的。不过你以为星将道人找它就不是为了他自己？"

老罗听出赵一话里有话，问道："星将道人不是好人吗？"

赵一笑了笑，说："老鼠偷粮食给小老鼠吃，你说老鼠是好老鼠还是坏老鼠？"

27.

老罗的妈妈见老罗两手空空地回来了，连忙凑上去问："老罗，你把东西送到龙湾街去了？"

老罗看着妈妈的脸，那张脸上满是担忧。

每次老罗认真地看着妈妈的时候，她觉得自己看着的像是一面镜子。认识她们的人都说她们俩像是两姊妹。她长得太像她妈妈了，她妈妈又一点儿也不显老。

但是她的性格跟妈妈完全不同。妈妈总是在忙各种家务，扫地，洗衣，洗被子，洗茶杯，擦窗户，烧饭，择菜……这个家里总有她忙的事情，忙得她顾不上打扮一下自己，顾不上去打一场牌。

老罗觉得妈妈像传说中的缚地灵，仿佛被施了诅咒，困在了这个地方。

老罗的妈妈总说："老罗，你看我忙了一整天了，你也不伸手帮帮忙。"

老罗环顾家里，看不出哪里有什么改变。

老罗曾跟小白说过这样的看法。她本来不想跟小白说这个，但是一直憋在心里没人可以说，憋得难受。

小白听了之后说，没有改变就是最大的改变啊。

28.

老罗假装听不懂妈妈的话，反问："什么东西？那个酒坛吗？"

老罗的妈妈说："不是，我说的是酒坛里的东西，你经常跟它说话的那个东西。"

老罗这才明白，原来妈妈早就感觉到小白的存在了，她以前只是装作不知道。

老罗说："我把它放在赵一那里了。"

老罗的妈妈长长地"哦"了一声，然后问："你把那个东西放牌馆里干什么？"

老罗说："赵一也想要。"

老罗的妈妈赶紧问："那你就给她了？"

老罗摇头说："我还没想好。我只是把它放在她那里保管，免得它的气息又被发现。"

"那就好。"老罗的妈妈说完，转身回屋里继续忙活她的事情去了。

老罗追进屋里，问道："妈，你是怎么知道小白的？"

"小白？"

老罗的妈妈拿起湿抹布正要擦桌子，湿抹布按在了桌子边沿却没有擦拭。

"嗯。"老罗点头。

"哦，我听人说你最近打牌总赢钱，就知道了。"老罗的妈妈说道。

老罗恍然大悟，说："原来是这样啊。"

老罗的妈妈勉强一笑，一边开始擦桌子一边说："你爸那时候也是牌运突然好转，我就知道事情不对劲儿了。"

29.

很多人说，老罗爱打牌是遗传了她爸爸的嗜好。

老罗的爸爸以前是出了名的牌鬼。可是牌运非常差，几乎是逢赌必输，但是老罗的爸爸却沉迷其中，无法自拔。老罗的妈妈没少因为打牌的事情跟老罗的爸爸吵架。

老罗并没有见过她的妈妈和她的爸爸吵架。这些往事都是认识她爸爸的人说的。

她的妈妈怀上她的时候，她的爸爸突然牌运好转，并且越来越好。

短短两三个月的时间里，老罗的爸爸几乎把一辈子输的钱都赢了回来。老罗的妈妈这时候劝老罗的爸爸不要打牌了。

老罗的爸爸不理解，说："输钱的时候你不让我打，我理解。怎么赢钱了也不让我打？"

老罗的妈妈说："你输钱的时候我只是生气，现在赢得太多我害怕。"

果不其然，老罗的爸爸连赢两三个月后忽然人间蒸发了。

老罗的爸爸消失的那天傍晚，老罗的妈妈做好了饭，然后去牌友的家里喊老罗的爸爸回家吃饭。

牌友的家离得不算远，也就三里左右。

老罗的妈妈走到牌友的家里时，发现打牌的已经散了场。老罗的妈妈问牌友："牌鬼呢？"

老罗的妈妈也跟着其他人叫老罗的爸爸牌鬼，就像后来她跟着其他人叫她的女儿老罗一样。

牌友正在收拾桌上的骨牌，听老罗的妈妈这么问，挠挠头说："我们散场了，我见他往回家的路上去了呀。"

老罗的妈妈不相信。

她说她是从家里过来的，如果她的丈夫是从这里回去的，两人必定会在路上撞见。

可是她一路走来，没见到她的丈夫。

牌友说："怎么可能？他最后一把摸到了天牌地牌人牌和牌各一对，刚好八个，又刚好是他坐庄。这牌谁也打不起，他却把牌一丢，说，不打了，我要回去了。"

在骨牌里，一个人拿到所有"天地人和"的情况极其少见。这八张牌在一起被叫作"八马"。横推八马倒，倒拽九牛回。"八马"取自这句话，意思是蕴含的力量特别大。

手拿"八马"又恰好坐庄的情况更是难上加难。

而这种很多人一生都碰不到的情况在老罗的爸爸身上发生了。

牌友说："我是头一回见人拿'八马'，他却说要回去。真是可惜！"

老罗的妈妈原路回去，还是没见着老罗的爸爸。

她将饭菜摆上桌，等到太阳落山，又等到天黑，等到饭菜都凉了，老罗的爸爸还是没有回来。她又去热了一遍，重新摆上桌。

从那之后，老罗的爸爸再也没有出现过。

老罗出生之后，老罗的妈妈才将老罗的爸爸以前常用的骨牌收了起来，放进了抽屉里。

老罗给齐黄换掉的两张"斧头"，便是从老罗的爸爸用过的骨牌里面抽出来的。

30.

老罗惊讶地问她的妈妈："你的意思是……爸爸身上也有仙家？是仙家让他牌运好转，也是仙家让他突然消失的？"

老罗的妈妈停止了擦桌子，她的手紧紧攥着湿抹布。湿抹布里的水从她的指缝里渗了出来，滴落在地上。

老罗看出来她的妈妈有些紧张。

老罗将湿抹布从妈妈的手里抽了出来，双手护住妈妈的手。那双手像刚从水里捞出来的鱼一样湿滑冰凉。

老罗的妈妈说："我不知道那是不是仙家，反正要不是那种东西，你爸爸不可能突然消失。就算他决心要走，那天也应该回来吃个晚饭，吃饭的时候告诉我他要走。你爸爸就是那种平时不作决定，吃饭的时候才说出重大决定的人。"

老罗不知道她的爸爸还有这种习惯。

老罗问："你的意思是，爸爸的消失可能跟小白有关？"

老罗的妈妈说："我不知道这之间有没有联系，但我确实想通过它知道你爸爸那时候到底发生了什么。"

老罗问："那你为什么不早说？"

老罗的妈妈说："我怕把它吓跑了，想着等你把它养成家养的了再去问。"

老罗说："小白又不是什么宠物，还分野的和家养的？"

老罗的妈妈说："那也得等你们混熟了再问比较好吧？不然它凭什么告诉我？"

老罗犯难了，吸了一口气说："这么说来，我还不能把它送走。"

老罗的妈妈说："对呀。不但不能送走，你还得跟它培养感情，这样它才会跟我说实话。"

31.

第二天一大早，老罗就去龙湾街找赵一。

龙湾街的其他店大多还没有开门，路上也没有行人。龙湾街只有这个时候才能听到柏油路两边树叶的沙沙声和树上的鸟叫声，再过一个小时左右，龙湾街热闹起来，其他细微的声音都会被鼎沸的人声遮盖。

牌馆的门却是开着的。

赵一正坐在门口的一个水桶旁边洗麻将。她将一颗颗麻将从水里捞出来，用毛巾擦干净，然后放在一个盒子里。

老罗以前不知道赵一还要这么早起来洗麻将，此时看到这番情景，倒有几分心疼赵一。

老罗刚要喊赵一，忽然左脚上一阵凉意。那凉飕飕的东西迅速往上盘。

"小白？"老罗轻声道。

"别怕，是我。"小白回答道。

老罗往赵一那边瞥了一眼，赵一的心思还在麻将上。

"你怎么跑出来了？"老罗问道。

小白说："她家里的东西太厉害，又总打我的主意。我道行浅，哪敢在她家里待着？"

"你不是不行了吗？"老罗又问。

小白说："亏得你把我放进酒里，给我降了温，我才捡回了一条小命。"

"这么巧？"老罗不太相信。

小白说："就是这么巧。我们仙家讲究知恩图报，西湖断桥边有白素贞，龙湾街牌馆前有我小白。我道行太浅，无以为报，只有以……"

"做牛做马。我知道的。"老罗说。

这时候，赵一看到了老罗，急忙站起来喊老罗。

老罗回应一声。

小白轻声道："你是来找我的吧？你还得把那玻璃酒坛拿回来。不然她知道我吓得逃出来了，这事儿传到别的仙家那里，我的名声就完了。"

老罗见赵一走了过来，没有回答小白的话。

赵一问："怎么这么早？"

老罗说："赵老板，我想了想，那个酒坛还是……"

赵一知道她是什么意思，爽朗地说："买卖不成仁义在。我去给你拿下来。"

不一会儿，赵一抱着玻璃酒坛从楼上下来了。

就在这时，星将道人不知从什么地方冒了出来，仿佛他之前就躲在附近哪个角落里，只等赵一将酒坛搬出来。

赵一见了星将道人，脸色一变，双手一颤，玻璃酒坛滑了下来，"哐"的一声，在老罗的脚边摔得支离破碎，酒水淌了一地。

32.

酒香四溢。

星将道人短促而快速地吸了十几下鼻子，仿佛一条狗闻到了让它兴奋的气味。

星将道人感叹道："这酒也太他娘的香了！"

老罗也几乎被这弥漫的酒香陶醉。她记得酒坛里的酒原本没有这么香。莫非是因为泡过小白，酒香变得勾魂夺魄了？

早知道小白还有这个作用，早该把它泡酒里的。老罗心想。

老罗喜欢偶尔喝一点酒，但是打酒是件让她非常头疼的事情。

她认识的人里面有两个吊酒师傅，一个姓邱，一个姓罗。姓邱的吊酒师傅厉害，吊的酒又香又醇；姓罗的吊酒师傅技术孬，吊的酒没那么好喝。

偏偏姓罗的吊酒师傅跟老罗沾亲带故。每次打酒，老罗的妈妈都说："他是我们亲戚，好不好喝，你都该在他那里打酒。不然人家说我们不会做人。"

老罗听了就恼火，愤愤道："我们又不是妖怪，怎么还要听别人说我们会不会做人？我们就是人，怎么做都是做人！"

说是这样说，老罗每次还是顺从了妈妈，老老实实去姓罗的吊酒师傅那里打酒。

有一次，姓罗的吊酒师傅给老罗打好酒，悄悄地说："老罗，我这个酒啊，就是酒的味道。酒嘛，就是难喝才爱喝嘛。要喝甜的，去喝汽水嘛。"

还有一次，那个吊酒师傅悄悄地对老罗说："老罗，我听说啊，邱师傅酿酒有个秘方，他每天晚上让他老婆在酒桶里用酒泡澡。头天晚上泡过的酒，第二天就香得古怪。要是打了他家的酒不喝，在酒坛里放上半年，就臭了。酒怎么会臭呢？你想想。"

老罗忍不住了，问他："你是从哪里听说的？"

吊酒师傅说："跟你打牌的那个小许，不是有点小偷小摸的习惯吗？他说他去邱师傅家里偷东西的时候看到的。"

后来老罗听人说，邱师傅光棍一条。

33.

打碎了酒坛的赵一连忙向老罗道歉。

赵一说："都怪我，我刚洗完麻将，手还没干呢。这么好的酒，可惜了！"

星将道人又连连吸鼻子，渐渐变得焦躁不安。

老罗虽然心疼，但还是安慰赵一说："没关系，没关系，我回去再泡一坛酒就是。"

老罗话刚说完，左脚就像是被一串草藤勒住了。

赵一说："太浪费了，要是不嫌地上脏，我都想趴地上把它喝了。"

星将道人瞪了赵一一眼，咬牙道："赵老板，你这是引诱我啊！"

老罗上下打量赵一，赵一自然是长得好看的，可衣服穿得规规整整，举止得体，既没有抛眉弄眼，也没有扭捏作态，没有半点儿引诱的样子。

老罗的目光还没从赵一身上收回，眼角的余光就看到星将道人往地上一扑，像狗一样伸出舌头来在地面上胡乱地舔。

舔了一会儿，他觉得不够过瘾，又噘起嘴用力地吸，发出嘶嘶的声音。

老罗大吃一惊。

赵一掩嘴笑。老罗觉得，赵一掩嘴笑的时候比平常好看多了，这才叫引诱！

星将道人的衣服沾了泥，脸上都是酒水，狼狈不堪。

可他此时已经顾不上形象了，咂嘴道："好酒，好酒啊！要是有盘油炸花生米就好了！"

赵一捡起刚才擦麻将的毛巾，擦了擦手，说："好嘞，您等着，我这就去给你弄一盘来。"

赵一刚要走，齐黄从街对面气冲冲地跑了过来。

老罗以为齐黄是来牌馆打牌的，见他气势汹汹的样子，又不像是为打牌而来。

齐黄将趴在地上喝酒的星将道人拉了起来，大喊："道长！我叫您来是捉老罗身上的东西的，您怎么还有心思喝酒！"

老罗这才明白，原来是齐黄告了密！

按星将道人出现的时间推算，齐黄在约她打牌之前就告诉了星将道人。

看来齐黄不置小白于死地不甘心啊！老罗不免心惊胆战。

老罗的妈妈跟她说过一句话——不怕贼偷，就怕贼惦记。

齐黄就像甩不掉的狗皮膏药一样，惦记上小白了。

34.

星将道人的酒量其实特别差，但特别嗜酒。关于这件事，赵一再清楚不过了。

赵一还知道，星将道人就是因为偷喝了酒被他师父赶出道观的。

那个道观坐落在离龙湾街不算太远的大云山。赵一每逢端午节、中秋节，都要去大云山拜一拜。

大云山有寺庙有道观，还有个废弃的书院，寺庙里面有佛像，道观里面有神仙像，书院里有圣人像。赵一都去拜。

对她来说，无论是哪一尊像，都跟牌馆里的客人一样，只要可以让她生意兴隆，就不分彼此。他们私底下交情怎样，打没打过架，跟她赵一没关系。

每次下山的时候，赵一都会在山下歇一歇，在山下的茶馆里喝点茶。

星将道人的事情，赵一是在茶馆里听来的。

茶馆里有个伙计说，有一次别人桌上的酒洒了，星将道人居然趴在桌子上把酒吸得干干净净，都用不着他去擦。星将道人的师父气得胡子都翘起来了，骂他丢了修行人的脸。你猜猜星将道人说什么？他居然跟他师父说，酒是粮食精，越喝越年轻；酒是粮食做，不喝有罪过。他师父气得大骂"畜生"，说，既然酒越喝越年轻，你还修什么行！

其实星将道人因为喝酒被师父斥责过许多回了。但是这一回他顶了嘴，师父便不再原谅他，将他逐出了师门。

35.

赵一知道星将道人嗜酒如命，故意打碎了酒坛。

星将道人知道赵一是故意打碎酒坛的，但他实在禁不住酒香的诱惑。

即使齐黄跑出来警告，星将道人也听不进去了。

星将道人已经迷迷瞪瞪，站立不住。齐黄拉着他，就像是提着一条挂面。

老罗从桶里抓了一把麻将，狠狠地砸向齐黄。

齐黄被麻将打了个措手不及。

老罗狠狠道："齐黄，你这个卑鄙小人！"

齐黄松开瘫软如泥的星将道人，指着老罗骂道："你才是卑鄙小人！你偷换了我的牌！"

老罗道："你不是要跟我比打牌的本领吗？换牌也是打牌的本领！你技不如人，还好意思说我的不对！"

齐黄一时不知道如何反驳，晃着手结结巴巴道："你你你……"

老罗也不想跟他多费口舌，转身走了。

赵一在老罗身后喊道："慢走啊！有空来这里打牌！"

36.

老罗回到家。

老罗的妈妈问："回来啦？"

老罗说："回来了。"

老罗的妈妈听了，放心地做自己的家务去了。

老罗回到闺房，将左脚搁在床沿上。她今天起得太早，现在困意上来了，连连打哈欠。

小白先说话了。

小白说："我还以为你会害怕齐黄呢，毕竟是你出了老千。"

老罗说："还不是你逼的？天牌要让，斧头也要让！受窝囊气！"

小白说："我不是道行太浅嘛……龙游浅滩遭虾戏，不让着点儿活不到今天。"

老罗笑道："你还龙游浅滩呢？你就是虾！"

小白也笑了起来，笑得浑身在颤。老罗感觉到左脚像是被电击了一样麻酥酥的。

小白笑着说："我虾！我虾！"

老罗忽然收住笑容，一本正经地问道："那个星将道人说你之前害过不少人，你这个虾……是怎么害人的？"

小白为难道："这个……就别说了吧……"

老罗说：“那不行，你在我这里渡劫，你安心了，我不安心。我得知道你到底是个什么样的妖怪。”

小白说：“我是仙家……”

老罗说：“害人的也叫仙家吗？”

小白说：“嗐，不过是欠了许多风流债。”

老罗本来也没想逼问小白，听小白这么一说，顿时来了精神。

老罗兴奋地问：“风流债？哟？这个我感兴趣！快给我说说！是哪里的姑娘？长得好看不？你是怎么辜负人家的？”

小白说：“这个说来话长了……”

老罗张开嘴打了一个大大的哈欠，摆手说：“那算了，下回说吧，我要睡个回笼觉，不然下午没精神打牌。”

小白说：“就说上一个姑娘吧，其实住得离这里不太远，长得可好看了，看起来秀气文静，可她偏偏喜欢脸上有刀疤的……喂，老罗，你在听没有？喂，喂，你怎么睡着了？”

37.

老罗睡到中午才起来。

要不是老罗的妈妈炒的辣椒太辛辣，老罗还能继续睡。

老罗从满屋子辛辣味中醒了过来，坐在床上大喊：“妈——你能不能少放点辣椒！我都要呛死了！”

老罗的妈妈拿着沾了许多辣椒籽的锅铲从厨房冲到老罗的闺房，用锅铲指着老罗，火冒三丈道：“你来炒！”

老罗顿时蔫儿了，她从来不做菜的。

辛辣味中多了一股煳味，老罗的妈妈赶紧折回了厨房。

小白的声音从脚下传来：“老罗，能不能跟你妈好好说话？”

老罗说：“关你屁事！”

小白半天没有说话。

老罗吃完饭，又去找人打牌。手气还是好得很。

牌桌上一位年纪比较大的牌友说："老罗，你这手气真是挡不住啊！莫非你爸爸走的时候给你留了什么东西？"

老罗一边摸牌一边说："我都没见过我爸，他能给我留什么东西？"

那位牌友点头说："也对。你爸那时候破了相才运气好转的。你脸上连个印子都没有。"

老罗问："破相？我怎么不知道？"

那位牌友说："别说你了，连你妈妈都以为你爸爸是不小心弄伤的。那时候你爸爸总是输钱，于是找人看了相。看相的人说，从面相上看，他就是没有牌运的命！要想赢钱，只能打破先天格局。你爸爸就问，怎么打破先天格局？看相的人说，既然面相是这样，那破就可以了。你爸爸是个狠人，还真在脸上弄了一道刀疤。"

老罗听了，感觉脸上隐隐作痛。

那位牌友说："还别说，从那之后，你爸爸的牌运果然越来越好了。"

38.

回家吃完晚饭，老罗本来又要出去打牌的。结果外面下起了雨，电闪雷鸣。

左脚上的小白微微颤抖。

老罗拿了一把伞。

小白连声音都开始颤了。

"这样的天气……你还要去打牌啊？"小白问道。

老罗说："不然呢？"

小白说："你就不怕雷劈到我？"

老罗走到外面，撑开雨伞，走出屋檐。

雨水打在紧绷的伞布上，如击鼓一般砰砰作响。

老罗再要抬脚，却发现左脚被拽住了，走不动。

小白说："今晚你不能出去。"

老罗恼火了，凶巴巴地说："我妈都不管我，要你管我？"

小白说："老罗，我就跟你说吧，你现在要是出去，以后就回不来了。"

老罗一惊。

小白接着说："你从这里往牌馆走，是不是要经过前面那条河？"

老罗说："是啊。"

小白说："那就对了。这暴雨来得急，河水已经涨到桥面上来了。你要是从桥上过去，就会被脚下的水冲倒。然后大概两三天之后，才会有人在下游三四里的草丛里面发现你。"

老罗起了一身鸡皮疙瘩。

老罗深吸了一口气，说："小白，你也太过分了吧！不就怕我出去打牌吗，这样吓唬我？"

小白淡淡地道："老罗，我没有吓唬你。你命中有这么一劫。你以为只有我们妖怪需要渡劫吗？人也要渡劫的，尤其是命好的人。命太好了，上天也会妒忌。红颜薄命，天妒英才，其实人们口中常说的这些话就蕴含了这些道理。"

老罗将信将疑。

39.

老罗最终没有出去打牌。她将雨伞放在大门口，回到自己的房间睡闷觉。

因为雷声，也因为心情不畅快，她在床上翻来覆去，一直没有睡着。

不知道过了多久，在半梦半醒的时候，她听到一阵轻微的脚步声从外面传进来。

她想抬起头去看，可是身体动不了。

她意识到有些不对劲，想喊小白，可是她发不出声音。

脚步声越来越近，越来越近，最后在她的床边停住了。

老罗看到一个人影站在她的床边。因为此时天色已晚，那人背对着窗户，她看不清那个人的脸。

窗外偶尔有闪电，屋里随之一亮，但很快便又重新滑入黑暗之中。在闪电的时候，老罗看得稍稍清楚一些。她觉得这张脸似乎有些熟悉。这种感觉实在是太奇怪了。

那个人影俯下身来，在老罗的耳边小声地说："你这个时候应该浸在冰凉的河水里面，不应该在这里。"

那声音里透着刺骨的寒意，让老罗瞬间浑身寒冷。

那个人影喃喃道："是谁让你避过了这一劫？"

老罗将牙齿咬得死死的，生怕说出"小白"二字。

"迟早我会知道的。"那个人影说道。

然后，那个人影渐渐远去，脚步声也逐渐远去。

40.

那个人影走了好一会儿，老罗才慢慢舒缓过来。

老罗心有余悸地问："小白，刚才是怎么回事？"

小白说："梦魇。你们常说的鬼压床。"

老罗说："刚才那个人问我为什么躺在这里……"

小白打断她，说："所以你应该感谢我，我救了你一命。说起来……我不应该参与这些事情的。该发生的就让它发生。顺其自然，本该是我们这些仙家最擅长的事情……"

老罗问："天机不可泄露吗？"

小白说："是啊，泄露天机是会遭到惩罚的。"

老罗问："怎么惩罚？"

小白说："只有天知道。"

老罗问："这么说来，小白你会算命？"

小白说："不要说得那么土，好吗？我这本领叫预知未来！"

老罗说："那不是跟算命差不多吗？喂，你帮我算算姻缘吧！我那个命中注定的人什么时候会来？还要我等多久？"

小白说："哪有什么命中注定的人！没有！"

老罗一惊，问道："什么意思？我这辈子要打光棍吗？"

小白不耐烦道："老罗，你是个女的，怎么能叫打光棍？"

老罗说："我要孤独终老吗？"

小白说："看把你吓的！我的意思是世上没有命中注定的人，不是说你。"

老罗问："怎么就没有命中注定的人？"

小白说："人的寿命太短，见的人有限，只能在合适的时间里，在认识的人中找到所谓"命中注定"的人。曾经有个人是另一个人命中注定的人，却因为其他事情耽误了时间，没有及时在对方认识的人里面出现，他们因此错过了。世上很多人都是这样的，但是因为没有遇见，所以也就没有痛苦。他们错把恰好遇见的人当作命中注定。"

老罗说："可是如果是命中注定的人，不应该什么都阻止不了他们见面吗？"

小白说："呵！你说得容易！人人都会说，活着不应该做自己喜欢的事情，跟喜欢的人在一起吗？可是有多少人能只做自己喜欢的事情，最后跟喜欢的人在一起？喜欢都难以得偿所愿，还谈什么命中注定？"

老罗默然。

41.

其后好几天，老罗生了病一般难受，去看医生，却检查不出任何问题。

小白说："老罗，这就叫不死也得脱层皮。你的身体本来应该入土为安了，现在却还活着，当然一时之间难以适应。"

老罗有些相信小白的话了，但还是犟嘴道："我又不是蛇，为什么要脱层皮！"

小白沉默了一会儿，说："你的爸爸就是因为没躲过去才离开的。"

老罗没想到小白主动提到了她的爸爸。她本想过些时候再试探一下小白的。

老罗怔了一会儿，问道："我爸？"

小白说："是啊。我不想你像你爸一样。"

老罗追问道："我爸身上到底发生了什么事情？他身上是不是也有仙家？他是不是因为仙家突然转运的？"

小白说："我给你泄露的事情已经够多了，不能再说了。不然的话，你和我都会遭受厄运。"

老罗着急道："我不在乎！"

小白说："但是你的妈妈在乎！你的爸爸已经离开了她，你再离开她的话，她能承受得了吗？"

老罗愣住了。

小白说："你身体还没好，多休息休息。到了你该知道的时候，自然会知道的。"

42.

在老罗休养的几天里，那个人影频繁出现。

他有时候出现在她的床边，有时候站在窗外往里面看；有时候说两句话，有时候沉默不语。

每次那个人影出现的时候，老罗都躺在床上动弹不得。

清醒的时候，老罗问过小白，那个人影到底是什么来历。

小白也不知道。

老罗休养的第七天晚上，那个人影又出现了。

老罗感觉这一次比以前任何一次都要压抑许多。她仍然躺在床上，那个人影站在床边。老罗看他，就如从山崖坠落时看着站在山崖上的人一样。那个人影的眼睛透出凌厉的光芒。她像下一刻就要粉身碎骨那么恐惧。

那个人影说话了。

"你知道吗？如果你七天前掉进了河里，今天就是你的回魂夜。"他说。

老罗看到他身边忽然多了一个人。

虽然多出来的那个人跟他一样看不太清楚脸，但是老罗一眼就能认出那个人就是她自己！那脸型，那身材，以及散发出来的那种每个人独有却难以言说的气质，都确确实实让老罗无比确定那个人就是她自己。

老罗看到她自己浑身湿透了。头发耷拉在脸上，衣服紧贴着身体，似乎还有滴滴答答的滴水声。

这一幕太诡异了。但老罗心里明白大概是怎么回事。

那个人影居高临下地说："你现在可以告诉我，是谁让你避开了劫难吗？"

老罗想要摇头，但脑袋却无法动弹。

无须老罗摇头，那个人影似乎已经感觉到了老罗的意思。

那个人影说："你不想告诉我，是吧？但是我可以告诉你，没有谁无缘无故会帮你渡过劫难，因为这样对他的损耗特别大。"

接着，那个人影又俯身到老罗耳边，轻声说："帮你的，不一定是好东西。而我，不一定是来害你的。你真不打算告诉我吗？"

老罗呼吸困难，仿佛胸口被一股巨大的力量压迫着。

过了一会儿，那个人影直起身子，说："还不想说？没关系，我还会来找你的。"

他略微侧了一下脸，老罗看到他的颧骨非常高，仿佛一座山峰。

他对着老罗的身影说："你去吧。"

老罗的身影朝着老罗走来，往老罗身上倒下。

老罗下意识里想要躲避，可是此时她连根手指头都动不了。

当她的身影在她身上消失时，床边的那个人影也消失不见了。

在那个人影站着的地方，只有月光透过窗棂后落在床边的几道阴影。

43.

难受了七天之后，老罗恢复了往日的状态。

她重新活跃于牌桌之上，依然赢多输少。可她感觉没有以前那么快乐了。

一次打完牌回来，老罗将赢来的钱铺在桌上，一张一张地数，一边数一边问小白："小白，你说为什么好多人喜欢打牌？"

小白说："想赢钱吧？"

老罗说："当然。可是长期打牌的人，只要不乱来，有时赢有时输，总的来说赢赢不了多少，输也输不了多少。你说图个什么？"

小白说："打发时间？"

老罗说："不论怎么说，总得图个什么吧？"

小白说："我又不打牌的，我哪里知道？"

老罗低下头，往桌子下的左脚瞄了一眼，说："那你总帮我，是图个什么呢？"

小白沉默了一会儿，说："你怀疑我？"

老罗说："你也别怪我，我总觉得……嗯……你的目的不止是渡劫这么简单。这世上有人情味儿的人不止我一个。"

小白又迟疑了一会儿。老罗感觉到它在她的脚上缓慢盘旋，仿佛一条缠在她脚上的冰凉丝带被轻轻抽走。

老罗说："你别生气，我有这个疑虑，也是人之常情。我又不知道你以前做过什么，是什么样的性情。"

小白叹了口气，说："我上次正要跟你说，你却睡着了。"

老罗说："今天我不困，你说吧。"

44.

小白说，它在来这里之前，本来是想让另一个人遮掩它的气息的。那个人有个特殊的癖好——喜欢脸上有刀疤的男人。

那时候小白的修为离化身为人还差了那么一点点。它能幻化成人，但总有一点点缺陷。再渡过一次雷劫，它才能变成跟常人没有区别的模样。

算是机缘巧合，它变成了一个脸上有些缺陷的人找到了那位姑娘。

在选择那位姑娘之前，它花了许多时间去了解她。

她叫杭杭，长得好看，平时爱唱戏，时不时会哼唱几句，偶尔还教几个学戏曲的学生。不过她教得也不算认真，权当是闲事。

它最初假装成想学戏曲的学生，在她教学的地方听了几节课。

在它悄悄溜进教室的时候，杭杭就看到了它。

它注意到杭杭的目光落在它的脸上，落在脸上的那道刀疤上。

它知道，它已经引起了杭杭的兴趣。

它才坐了一会儿，杭杭就叫它坐到离她近一些的椅子上去。

"教室大，坐远了听不清。"杭杭对它说。

在杭杭教戏曲的时候，常有无关的人溜进来。溜进来的人心思不在戏曲上，全在杭杭身上。尤其是杭杭扬起水袖示范身段的时候，那些人的眼睛几乎发出光来。

不得不说，杭杭穿起戏袍唱起戏曲的时候，真真是妙不可言，一颦一笑皆是风流韵味，恍若谪仙人，却又在红尘中。

等她唱完，听的人好像中了邪一般，要好久才能回过神来，才醒悟自己是一直坐在这个教室里，没有去过别的地方。

"太仙儿了！"听过杭杭唱戏的人都这么夸她。

即使它是抱着其他目的来的，也无法一直保持清醒。

45.

小白说，它听了好几次杭杭的戏曲课之后，终于鼓起勇气说要跟她学。

"你是真的喜欢戏曲吗？"杭杭问它。

它说："是。"

它没有说谎，在很久以前，它就喜欢戏曲的腔调。

小白说，当它刚刚有了人的智慧，能听懂人的语言的时候，它听到的是戏曲，看到的是戏子。它听着戏子咿咿呀呀地唱着，生旦净末丑轮番上台，以为那就是人世间的事情。它为此着迷，心里想着，人世间的事情可真有趣！它一会儿为之欢喜，一会儿为之落泪。

等到它的智慧更多一些，它才发现原来自己身居戏院之中。真正的人世间发生的事情在戏院之外。

戏院之外的人不咿咿呀呀地说话，也没有生旦净末丑的脸谱。

它了解真正的人生之后，非常失望。

戏曲里每个人的人生都太精彩了，太惊心动魄了。可真实的人大多平淡无奇，碌碌一生。

46.

因为对人生的失望，小白还为此痛哭过一回。

小白说："早知道人生如此无聊，我就不修行了。现在就像是降落在人世的婴儿，除了继续生长，已经没有了退路。"

杭杭说："那你只能演丑角。"

杭杭伸出一只手来触摸它脸上的刀疤。

它一动也不敢动，如同石像一般。它感觉到杭杭触摸刀疤的手指非常烫，仿佛烧红了的铁，让它万分痛苦，却心甘情愿忍耐这样的痛苦。

杭杭收回了手，问："可以吗？"

它连连点头。它忽然因为脸上这道刀疤而羞愧不已。

一时之间，它以为自己就是来学戏曲的，差点儿忘了来这里的真实目的。

杭杭说："无丑不成戏，生旦净末丑，丑行虽然排在末尾，但地位最高。戏班里装道具的箱子，只有丑角才敢坐。上台前，只有丑角化完妆，其他人才敢化。赶庙会唱戏前，戏班子要跪拜磕头，只有丑角不管年龄大小资历高低，都可以不磕头。"

它连忙说："没事的，没事的，我不在乎是不是排在末尾，你能让我学，我就很知足了。"

其后大约一年左右，它一直跟着杭杭学戏曲。

在那一年多的时间里，它的气息一直没有被其他人或者仙家发现，也安然度过了好多个雷雨交加的夜晚。

因为它最早是在戏院认识人世间的，它跟着杭杭学戏曲的时候进步特别快。有一次一个戏班子在附近搭台唱戏，它上去演了一段，竟然博了满堂彩。第二天那个戏班子就收台走人了，说是此处有高人，就不在这里丢脸了。

但是杭杭总说，它可以做得更好一点。

这让它很不服气，觉得自己的能力不被认可。有一段时间，它常常冒出放弃戏曲离开这里的想法。

不过那段时间没有持续很久，因为它想明白了。它是为了渡劫来学戏曲的，不是为了戏曲来渡劫。就像世间的人，吃饱了饭就想着名和利，不给他饭吃了，他就一心想着吃饭。

小白说："像我这样道行很浅的仙家，能不遭雷劈就应该感恩了。"

47.

一年之后，杭杭又收了一个徒弟。

那个徒弟的脸上也有一道刀疤。

小白说，那个徒弟一看就来路不正。

那个徒弟自称隶梓，腰间天天悬挂着三枚铜钱，无论走到哪里，铜钱都撞得叮叮当当响。

它无法阻止杭杭接收新徒弟，只能接受现状。

它问隶梓那三枚铜钱是什么意思？

隶梓说，分别代表天、地、人。

它其实知道这是捉妖师的标志。捉妖师按照等级从低到高，腰间悬挂一枚到九枚铜钱。这个隶梓是三枚铜钱的捉妖师。

对它来说，所有与妖作对的人都是来路不正的人。

最先它不知道这个捉妖师是不是冲着它来的，处处提防。过了一段时间，它发现这个捉妖师好像没有注意到它。

它不禁暗自高兴。杭杭果然是个遮掩气息的好去处！近在眼前的捉妖师都嗅不到它的气息。

这个捉妖师学戏曲只学生旦净末丑的净行，且只学净行里的白脸。

净行俗称花脸，不同的人物性格有不同的脸谱，分为红、黑、白、黄、蓝等颜色。其中白脸又叫奸白脸，扮演阴险、凶残、狡诈之徒，都是老奸巨猾的反面人物。

后来，杭杭问他为什么只学白脸。

隶梓说，世间的妖怪大多老奸巨猾，他要识得所有狡诈之徒，就能从形形色色的人中找到隐藏其中的妖怪，收了它们，替天行道！

杭杭听了，捂住嘴笑。

隶梓问："你笑什么？"

杭杭笑着从腰间的一个小荷包里掏出连成一串的九枚铜钱来。

隶梓愣住了。

杭杭见他目瞪口呆的样子，笑得花枝乱颤。

"学白脸有什么用？你学的是人，又不是妖怪！只有妖怪才知道妖怪是怎么想的。"杭杭说。

48.

小白说，它听到杭杭和隶梓的对话之后，决定赶紧离开。

它万万没想到杭杭居然是九枚铜钱的捉妖师。它本来是想找个庇护之所，没想到闯到捉妖师的地盘来了。

但是它也心存疑虑。杭杭既然是级别最高的捉妖师，为什么没有发现它的气息？或者说，为什么发现了它却不捉？

虽然它觉得杭杭的行为古怪，但它不敢说，更不敢去问。

它准备离开的那个夜晚，杭杭突然来找它。

那时候它正在收拾行李。其实它没有什么行李，只有两身换洗的衣服。但是它离开一个地方的时候，要将它残留的气息都收拾干净，免得被其他人或者同类发现。

它以为一切收拾妥当，准备离去的时候，杭杭在门口出现了。

杭杭是穿着戏服来找它的，两条水袖拖地而行，脸上擦了胭脂粉黛，仿佛马上就要登台唱戏了。

杭杭瞥了一眼它收拾好的衣服，然后在桌子旁坐了下来。

她将长长的水袖挽起。它这才看见她的手里居然拿着一个装骨牌的盒子。

杭杭将骨牌往桌上一摆，说："跟我打一盘牌再走吧。"

小白说，它是道行很浅的仙家，杭杭是九枚铜钱的捉妖师，自己不是她的对手，只好放下衣服，在杭杭对面坐下。

它会打骨牌，最早在戏院的时候，它就常常看到谢幕之后的戏子们聚在一起打骨牌。这些戏子忽然之间完全没有了戏台之上显露出来的气质，个个变成了挽袖瞪眼的赌徒。

这时候小白似乎突然开悟了。原来人也是可以像妖怪一样变幻成其他人的。

人也是妖怪，只是他们不自知而已。它就是在那个时候学会打骨牌的。

它对杭杭说："骨牌是四个人打的，我们两个人怎么打？"

杭杭说："每人一半，不就可以打了？"

它为难道："每人一半的话，你知道我的牌，我也知道你的牌，怎么打？"

杭杭笑了笑，说："对呀，你清楚我的底细，我也清楚你的底细，这才好玩！"

它听出杭杭一语双关，不敢回话。

杭杭将骨牌分成两半，自己拿了十六张牌，另外十六张推到小白面前。

杭杭没有看牌就问："你觉得是你会赢，还是我会赢？"

它瞄了一眼自己这边扑在桌上的牌，虽然没有翻开来看，但是感觉到自己的赢面非常大。

小白说因为它能预知，所以出牌之前就能感受到自己能不能赢。也是因为这种能力，它才能帮助老罗逆转牌运。

它想了想，说："如果我赢了，你会放我走吗？"

杭杭说："来都来了，走就没那么容易。在你来之前，也有一个人来找过我，我说我帮不了他，他就在自己的脸上划了一道伤疤。"

它心中一惊。

杭杭说："看来很多人知道我喜欢什么样的人了。"

它这个时候才知道，杭杭早就看穿了它。

杭杭继续说道："其实呢，我故意让人知道我的软肋，这样的话，凡是来找我的人，如果脸上有道疤，我就知道，那个人必有所图。"

它噤若寒蝉。

杭杭说："隶梓就是这样进入了我的陷阱。现在你不用担心了。我把他的骨头做成了衣架，专门用来挂白脸的道具，也算是让他如愿了。"

它打了个冷战，问道："你……把他杀了？"

杭杭从腰间拿出一个小荷包，打开小荷包往桌上一撒，一串铜钱掉了出来。

它数了数，铜钱刚好十二枚。

"这又不是第一回了。"杭杭说。

它惊问道："原来那九枚铜钱……也是……"

杭杭点头说："是，也是其他捉妖师的。"

它茫然问道："那你是……"

杭杭点头说："是，也是妖。"

小白说，当时它如被雷击一般，浑身发麻。

杭杭见它呆若木鸡，笑了笑，说道："你能让人转运，我也能让人转运，今天我们就较量一下，看看谁的运气更好。"

它稍稍舒缓一些，说："虽然你的修为比我高太多，但我感觉这盘牌我的赢面大。"

杭杭嘴角一弯，指了指它面前的牌，说："那你看看牌。"

它没有将牌翻起来看，而是伸出大拇指一张一张地摸牌面的凹点。

十六张牌摸完，它的信心一泻千里。

大牌都在杭杭那边，它这边的牌是不可能赢过杭杭的。

它颓然道："我的预知竟然是错的！"

杭杭摇摇头，目光温柔地看着它，说道："不，你的预知是对的。"

它说："我没有能大过你的牌。"

杭杭说："我知道我的牌比你的好，但我会让着你，把牌都消掉。"

它不敢相信："问道，为什么？"

杭杭邪魅一笑，说："我这个年纪已经很少对男孩子心动了，你是第 5961 个。"

49.

老罗抑制不住地喊道："天哪，不要脸！小白，你少说也有几百岁了，还是男孩子？"

小白说："在杭杭面前，我这个年纪确实还是男孩子。"

老罗笑道："好吧，你在她心动的男孩子里面排名还挺靠前！"

小白说："你别瞎说。要知道，对妖怪来说，动一次心就已经很危险了。"

老罗问："妖怪不能动心吗？"

小白说："当然可以，但是动一次心，就可能让几百年或者上千年的修为前功尽弃。"

老罗问："这么危险吗？"

小白说："有言道，人生在世如身处荆棘林中，心不动则人不妄动，不动则不伤；如心动则人妄动，则伤其身痛其骨，于是体会到世间诸般痛苦。人一动心，就会体会到痛苦。像我这样的妖怪还要依靠人来掩盖气息，不能妄动，如果妖怪自己动了心，就太容易暴露。"

老罗挠头问道："怎么个暴露法？"

小白说："比如县太爷痛苦了，会责罚下人；将军痛苦了，会杀人；皇上痛苦了，生灵涂炭；妖怪要是痛苦了，水漫金山。人的能力越大，妄动的后果越严重。对于妖怪来说，后果越严重，自己暴露的可能性就越大。水漫金山之后，白素贞被雷峰塔镇压。换了我这样道行浅的仙家，早死了千百回了。你说危不危险？"

老罗点头说："嗯……好像是这个道理……那你以后千万不要心动。"

小白沉默不语。

老罗说："你接着讲啊，你是怎么从杭杭那里走掉，又逃到这里来的？"

50.

那天晚上，它没出一张牌。

在妖怪的世界里，打牌是一种较量实力的方法。妖怪们不敢轻易拼个你死我活，那样动静太大，不但可能伤及无辜，还会让自己的气息完全暴露。它们平日里都要想尽办法遮掩自己的气息。

不能直接开打，便借用了打牌这种俗世常见的替代办法。输了的妖怪，会遭受打击，不但气势消减，实力也会被夺走。

杭杭催促它说："你出牌呀。"

它知道，如果杭杭把牌都消掉，杭杭这么多年的修为就白费了。

当然，它的实力会大增。

杭杭说："你都决定要走了，就把这盘牌当作我送你的礼物吧。"

对它来说，这份礼物太重了。

51.

老罗说："你为什么不接受这份礼物呢？那样的话，你就不至于天天抱着我的腿，求我保护了！"

老罗又说："那样的话，齐黄也不敢欺负你。甚至那个星将道人都不敢欺负你。我妈常跟我说，嫁得好或者娶得好，可以少奋斗十几年甚至几十年。你这一下子可以少奋斗成百上千年啊！这么好的机会！"

52.

小白说："老罗，我要是像你这么笨，早死了千百回了。"

老罗瞪眼道："讲你的风流债就好好讲，干吗要骂我？"

小白说："你想想啊，她一心动，就要把所有修为拱手相送。我是第 5961 个，岂不是她已经送了五千多回？照这样来算的话，她不是已经死过五千多次了？"

老罗又挠头，问道："什么意思？"

小白说："她没有死五千多次，一次也没有。这说明此前五千多个她心动的人或者妖怪都没有拿走她的修为。也就是说，那五千多个人或者妖怪并没有赢过她，反而输了。那五千多个人或者妖怪都因此而死在了她手里。"

老罗吓得浑身一颤。

小白说："如果当时我出了牌，而她没有像承诺的那样消牌，那么我一个牌也赢不了她。我会输得很惨。这样的情况一旦发生，我的所有都会被她夺走，万劫不复。我想，这种状况已经发生了五千多回，所以她还能出现在我面前。"

老罗起了一身鸡皮疙瘩。她双手抱住自己的胳膊，心里发凉。

老罗说："原来是这样！那你最后怎么走了的？"

53.

它看了看杭杭手边的骨牌，转身离开桌子，拿起它收拾妥当的换洗衣服。

杭杭露出难以理解的表情。

它将换洗衣服往背后一挂，说道："谢谢你的好意。可是我不想赢你。这一年多来你的照顾我都无法回报，已经很抱歉了。"

它走到门口，又说："我一个牌也不会出的，我不会赢，你也不会输。你唱戏真的很好听，有机会我会再回来听你唱戏。"

杭杭顿时两眼浸满了泪水，却迟迟没有流下来。

它跨过门槛，走到了月光之下。

那天晚上的月光特别亮，照得大地如白天一般清晰。

它听到了鸟叫，看到了夜行的猫，路上还发现了不少其他白天不敢出来的妖怪。这个月光下的世界仿佛就是属于妖怪的世界，而人像白天的妖怪一样悄无声息。

它已经走出很远了，却听到杭杭哼唱戏曲的声音从身后悠远地传来。

她唱的是：年少呵轻远别……情薄呵易弃掷……

它听出这段是《长亭送别》里的唱词。

54.

小白给老罗讲起杭杭的那个夜晚，老罗睡着之后在梦里听到了杭杭唱《长亭送别》。

她在梦里环顾，只看到一身悬挂在衣架上的戏服，没有看到杭杭。那晚睡觉前，老罗忘了跟小白说，可能杭杭每一回都真心想输掉，做好了拱手相送的打算，可惜五千多回里，却没有一个人相信。

55.

一天，老罗打完牌回来，问左脚上的小白："你什么时候带我去见一见杭杭吧。"

小白说："我不能去。"

老罗问："为什么？"

小白说："隶梓死后，我突然离开了那里。所以很多人以为是我杀害了隶梓。星将道人就是这样认为的。我要是回去找她，可能会让杭杭暴露。"

老罗说："那倒也是。对了，你不说到这个，我还想不起来有个问题要问你。"

小白说："你说。"

老罗说："你从杭杭那里离开的时候，不是还有人形吗？虽然脸上有道疤。"

小白说："我在来这里的路上遇到了星将道人。他对我穷追猛打，打掉了我大半的修为，所以我现在连个人形都幻化不了。要不是那天你从我身边经过，帮了我的大忙，我现在已经死在星将道人的八卦星宿镜下了。"

老罗问："就是那天他来我家的时候手里拿的那个东西？"

小白说："是。他收了好几个妖怪在那个八卦星宿镜里了。其中有一个我的好朋友。"

老罗意外道："你还有好朋友？"

小白说："我怎么就不能有好朋友？"

老罗说："我们有句话叫作'穷居闹市无人问，富在深山有远亲'。像你这种道行完全不行的妖怪，只会牵连其他妖怪朋友吧？谁敢跟你做朋友？"

小白说："你说的也对。道行浅的妖怪很难交到朋友。毕竟雷劫随时会来，雷打到自己也就算了，给朋友带来雷劫那就糟糕了。妖怪之间也怕互相带来麻烦。但我那个被星将道人捉了的朋友不一样，它从来不怕我给它带来麻烦。"

老罗说："那你要把它救出来吗？"

小白说："可是我道行太浅，斗不过星将道人。"

老罗说："我可以帮你。你救过我一命，我也可以报恩的。"

小白说："算了吧。"

56.

老罗虽然放弃了去见见杭杭的打算，但她还是有意无意地接触认识杭杭的人。

老罗听说龙湾街赵一的牌馆里最近来了一个新牌友。这个牌友叫王难，喜欢唱戏，曾经在杭杭那边学过一段时间。

老罗就常去赵一的牌馆里打牌。

赵一对老罗依然热情，仿佛以前的事情不曾发生过。

终于有一次，老罗跟那个王难在一个桌上打牌。

不等老罗主动接近他，他就总拿眼睛往老罗这边瞟。

老罗长得好看，瞟她的人太常见了。但是这个王难的眼睛里带着好奇，好像有什么想问她的，又不好意思问出来。

老罗也注意到这个王难不像什么善良之辈。他梳着一个油光水亮的背头，头发却一撮一撮黏着，仿佛刚刚被犁过的地垄。衣服虽然整洁，但能看到被压过的皱褶，还散发出一股樟脑丸的味道。尤其他那双眼睛，像是打了蜡一样发着光，看谁谁不舒服。

这一天老罗的手气一如既往的好。可是她只赢了左右两边人的钱，没赢王难一分钱。

到了散场的时候，王难摸了摸油光水亮的头发，说："老罗呀，我没来龙湾街之前就听说你的牌运好，百闻不如一见，没想到真的厉害！"

赵一赶紧凑了过来，说："哪里比得您清高啊！打牌权当娱乐，从不赢钱，也不输钱！"

老罗一听，心想，糟糕，这个王难不是一般人！

她听出来赵一在暗示她。她第一次听说有人打牌从不赢钱也不输钱。这种拿捏，恐怕小白都做不到。

她本来想跟王难说几句话。在赵一提示之后，老罗收了钱就赶紧回家。

在回家的路上，老罗就跟小白道歉。

"不好意思啊，又让你被盯上了。"老罗说。

小白不以为然地说："嗨，这不怪你。我知道你不完全相信我的话，又不想直接去找杭杭，免得她暴露，于是想找个认识杭杭的人验证。"

老罗说："明人不说暗话，我确实有这个想法。但我不知道这个王难不是普通人。"

小白说："他确实不是普通人，在我去杭杭那里之前，他就找过杭杭，但是杭杭隐藏得太好，他没发现什么，又离开了。现在他可能发现我的气息了，也可能是星将道人或者齐黄找了他来帮忙。你不去接近他，他也会找过来的。"

老罗问："他也是隶梓那样的捉妖师吗？"

小白说："我想不是。如果他是捉妖师，杭杭是不会让他走的。"

老罗说："那他来找你干什么？"

小白说："我猜他身上也有东西。你闻到他身上的樟脑丸气味没有？那是在掩饰那个东西的气息。"

老罗说："需要用樟脑丸的气味来掩盖吗？我也没用什么奇怪的气味来掩盖你的气息啊。"

小白说："他可不像你一样有人情味儿。"

57.

回到家后，老罗问小白："王难身上的到底是个什么东西？"

小白说："他身上那么重的樟脑丸气味就是用来掩盖自己的，我还没有闻到它的气息。"

老罗说："你不会骗我吧？我以前从来没听说过这个人身上有东西那个人身上有东西。你们这种仙家，我都见所未见，闻所未闻。什么中邪啊，闹鬼啊，上身啊，都只听过，没见过。怎么你一来我这里，好多人身上都有这个东西了？"

小白说："这就叫物以类聚。以前你没有遇到我，那些东西就觉得你跟它们无关。它们搭理你干啥呀？"

老罗大声道："哦！原来是因为你！我以为你在我这里渡劫就完了呢，早知道会招来这么多奇奇怪怪的东西，我就不答应了！"

小白连忙央求道："求求你不要赶我走！你再不收留我，我就走投无路了！"

老罗拍掌道："太有意思了！我倒要看看王难身上的东西到底是什么！还有那个赵一，我迟早要看到她楼上那个东西的真面目！还有，还有，星将道人的那个八卦什么镜，收在里面的你那个朋友我也想见一见！"

呃……小白不知道该说什么好。

老罗眉头一皱，声音低沉下来，说道："还有，我爸爸到底是怎么消失的，我也想弄清楚。你不能泄露太多的话，就让我自己慢慢发现吧。"

58.

夏至那天，老罗还没有起床，老罗的妈妈就端了一大碗豆腐脑送到了老罗的房间。

老罗感觉到左脚上的小白颤了一下。

老罗怕她妈妈责骂她懒，干脆闭上眼睛，假装还在睡觉。

老罗的妈妈将豆腐脑放在桌边，走到床边看了看，轻手轻脚地出去了。

老罗抱怨道："我妈真是的，天天起这么早干什么！"

老罗坐了起来，穿起拖鞋，走到桌边端起豆腐脑。

"别吃！"小白的声音突然变得严厉。

老罗低头看了看脚，问道："怎么啦？"

小白说："这个吃不得！"

老罗问："这是豆腐脑，又不是毒药，怎么就吃不得？我都吃了好多年了。"

小白说："那是因为你不懂！"

老罗"啧"了一声，说："吃个豆腐脑，还有什么懂不懂的？

小白一本正经地说："你知道豆腐脑是怎么来的吗？"

老罗不以为然地说："还能怎么来？我妈买来的。"

小白说："我不是这个意思，我是问你，豆腐脑的源头从哪里来的。"

老罗不假思索地说："豆腐坊来的。还不对？豆子来的！"

小白叹了口气。

老罗将碗放到嘴边要喝。

小白又赶紧说："别！别！你等一下！"

老罗问："又怎么了？我都饿了。喝完再说不行吗？"

小白说："你等我说完，如果你还要喝，你就喝。"

老罗放下碗，说："你说吧。"

小白说："这豆腐脑其实不应该给人喝的。"

老罗翻了一下白眼。

小白继续说道："在上古时期，妖怪还特别多的时候，妖怪早晨起来后，习惯打开人的头盖骨，把人的脑子当早餐。它们把人的脑袋卡在一个中间有圆洞的桌子里，这样不用盛出来，每天早晨都可以趁热吃。"

老罗看了一下碗里的豆腐脑。

小白说："北方的妖怪偏爱咸口，所以加卤。南方的妖怪喜欢甜口，所以加糖。后来世上的人越来越多，又学会了说话和文字，信息沟通越来越顺畅，妖怪族群越来越难获得新鲜的人脑而不被发现，所以这个习惯渐渐难以为继。有些妖怪想吃人脑而不得，于是发明了做豆腐脑的方法，以豆腐脑代替。"

老罗听说以前京城里没落的贵族喜欢吃灌肠，沦为平民之后吃不起了，便用淀粉加红曲水调成稠糊面团，做成猪肠形状，用猪油煎炸之后浇上盐水蒜汁，吃起来跟以前他们吃的灌肠几乎一个味道。

原来妖怪和人一样，也有吃货。老罗心想。

小白说："因此啊，妖怪爱吃人脑的欲望从来没有消退过。对了，以后要是有人问你'你有没有脑子'，你一定要谨慎回答。你可以说'我没脑子'或者'不好意思，我今天没带脑子'。这样可以避免危险。切记！切记！"

59.

老罗听了小白一番解释后，吃不下去了。

小白说："那你给我吃吧，你不用担心我还有吃人脑的欲望。我道行太浅，就像癞蛤蟆想吃天鹅肉，想吃也没得吃。"

老罗想了想，觉得小白挺可怜的，于是让给它吃了。

老罗看着碗里的豆腐脑越来越少，听到小白吃豆腐脑时吧唧吧唧嘴的声音。

老罗一脸嫌弃，说："你吃东西怎么发出这种声音？"

小白"呃"地打了一个饱嗝，说："不好意思，好久没吃这种东西了。"

老罗又问："你们这些仙家不应该是不食人间烟火的吗？怎么也吃豆腐脑这种东西？你到底是不是仙家？"

小白说："你怕是对仙家有点儿误会吧？我们没有修为之前，不都是吃东西的吗？后来有了别的修行之法，能吸取天地之精华，这才吃得少一些。"

60.

碗里的豆腐脑刚见底，老罗就听到外面"扑通"一声，有什么东西倒了地。

老罗赶紧奔跑出来，看见她的妈妈躺在地上，脸色发白，口吐白沫。在她妈妈的身边，有一只打碎了的碗，碗里的豆腐脑流了出来。几只苍蝇闻到甜味，栖息在豆腐脑上。

老罗大叫一声："妈——"

她扑到妈妈身边，将妈妈扶着坐起来。妈妈就像黏在了地面上一样，老罗怎么拉都不能让妈妈站起来。

老罗摇晃妈妈，问道："妈，你这是怎么了？"

老罗的妈妈艰难地睁开眼睛，难受地说："老罗……豆腐脑好像有毒……"

老罗大吃一惊。

她转眼向地上的豆腐脑看去，栖息在豆腐脑上面的苍蝇都一动不动。她抬手去驱赶，发现苍蝇没有任何反应。

老罗惊慌道："怎么会这样？"

老罗的妈妈气息微弱地说："豆腐脑肯定被人动过手脚。"

老罗将旁边的桌子拖了过来，让妈妈靠着桌腿。

老罗心急如焚，却假装镇定地安慰妈妈说："您不要动，我去叫医生来！"

老罗飞奔出去喊医生。

幸亏时候尚早，村里的医生还没有出去。

医生听到老罗说她妈妈中了毒，医药箱都没有拿，就赶紧跟着老罗往她家里跑。

跑到半途，老罗回头一看气喘吁吁的医生，说："不对呀，你怎么什么东西都没拿？"

医生说："要什么东西！方圆几十里喝农药中毒的人我见多了！不用什么药，弄根稻穗儿就可以了。"

到了老罗家里，医生要老罗寻了一根稻穗儿来，然后让老罗的妈妈张开嘴，他将稻穗儿往老罗妈妈的嘴里伸。

稻穗儿伸到了老罗妈妈的嗓子眼儿里，老罗的妈妈立刻起了反应，开始呕。

不一会儿，老罗的妈妈就将早上吃的豆腐脑都呕了出来。

医生又叫老罗舀了许多井水来，让老罗的妈妈先漱口，漱口之后喝。

等老罗的妈妈喝了许多井水，医生又将稻穗儿往老罗妈妈的嘴巴里伸。

老罗的妈妈又将喝进去的井水呕了个干干净净。

见老罗的妈妈实在呕不出什么东西了，医生才住了手，拿剩下的井水洗手。

医生说："见过想不开了喝农药的，没见过喝农药还要伴着豆腐脑喝的！"

老罗的妈妈无力地摆了摆手，实在没力气回医生的话。

医生说："老罗，你看好你妈妈，她已经没什么事儿了。我先回去，待会儿给她开点解毒的药。"

老罗连忙对医生千恩万谢。

医生走后，老罗扶着妈妈到房间躺下。

老罗的妈妈要了一杯温水，喝了一些，然后用冰凉的手抓住老罗，费力地说："幸亏你没喝那个豆腐脑，不然今天我们娘儿俩倒了地，连个喊救命的人都没有。你说……是谁这么狠心，要害咱们娘儿俩啊？"

老罗一惊。

她这才想起她的那碗豆腐脑被小白喝掉了！

61.

老罗回到自己的房间，关上门，呼唤小白。

小白没有回应。

她摸了摸左脚，左脚上的凉意已经没有了。

不一会儿，左脚上的小白开始发热。

老罗着急地说，我去买个酒坛来，把你泡在酒里。

小白虚弱的声音传来。

"不，泡在酒里没有用。"小白说。

老罗说："上次你不是泡酒泡好的吗？"

小白微弱地说："不一样，上次是受了伤，这次是中了毒。我想肯定是王难下的毒。"

老罗问："你怎么知道是他下的毒？"

小白"呵"了一声，似乎忍受着巨大的痛苦，然后说："除了他还能有谁？"

老罗想了想，小白说得对，目前除了齐黄、赵一、星将道人和王难，好像还没有人会对她下手。齐黄身上的黄鼠狼已经受了打击，不敢来打扰小白。赵一只要是不影响她的牌馆生意，也没必要下此毒手。星将道人虽然捕捉妖怪，但对人还不至于此。思来想去，只有王难有嫌疑。

老罗问："小白，你是不是知道豆腐脑里面有毒，又不好直接告诉我，所以替我吃了豆腐脑？"

小白轻声说："不，我就是想吃豆腐脑而已。"

老罗摇头说："不对，你有预知的能力，你知道我吃了会死掉，但是说了怕遭天谴……"

小白语气中带着无奈，说："老罗，你是要把我聊死了才会想到救我的命吗？"

老罗这才醒悟过来救小白要紧。

"可是我怎么救你？拿稻穗儿伸到你嗓子眼儿里吗？可是我都看不见你。"老罗手足无措地问道。

小白声音细如蚊蝇地说："解铃还须系铃人。王难他既然有毒药，就有解药。"

老罗点头又摇头，说："可是我去哪里找他？"

小白说："他如果愿意见你，就会在你想得到的地方。"

老罗恍然大悟。

"牌馆！赵一的牌馆！"老罗大声说。

62.

老罗跑到赵一的牌馆时，两腿已经发软。

正在烟雾缭绕中打牌的王难一眼就看到了站在门口叉着腰喘气

的老罗。

老罗也正好一眼看到了烟雾后面的那双眼睛。那双眼睛仿佛夜空中被纱布一样的云挡住的月亮。

赵一正在牌桌之间端茶倒水。看到老罗站在门口，她立即回头瞥了王难一眼。然后她将手中的茶杯放到牌桌上，迅速走到门口来，热情地拉住老罗。

"打牌又不是赶考，你跑这么急干什么？还怕我赵一不给你留位置不成？"赵一说道。

赵一跟老罗说话的时候，手在老罗的胳膊上用力捏了一下。

老罗懂她的意思，她是暗示老罗，让老罗小心王难。

老罗向赵一微笑示意感谢，然后跨过门槛，走到王难的牌桌旁边。那股浓浓的樟脑丸气味仍然从烟味儿、汗味儿、茶香味儿、瓜子味儿等各种混杂的气味中穿过，来到老罗的鼻子里，让老罗不舒服。刚好王难的上手出了一张五万，王难大喝一声："碰！"

王难一边拿出两张五万，一边说："来得巧不如来得好！缺什么来什么！"

老罗听出来王难是说她来得好。显然，小白的猜测是对的。

老罗按捺住心中的愤懑，看了看王难的牌，说："你这都和了，还碰什么？"

其他三个牌友不敢相信地看着老罗。老罗说："不骗你们，他单挑五万。"

三个牌友还是不敢相信地看着王难。

王难眼睛盯着牌，笑着说："我不输不赢，是因为想赢就能赢。我现在想赢个大的，所以暂时不和。"

老罗听出来，这话也是说给她听的，意思是一切都在他王难的掌控之中。不过她不太明白"赢个大的"是什么意思。难道他还有更大的阴谋不成？

坐在王难对面的牌友不乐意了，将桌上的麻将一推，麻将都倒了。那位牌友一脸鄙夷地说："和就和呗，打个麻将玩嘛，说的话怎么让人这么难受呢？"

那位牌友开始并没有引起老罗的注意。在他推倒牌的时候，老罗才注意到他是个尚未完全脱去稚气的年轻人，长相略秀气，嗓音好像还没有经过变声期一样，但姿态又像个打牌老手。

坐在王难右边的牌友说："推什么牌呢？还打不打了？"

赵一赶紧过来解围，说道："其凉，你不想打了，叫别人帮忙挑土就是，推牌干什么呢？别伤了和气！"

在这个地方，"挑土"就是让别人替他打牌的意思。

秀气的其凉指着自己的牌，说道："我清一色和牌了，都没吭一声，他碰个五万就叽叽喳喳的！你说烦人不烦人！"

众人皆惊。

老罗清清楚楚地看到，其凉面前的牌确实已经和了，并且全是筒子。

就连别桌的牌友都朝这边看了过来。

跟王难和其凉一桌的牌友都蒙了。

其中一位牌友摸着后脑勺，看了半天才说："你们俩都和了牌又不摆出来，这是打什么牌啊？"

另一位牌友幸灾乐祸，说："幸亏你们都不和牌，不然我要输惨了！"

王难也傻眼了，他以为自己手气已经够好的了，没想到对面坐了一个手气更好，更不动声色的对家。

一位看牌的闲人问："王难不和牌，是想做大。其凉你清一色了还不和牌，是想做什么呀？"

王难将目光对准其凉，冷峻如刀。

其凉说："有人按黄历看运势，有人算星座看运势，有人摇签筒看运势，我是打牌看运势的。我就想看看最近我的运气好不好。"

63.

王难站了起来，冷冷地说："小子啊，我奉劝你一句，不要狗拿耗子，多管闲事！"

牌馆里顿时有了剑拔弩张的紧张气氛。众人有的等着看好戏，有的想劝和，有的甚至想怂恿他们打起来。神情各异。

可是接下来的一幕让众人都意想不到。

"汪汪！"其凉居然学起狗叫来。

众人茫然。

其凉依旧秀气如姑娘一般地说："我就要狗拿耗子，你又怎样？"

这一下激怒了王难，王难一手撑着牌桌，居然从牌桌上一跃而过，跳到其凉面前，另一只手抓住了其凉胸口的衣服。

老罗并不想把事情闹大，毕竟小白还等着解药。

老罗急忙走过去，将其凉往后面拉，说："不好意思，是我打扰你们打牌了。我找王难有点儿急事。这位小哥，我打扰了你的兴致，实在抱歉！"

其凉对老罗笑了笑，亲切得不像是个爱闹事的人。他正要走开，那王难却不放手。

王难半边脸一笑，说："想走？没那么容易！"

其凉说："哦？要留我在这里吃饭不成？"

牌友们哄堂大笑。

王难又羞又恼，气咻咻道："我今天要给你点儿颜色看看！"

其凉一脸无辜地点点头，说："好啊，红橙黄绿青蓝紫，我样样都喜欢。"

老罗看出来了，这个其凉看起来人畜无害，说的话却句句挑衅。他有意挑起王难的愤怒。

王难火冒三丈，举起拳头便要往其凉的脸上打。

其凉的衣服虽然被王难抓住，但他灵活地往后一缩头，躲过了这一拳。

王难用力过猛，自己一个趔趄，松了其凉的衣服。

赵一在一旁大喊："不要打！不要打！"

其他牌友让出一圈来，免得惹火烧身。

王难眼珠子转了一圈，看了看周边的人。

老罗看穿了王难的心思。王难以为会有人上来劝他，他顺着找个台阶下，可是没有人上来劝。

其凉继续煽风点火地说："哎呦，您可小心点儿！别摔着了！"

到了这个时候，王难不动真格儿，丢脸的就是他自己了。他抓起桌边的凳子，转身要往其凉身上砸。

其凉急忙躲避，顺手从牌桌上抓了一张麻将向王难投掷过去。

王难的手腕被麻将击中，凳子在扔出来的时候偏了方向，差点砸到其他人。

麻将掉落在地，花色朝上，是个五万。

其凉指着落在地上的麻将，说："王难，你不是要碰五万吗？我再给你一个，杠上花！"

其凉的话老罗也听得明白。其凉的意思是他跟王难"杠"上了。

王难自然听得懂其凉的意思，他看了一圈，目光落在靠墙的八仙桌上。八仙桌上有五六个暖水壶，那是赵一给客人泡茶用的。王难冲到八仙桌旁，要抢桌上的暖水壶。

赵一急忙用身体挡住，恐慌地说："这里面都是刚烧好的开水，会烫伤人的！"

王难推开赵一，抓了一个暖水壶在手里，作势要往其凉头上扔。

这暖水壶要是落在其凉头上，其凉不被砸伤也会被烫伤。

其凉又抓起一张麻将往王难投去。麻将精准地打在王难举起暖水壶的那只手的上臂处。那里正是麻神经所在的位置。

　　这里的人将麻神经所在的位置叫作"麻老鼠"。老人逗小孩的时候，常说"你这里有只老鼠"，然后故意碰到这里，让小孩感觉发麻。

　　"麻老鼠"不过是玩笑话，可是王难的"麻老鼠"被麻将打到的时候，在场的所有人都听到了"吱吱"的叫声。

　　接着，一只灰色的老鼠从王难的袖口里蹿了出来，由于跑得太急，那只老鼠撞在了王难手里的暖水壶上。

　　撞上暖水壶的老鼠掉了下来，"啪"的一声响，摔落在王难脚边。

　　王难的手本来就被麻将打到了麻神经，加上那只老鼠猛地一撞，暖水壶就从他手里落了下来，恰好砸在那只老鼠身上。

　　"砰"的一声，暖水壶炸了，滚烫的开水流了出来，地上冒起一阵白色烟雾。

　　王难不顾地上的脏和开水的烫，双膝一弯，跪了下来，哭号着喊："我的哥哥呀！"

　　他不怕被玻璃碴划伤，双手扒开碎了的暖水壶。

　　那只老鼠在玻璃碴和升腾着热气的开水里，一动不动。

　　"还真是狗拿耗子！"一位牌友小声嘀咕道。

　　64.

　　"难怪他打牌能不输不赢，原来他身上有个灰仙儿。"赵一凑到老罗的耳边悄声说。

　　牌馆里的其他人可能不知道，但老罗看到那老鼠蹿出来的时候就明白了。

　　原来王难身上的樟脑丸气味是为了遮掩老鼠的气味。

　　老罗瞥了一眼其凉，心想，这么说来，其凉身上的仙儿是条狗？

　　其凉见王难伤心欲绝的样子，面露不忍，然后走了过去，一只手搭在王难的肩膀上，想要安慰他。

王难将其凉的手甩开，厉声道："起开！"

围观的牌友看不过去了，对其凉说："你就别猫哭耗子假慈悲了。"

老罗一听，心想，其凉身上的仙儿是只猫不成？

老罗晃了晃脑袋，暗暗告诫自己不要听风就是雨。

我是来给小白要解药的。老罗在心里大声提醒自己。

可是眼前这样的状况，王难怎么会给我解药？老罗犯难了。

其凉又将手搭在王难的肩膀上，与此同时说："你不想你的哥哥活过来吗？"

跪着的王难抬起头来，用不敢相信却又无比渴望的眼神从下往上看着其凉。

其凉微笑点头，说："来，给我。"

王难看了看手中的老鼠，迟疑地举向其凉。

众人安静下来，都想看看这个其凉怎么让老鼠活过来。

其凉显然不愿意像王难一样捧起那只老鼠，他左看右看，然后小心翼翼地用两根手指捏住了老鼠的尾巴，将它拎了起来。

一位牌友轻声说道："都这样了，还能活过来吗？"

其凉看了一眼那位说话的牌友，笑道："人想恢复，就要吃药；老鼠想恢复，就要吃老鼠药。"

这话刚说完，那只老鼠忽然浑身一抖，紧接着"吱吱吱"地叫起来。

王难大喜。

其凉将老鼠放到王难手里，说道："你这位哥哥我认识很久了，打不赢的时候就喜欢装死，吓一吓就好了。"

那只老鼠赶紧顺着王难的手往上爬，从袖口钻到袖子里面去了。

王难顾不得刚才丢脸，抱拳向其凉伏拜，感激地说："多谢救命之恩！我以后再也不打牌了！"

其凉说："你有灰仙加持，却能不起贪念，保持不输不赢，已经很难得了。你想替你的朋友齐黄出口气，也算是有情有义，不过齐黄错在先，你帮他就帮错了。你把解药拿出来，便是知错能改，善莫大焉。我也就不跟你计较了。"

老罗听了，终于明白是怎么回事了。其凉刚才的所作所为，就是要让王难拿出解药。

牌馆里的人几乎都听说或者见证过齐黄和老罗以骨牌决高下的事情，纷纷说齐黄的不是。

有的说，靠一只黄鼠狼搞歪门邪道，该打！有的说，他赢了我那么多钱，该还给我才是！有的说，搞邪术还出老千，错上加错！

老罗听得脸上发热。毕竟老千是她为了救小白才出的。

还有人关切地询问老罗："解药是怎么回事？你中毒了还是别人中毒了？"

老罗只好装作不舒服，回答说："还好还好，吃的不多，就是肚子难受。"

从出门前到现在，老罗一直感觉左脚上热气腾腾。

难受的其实是小白。

她明白，小白是在替她难受。

她不太明白的是，其凉为什么要帮她。

不过不管什么原因，能拿到解药就好。

王难摸了摸"麻老鼠"的位置。老罗暗喜，他应该是要掏出解药了吧？

其凉也以为他要拿出解药，将手伸到了他面前。

不料王难说："我也想给你解药，可是解药在星将道人那里。他说要是我不把解药给他，他就用八卦星宿镜收了我身上的东西。"

65.

老罗和其凉从牌馆出来，直奔龙湾街唯一的旅店。

星将道人不是龙湾街本地人，长期留在龙湾街的话，就要住旅店。

其凉脚步飞快，老罗拼了命才不至于被他落下。

老罗看着其凉的背影，心想，他怎么对小白这么上心？应该是故交吧？可是以前怎么没听小白提到过其凉的名字？

龙湾街本来就不算大，一会儿工夫，老罗和其凉就在了旅店前面。

旅店有些破旧，墙漆剥落，瓦上生苔。因为住店的客人向来很少，旅店的老板没有用心打理。旅店的招牌是一块裂开的木板，木板上写着"龙湾旅店"四个黑色且粗糙的毛笔字。

老板就坐在招牌下面，正拿了一个饭碗喂狗。

老板是个上了年纪的老人，瘦骨嶙峋，须发半黑半白。狗是上了年纪的老狗，瘦骨嶙峋，皮毛半黑半黄。

狗见了其凉，抬起头来直直地看着他，好像认识他一样。老板却还在从碗里拨骨头，见狗不吃，喝道："吃！吃！"

老罗和老板不熟，但认识。

老罗喊道："老板，喂狗呢？"

老板听到老罗的声音，扭头来看。

"今天怎么不打牌啊？"老板问道。

老板可能忘记了老罗的名字，但记得她是牌馆里的常客。

老罗说："我来找个人。"

老板的耳朵不太好，问道："你朋友要住啊？"

其凉问老罗："老板的耳朵不太好？"

这句话却被老板听清楚了。老板笑着说："听不清，才清静！"

老罗走近一些，大声说："我来找个人！"

老板手里捏着一根鸡骨头，往二楼的一个窗户一指，说："他在呢，你去吧。"

老罗还没说要找谁，老板就知道他们要找谁了。

然后老板将鸡骨头伸到狗鼻子前。

狗一张嘴，叼住了，眼睛却还看着其凉。

老板轻轻拍打狗头，说："你看什么呢，不关咱们的事儿。"

老罗和其凉进了旅店，上了二楼，寻找老板示意过的那间客房。老罗悄悄在其凉身后说，那条狗好像认得你。

其凉头也不回，说："那待会儿你问问它，我叫什么名字。"

老罗被噎住了。

楼上没什么人住，客房大多空着。老罗和其凉很快就找到了星将道人住的房间。

星将道人不在房间里，但茶桌上放着他的八卦星宿镜。床脚处焚着蚊香。蚊香螺旋状，已经烧了一半，落在地上的香灰也是螺旋状，整整齐齐。

其凉看到八卦星宿镜的时候眼神掠过一丝惊慌。

"你怕它？"老罗问道。

其凉没有回答她，他拿了盖在茶盘上的布，盖在八卦星宿镜上。

"他人呢？"老罗又问。

老罗话音刚落，外面楼下的狗叫了起来。接着，她听到老板跟人打招呼的声音。

"有人等你。"老板说。

老罗走到窗边，往下一看。星将道人不知从哪里回来，正好从老板和狗身边经过。

星将道人听了老板的话，抬起头往楼上看，目光恰好与老罗的目光相撞。

老罗心一慌，往后退了一步，避开星将道人的目光。狗还在叫。

老罗听到老板大声说："你叫什么呢，不关咱们的事儿。"

那狗就安静了。

老罗听到楼梯间响起脚步声，是星将道人上楼来了。他的每一步仿佛都踩在老罗的心上，让她慌乱又不得不保持镇定。

老罗问其凉："你不怕他吗？"

其凉却在藤椅上坐了下来，还把双腿盘了上去，然后说："怕什么？又不是我要解药，我是来陪你取药的。"

刚才还脚步匆匆的其凉，现在一副事不关己高高挂起的样子。他将手伸到鞋子里，挠了挠，然后抽出来，将手放到鼻子前嗅了嗅，露出嫌弃的表情。

老罗见了，一阵恶心。

"本性难改！"小白突然发声说。

其凉往老罗脚上看，笑了一下，揶揄说："哟，我还以为你死了。"

66.

老罗很意外，听其凉和小白说话的口气，他们不但是故友，关系还很亲密。

小白说："你看你，站没站相，坐没坐相，一看就不是正经妖怪。"

其凉说："我积累这么多年的修为，不就是为了想怎样就怎样吗？就你正经，抱着美女的腿苟且偷生！"

小白的气势一下就软了，说："怕被捉起来？"

其凉说："不怕。"

小白说："那你盖住八卦星宿镜干什么？"

其凉说："我是不想见里面的朋友。"

老罗听小白说过了，星将道人捉了一个他的朋友在八卦星宿镜里。看来他们三个互相认识。

星将道人的脚步声越来越近。

老罗着急地说："你们别吵了，他就过来了！"

不一会儿，星将道人走到了门口，他嗅了嗅鼻子，说："你怎么也来了？"

老罗看了藤椅上的其凉一眼。

其凉仍然盘着腿，回答说："看你说的什么话？这么多年的老朋友了，来看看你不可以？"

星将道人"哼"了一声，跨门而入，说道："你就不怕我捉了你？"

其凉不以为意，回答说："你师父在大云山亲口向我承诺，放我十二年自由。你是要把我捉起来送到你师父面前去吗？"

老罗这才明白，其凉胆敢到这里来是有原因的。

星将道人冷笑道："是，打狗还要看主人嘛。十二年，一个生肖轮回而已，你嚣张不了多久。到时候你跟你的朋友在我的八卦星宿镜里相聚吧！哈哈哈。"

其凉怒瞪了星将道人一眼。

星将道人揭开八卦星宿镜上的布，说道："你们这些扰乱世间秩序的妖怪，都该装进镜子里！要不是你们骗我喝了酒，我何至于被师父逐出山门！"

其凉捧腹笑道："藏酒的是你，喝酒的也是你，怎么被逐出山门就怪到我头上来了呢？"

67.

星将道人刚上大云山的时候，是想跟着师父好好修炼的。他想修长生不老之术。

师父告诉他，这不可能。

他退而求其次，想修穿墙招财之术。师父告诉他，别做梦。

他再退一步，想学炼丹。

师父告诉他，师爷就是炼丹的时候配错了成分，炼丹炉爆炸升仙的。

他只好说："那我图个清静总行吧？"

师父告诉他，那他还不如用师爷的配方炼丹。大云山是个风水宝地，但不是个清静的地方。除了人喜欢上山来，还有许多奇奇怪怪的生灵也喜欢上山来。人修佛的修佛，修道的修道，修身的修身，人之外的生灵就都修成了妖怪。

师父给了他一个八卦星宿镜，要他专门学捉妖。

师父还告诉他，捉妖术的第一要义，就是不抽烟不喝酒，要挂铜钱在身上。

他问："捉妖怎么跟烟酒铜钱扯上关系了？"

师父说："妖怪都是要隐藏自己的气息的。你要去捉它们，自然也要隐藏你的气息。你抽烟的话，身上烟味儿重；你喝酒的话，身上有酒气。你还没有发现妖怪，就暴露了自己，你还怎么捉它们？至于铜钱嘛，经过了许多人的手，沾染了各种人的气息，可以帮助你隐藏自己的气息。"

他问："我听说捉妖师有从一枚铜钱到九枚铜钱的等级。铜钱越多，捉妖师越厉害。但是听您这么说，越厉害的捉妖师怎么需要越多的铜钱隐藏自己，而越不厉害的捉妖师反而需要的铜钱数量越少呢？"

师父说："初入门道的捉妖师，身上常人的气息最重，妖怪反而难以发觉差异。技艺高深的捉妖师，失去了常人的气息，容易引起妖怪警觉，所以厉害的捉妖师反而需要更多的铜钱。"

他恍然大悟。

师父又说："人就是这样，觉悟的人生道理越多，自己越痛苦。"

他问："为什么觉悟会痛苦？隔壁寺庙里的不都追求当头棒喝的觉悟吗？"

师父说："觉悟到抱残守缺，是因为人世没有圆满完美。觉悟到冷暖自知，是因为人世没有感同身受。觉悟到世事无常，是因为人世没有好景常在。觉悟到一切皆镜花水月，是因为人世万般留不住。"

他频频点头。

师父说："每一次觉悟，都是一次对人世的失望。"

他说："那佛是对这个世界失望透顶的人。"

师父双目垂泪，说："所以你修什么长生！"

68.

星将道人心想，聊天就聊天，你哭什么？

他后来听其他师兄弟说，师父的性子跟女人一般，动不动就哭。看见春天花开，会哭；听见夏天蝉鸣，也哭；闻到秋桂飘香，也哭；感到冬雪寒冷，还哭。

师父哭的时候也不避着点儿人，想哭就哭，有时候坐在地上号啕大哭，让来大云山的游客香客以为他是个精神失常的人。

很快，星将道人发现师父的术法跟他的性情一样异于常人，他跟着师父学了不到七天，就能从常人中辨别出许多妖怪。

师父说："绝大部分妖怪潜伏在常人之中，借常人的气息掩盖自己的气息。再厉害的妖怪，哪怕不用潜伏在常人之中，也要借助其他器物掩盖自己。有的妖怪胆子大，往往进入寺庙或者道观或者学堂，借此掩盖自己的气息。其凉的母亲曾经躲到我们道观里来了，她隐藏得特别好，过了许多年才被发现。那时候我心慈手软，没有伤她。你那被炼丹炉炸死的师爷那时候尚在世间，他命我除掉她。师命难违，我只好杀了她。她死前苦苦哀求，要我放过她的孩子其凉。我答应她，给其凉十二年自由。你以后若是看到他，不要动他一根汗毛。"

他问："十二年之后呢？"

师父说："十二年之后，我便不在了，管不到了。"

因为师父的承诺，其凉经常在大云山出现。

出现也就算了，其凉还常引诱山上的修行人做平时不敢做的事情。比如，劝人抽烟喝酒。

来大云山的修行人好多因为其凉的引诱而破了戒律，只好灰溜溜地收拾行李下山。

星将道人很长一段时间不为所动。

后来有一次，庙里的方丈到道观来跟星将道人的师父下围棋，很多弟子围着观看。据说方丈和道长下棋的每一步都蕴含了玄机，能看破的人就能得到修行的启发。

众所周知，大云山的和尚都喜欢喝茶，据说喝茶对参悟禅机大有裨益。星将道人的师父也总是以大云山特有的茶待客。但是方丈来了，他的师父是不用给他泡茶的。

因为方丈自己揣着个小银壶，渴了就抿一口，然后非常享受地咂嘴，发出类似感叹的"啧"的一声。

方丈不喝别人给他泡的茶。

星将道人无心看棋，每听到方丈发出"啧"的一声，心里便痒痒。一盘围棋走完，他的师父带方丈去后院看花，众人散去。

这时候，其凉神不知鬼不觉地来到星将道人身边，神秘兮兮地问星将道人："你知道方丈是怎么修为精进的吗？"

星将道人对其凉本来就没有好感，不想搭理他。

其凉从怀里掏出一个小银壶来，在星将道人眼前晃了晃，说："师父下棋其实没有什么玄机，玄机都在这个小壶里！"

星将道人一看，那正是方丈下棋时掏出来的小银壶！

星将道人惊问道："你怎么可以偷方丈的东西！"

其凉说："什么叫偷？我待会儿要还回去的！我见你最近修为没什么提升，特意借了这东西来给你开悟。我一片好心，你却当作驴肝肺！"

说到修为提升，便是说到了星将道人的痛处。他上山的本意还是长生，却天天学习捉妖术。开始他还努力学习，技艺精进，一段时间后便倦怠了，技艺自然没什么提升，于是总想找点捷径。

他去问师父有没有捷径可走。

师父说："哪有什么捷径？世上的路都是一样的，步子走得比别人多，就是捷径。"

他认为师父不想告诉他。

星将道人忍不住问："不就是个喝水的东西吗？"

其凉将小银壶递给星将道人，说："你喝一下就知道了。"

星将道人喝了一口，回味悠长。

"居然是酒？"星将道人诧异地问。

其凉立即将他拉到一旁，凑到他耳边说："酒是粮食精，越喝越年轻；酒是粮食做，不喝有罪过！"

星将道人问："还有这个说法？"

其凉说："那是当然了！我知道方丈的酒是在山下哪户人家打的，你要是想喝，我给你弄来。"

星将道人说："可是师父说身上有酒气就捉不了妖。"

其凉说："师父骗你呢，你师父捉走我娘的时候，就喝了许多酒，浑身酒气。杀了我娘之后，他醉卧床榻三天三夜，房间里酒气冲天。"

69.

星将道人听到的传闻跟其凉说的不一样。比他上山早的师叔师兄们说，他的师父捉了那个隐藏在道观里的妖怪后，闭关了三天三夜。闭关之后，师父又上升了一个境界，动不动就喜欢哭。

照常理来说，一个修行的人老喜欢哭，是不太好的。但是师叔师兄们说，那个尚未被炼丹炉炸死的师爷认为这是境界提升的原因。

用师爷的话说，这层境界叫作"已识乾坤大，犹怜草木青"。

星将道人对其凉说："既然方丈和师父都喝，我怎么就不能喝？来，让我再喝几口。"

其凉却将小银壶夺了回去。

星将道人问："你不是要我喝吗？怎么我要喝，你又不给了？"

其凉说："不能喝了，再喝方丈就知道酒被偷喝了。"

喝了这一口之后，其凉越不让他喝，他就越想喝。

其凉撇下星将道人，跑到后院，将小银壶还给方丈。方丈这才发现小银壶不见了。

其凉走后，方丈拿起小银壶喝了一口，这次却没有"啧"的一声。方丈迟疑了一会儿，将酒吐了出来。

方丈说："观云仙长，我这壶里的井水怎么变成酒了？"

星将道人的师父被大云山的人尊称为观云仙长。

观云仙长挥袖大骂："这狗崽子！"

方丈劝道："哎，别骂自己嘛，我无所谓的，心中无酒，便不是酒。"

70.

星将道人自那之后，天天想着酒，夜夜梦到酒。

其凉经常趁观云仙长不在的时候，偷偷给星将道人半两酒。星将道人嫌少。

其凉说："我听山下的人说，吃要吃个欠，不能吃个厌。"

山下的人喝茶叫"吃茶"，喝酒叫"吃酒"。但凡用嘴的，都叫"吃"。星将道人的酒瘾被其凉勾得无法抑制了。他开始自己想办法。

每次有了下山的机会，他便偷偷带酒上山，一带就好几斤，藏在道观里的各个地方，等师父不在的时候，他就喝，一喝就大醉。

终于，他喝酒的事情被师父知道了。师父劝他戒酒，可他屡屡破戒。师父屡屡原谅他。

最后在山下的茶馆里，他喝了别人洒在桌子上的酒，又口出狂言。

师父将他逐出大云山。

师叔师兄们问观云仙长："为什么之前不驱逐他，这次却不再原谅。"

观云仙长说："在自己人面前丢了脸没关系，在外人面前丢了大云山的脸，我容得了他，大云山容不了他。"

71.

被逐出山门的星将道人对其凉怀恨在心，却因为师父的承诺，又对其凉无可奈何。

其凉对星将道人说："你恨我也就算了，为什么非得跟我的朋友小白过不去？"

星将道人咬牙切齿道："你在大云山引诱我喝酒，让我被师父驱逐。你朋友小白前些天又引诱我喝酒，让我在齐黄和赵一面前丢脸！我捉不了你，还捉不了它不成？"

老罗心想，他还记着仇呢！

其凉说："捉就用你的八卦星宿镜捉嘛，你用毒干什么？用这种下三烂的手段，传出去别人还以为是你师父教的！你这是给大云山抹黑！"

星将道人诡笑道："你可要弄清楚了，毒不是我下的，毒是王难下的！"

星将道人摆出一副你们拿我没办法的样子。

老罗在旁边听了，插言道："我还以为你是个正直的捉妖师呢，幸亏我没有把小白交给你，原来你私底下跟王难这种身上有灰仙儿的人勾结！卑鄙！小人！"

其凉一听，附和道："对呀，一个捉妖师，跟灰仙儿联手害人，这可比下毒还要下三烂！你这可比酗酒还要让师父生气！"

老罗说："我妈都差点被你们毒死！要是我妈以后有点问题，

我可不会放过你！"

星将道人听说老罗的妈妈差点被毒死，脸上掠过一丝惊慌，但很快眯了眼笑嘻嘻地说："不用担心，我是捉妖的，不会伤害人。那个毒药啊，只对妖怪有效。你妈妈吃了只会昏倒一会儿，半个时辰就好了。"

老罗这时候自然相信星将道人的话，他能因为师父的承诺而不捉其凉，就不会用毒药去害人。可是她不能因此放弃解药。盘在她脚上的小白温度越来越高了。

老罗说："你说没事就没事吗？老鼠药还是毒老鼠的呢，人吃了不照样会死？你今天不把解药给我，我就去龙湾街上喊！"

星将道人问："你喊什么？"

老罗将脸一横，说："喊你这个大云山的败类捉妖捉不了，给人下毒药！"

星将道人顿足，指着老罗说："你你你……你蛮不讲理……"

老罗转身走到窗户边上，将脑袋伸了出去，扯着嗓子大喊："好惨哪！醉酒道长被师父赶出大云山，无辜母亲被下毒命丧龙湾街，捉妖千般不行，害人一个准儿！"

星将道人脸色煞白，急忙走到老罗身边，将她往里面拽。

其凉见老罗撒泼的样子，先是大为惊讶，转而乐不可支，忍不住抬起手来拍掌。

其凉一边拍掌一边赞叹道："老罗，还是你狠哪！这话要是传出去，这道长里外不是人哪！"

老罗仍不罢休，冲着窗外喊："大家快来看啊！大云山来的道士，收伏妖怪没能耐，欺负女人算一个！"

"拿去！拿去！"星将道人举起一个小布袋大喊。

老罗立即停止了。她看了看星将道人手里的小布袋，问："是真的吗？"

星将道人将小布袋往她手里塞。

老罗顺势收了解药,说:"要是假的,我从家里一路喊到这里来!"

星将道人说:"姑奶奶,我敢给你假的吗?这次是我不对,让你的母亲受累了。但那个小白,我迟早还是要收了它的!"

然后他低头看了看老罗的脚,又说:"吸收了天地精华,到头来还是要吃软饭。换了我,早一头撞死了!"

72.

从旅店出来,其凉便跟老罗分道扬镳。

其凉说:"好在有你,不然星将道人不可能交出解药。"

老罗却臊得慌,解释说:"我平时不撒泼的,你可千万别以为我平时就是这个样子。"

其凉笑了笑,说:"小白说要找个有人情味儿的人,果然不假!"

老罗不知道这算不算夸她。

其凉说:"我先回大云山了,要是以后有什么事,可以来大云山找我。"

老罗点头。

其凉扬长而去。

老罗回了家,赶紧将解药给小白吃了。小白的温度降了下来,又变得凉飕飕的。老罗悬着的心终于放了下来。

老罗的妈妈担忧地走进老罗的闺房,老罗示意要她出去。

老罗的妈妈见老罗没事,便知道小白已经渡过难关,安心地出去了。

老罗的妈妈刚出去,小白就说话了。

小白说:"你对其凉说你平时不撒泼的,是不是很在意其凉对你的印象不好?"

老罗脸一热,说:"要不是为了救你,我会那样豁出去吗?"

小白说："其凉那种模样的好像很受你们人类尤其是女性人类的欢迎。"

老罗脸更热了，说："你跟他说话好像很不一样，打情骂俏一样。你以前怎么没跟我提起过他？"

小白语气变得不耐烦，声音也大了一些，说："喂，老罗，东西可以乱吃，话不能乱说。我们怎么打情骂俏了？"

老罗说："话可以乱说，东西不可以乱吃。你要是不吃豆腐脑，我会找到赵一的牌馆里去吗？会发生这些事情吗？"

小白着急地说："要不是我吃了豆腐脑，你就吃了！"

老罗说："要不是你，豆腐脑里面会有毒吗？"

小白不说话了。

半晌，老罗又问："小白，问你个事儿。其凉也喜欢打牌，是吗？"

小白没好气地回答说："他想知道自己的运势好不好的时候，就会打牌测试一下。"

老罗说："那就是喜欢打牌咯？"

小白问："算不上喜欢吧？"

老罗说："当然算！"

小白又不说话了。

又过了半晌，老罗又问："小白，你说……这算不算我们有共同爱好？"

小白不说话。老罗偷笑。

73.

小白吃过解药之后的几天里，老罗打牌总是输。哪怕起手抓了一手好牌，也打得稀巴烂。

老罗气得差点掀桌子。

回到了家里，老罗气咻咻地质问小白："你是怎么回事？怎么老让我输？"

小白说："我不是元气大伤吗？还没有恢复好。等恢复好了，你的运气就会回来。"

老罗说："你没来的时候，我也不至于输成这样啊！"

小白连忙道歉："对不起，对不起，都怪我。是我连累了你。"

老罗问："你什么时候能好起来？我不指望你让我赢钱，让我正常打牌就行了。"

小白说："王难这一次让我少了将近一百年的修为，要恢复到原来的水平，恐怕要等一百年左右。"

老罗几乎要跳起来，大声嚷道："一百年？你要我等一百年？"

小白淡淡地说："一百年很久吗？转眼就过去了。"

74.

对大部分妖怪来说，一百年确实太短了，转瞬即逝。

可是在这一百年里，妖怪要见到很多的人。对妖怪来说，遇见那些人就如夏天的某个夜晚在路边遇见萤火虫一般。过了几天再经过那里，萤火虫依然游离发光，但都不是上次遇见的萤火虫了。

75.

小白的母亲还在人世的时候，常在夜晚带着小白登山。

到了山顶，它的母亲仰头望月的时候，它低头看到了山下的万家灯火。

那时候它还没有下过山，没有见过山外的世界。

它看着那些忽明忽暗的灯火，问母亲："母亲，那是什么？"

母亲说："那是萤火。"

它呆呆地看着山下的"萤火"。

母亲又说："孩子，那里的一切，美好得让人沉迷，却转瞬即逝。你可以远观，但千万不要到那边去。"

它问："为什么美好的地方不能去？"

母亲说："孩子，美好的存在本没有错，但美好的消逝会让你痛苦。"

76.

后来小白的母亲还是送它下了山，送它进了一个戏院，将它盘在戏院屋顶的房梁上。

母亲说："我即将遭遇雷劫，你在我身边太危险。这个地方虽小，但人世间的种种都会在这方寸之台上轮番上演，让你看看一会儿脂正浓，一会儿粉正香，一会儿两鬓成霜。昨日黄土陇头送白骨，今宵红灯帐底卧鸳鸯。本以为卿卿我我攀了高粱，不料最后流落在烟花巷。昨天还说破袄寒，今天却嫌紫蟒长。乱哄哄，急纷纷，你方唱罢我登场。"

小白后来灵智大涨，想起当时母亲说起那段离别的话时，跟台上唱戏的人一样有腔有调，必定也曾登过台唱过戏的。

母亲说："等你在这里看过了无数人间的悲欢离合，见过了无数人间的炎凉冷暖，以后即使你修得人身，也不会沉迷于人世间，让自己徒增痛苦。你现在还听不懂我说的话，等以后你懂了，就知道为娘的良苦用心了。"

小白的母亲将它留在戏院之后，再也没有回来。

小白心想，母亲应该是渡劫失败了。

77.

她天天早上起来之后摆个铜盆，倒上水，然后焚香静坐，静坐一会儿，才将双手放进铜盆里慢慢搓洗，一洗就洗好久。

小白忍不住问："你这是干啥啊？"

老罗不搭理它，等到拿起手巾擦手的时候才说："我要把坏手气洗掉。"

小白忍不住问："这有用吗？"

老罗不耐烦道："你懂什么？有没有用并不重要！生活需要仪式感！"

小白茫然地问道："仪式感？"

老罗叹了口气，说："是的，有些事情你相信它有用，它就有用。"

小白感叹说："好神奇！"

老罗忍不住笑了，说："还有你们妖怪觉得神奇的事情？"

小白说："当然。还有好多让我觉得神奇到不可思议的事情。"

老罗问："还有什么事情让你觉得不可思议？"

小白说："比如说一个人喜欢上另一个人。"

老罗问："这有什么不可思议的？"

小白说："你不觉得吗？两个原本没有关系的人，在那么繁杂的人群里，对许许多多的人视若无睹，偏偏遇到那个人就为之着迷。不神奇吗？"

老罗说："我听过一种比较玄的说法，说是你跟你喜欢的人在前世见过，上辈子一个人欠了另一个人什么，这辈子才会走到一起。"

小白说："这么说来……你和其凉以前见过？"

老罗发觉话题不对，狠狠地打了一下左脚，说："你说什么呢！"

78.

老罗洗了好几天的手，决定到牌馆试试手气。

才打了两局，老罗就将位置让给了别人。

老罗抬起双手，放在鼻子下面嗅了又嗅。

"手气也太臭了！"她抱怨道。

牌桌上的牌友笑话她，说："牌场失意，情场得意！老罗，恭喜呀！你怕是要走桃花运了！"

老罗呸了那人一口。

那牌友还不甘心，坏笑道："呸我干什么？上次我可看到你跟一个秀气男孩从旅店出来。"

老罗指着那位牌友骂道："乱说话小心烂嘴！"

老罗走出牌馆，以手遮额。

外面艳阳高照，知了的叫声如浪潮一般起伏，路面晒得能看到蒸腾的热气。路边的树一动不动，没有一丝风。

龙湾街的地势很高，主街地面平坦，往街外走地势逐渐变低，经过一个较陡的坡之后，便出了龙湾街的范畴。

老罗刚从陡坡上走下来，就被一个戴着草帽的人拦住了。

那个戴草帽的人问："姑娘，麻烦问一下，老罗家怎么走？"

老罗一惊，看了看草帽下的那张脸，脸上有一道明显的刀疤。

老罗问："你是……"

那人立即回答说："哦，我叫隶梓，是老罗家的表亲，很多年没有行走了。最近家母满八十岁，我来送个请帖。"

老罗听到"隶梓"的时候心扑通扑通狂跳。

她心想，小白不是说隶梓被杭杭做成了挂白脸道具的衣架吗？

如果这人脸上没有刀疤，老罗就会认为他是骗人的。可这个人脸上的刀疤跟小白说的对上了号。

老罗自然没有快满八十岁的表亲。这个人之所以这么说，是怕她怀疑问路的目的。

79.

老罗说："我没听我妈说过远方还有什么表亲。"

老罗干脆表明了自己的身份。

是福不是祸，是祸躲不过。既然找到这里来了，她不给指路，也有别人给他指路。

刀疤脸一愣，随即满脸堆笑，说："原来你就是老罗啊！我听人说老罗，还以为是个男的。"

老罗立即问："你听谁说的？"

刀疤脸说："齐黄，你认得吧？他说他跟你打骨牌输了。"

老罗一听，气不打一处来。原来这个人也是齐黄引来的。

刀疤脸说："他打牌那么厉害的人都输在了你手下，所以我想来见一见你，学学牌技。"

老罗知道他说的不是真心话。他真实的目的是寻找从杭杭那里离开的小白。他听到齐黄说起打牌输掉的事情，自然而然知道老罗身上有东西。

至于他是否已经确定在她这里寻求庇护的就是小白，老罗并不清楚。

老罗笑道："哪有什么牌技？是齐黄出了老千被发现了而已。要是正常打的话，我会输得很惨。"

刀疤脸有些意外，问道："这么说来，在你这里的那个东西远不如齐黄的黄仙儿修为高？"

老罗不知道如何回答他。说是吧，就承认有东西在这里了。

刀疤脸见老罗犹豫，笑了笑，说："我见过的妖怪多了去了，你没必要隐瞒。"

他以为这么说就可以让老罗服软。

老罗说："我见过的人多了去了，大多没安什么好心。"

刀疤脸怔住了。

80.

老罗撇下刀疤脸就走了。

到了家，老罗对她妈妈说："如果待会儿有个脸上有刀疤的人来找我，你就说我不在。"

老罗的妈妈一听，以为老罗在外面惹了祸，着急地跟着老罗进了老罗的闺房。

老罗问："你跟着我干什么呢？"

老罗的妈妈问："你闯什么祸了？"

老罗眼睛往脚下瞥了一下，然后说："不是我。"

老罗的妈妈立即领会了她的意思，她转身拿起一个小凳子，去大门外坐着了。

老罗将她妈妈拉了进来，说："外面那么热，你坐在门口等着的话，也太刻意了。"

81.

回到了闺房里，老罗将左脚踩在椅子上，横眉冷对左脚上的凉意。老罗生气地质问："你不是说隶梓已经被杭杭做成了衣架吗？他怎么活过来了？"

小白说："我也不知道怎么回事。但是情况只有两种：第一，杭杭骗了我；第二，他骗过了杭杭。"

老罗用瞧不起的眼神看着自己的左脚，说："杭杭骗你干什么？

骗你的财还是骗你的色？她要整你，你想走都走不脱。"

小白说："是是是，我这种道行的仙家，骗我那就太看得起我了！那就是皇帝骗叫花子，仙人骗蚂蚁！"

老罗见它把自己贬得一无是处，忍不住笑了起来。

小白说："你高兴了吧？"

老罗笑得直不起腰来，好不容易忍住了，说："仙人骗蚂蚁，亏你想得出来！"

小白口气幽怨地说："可不是吗？她连捉妖师都敢杀，我连个尚未成形的人身都保不住，可不是仙人和蚂蚁的差别！"

老罗说："这么说来，那就是他骗过了杭杭？"

小白犹豫了一会儿，说："按道理说，杭杭这么高修为的高手，是不会杀错人的。"

老罗挠头问道："杭杭不可能骗你，隶梓又肯定被杭杭杀了。那这个找来的人是怎么回事？"

82.

就在老罗跟小白商讨怎么办的时候，外面响起了一个炸雷一般的声音。

"家里有人吗？"

老罗一听，这不是隶梓的声音。

老罗的妈妈走了出去，说："我们家老罗不在！"

老罗凑到窗户边，从窗缝里往外看。来者果然不是刚才碰到的隶梓，而是远不太远，近不太近的挖井人天罡。

方圆几十里的水井有一半是他天罡挖的。

由于常年在好几米的地底下挖土砌砖，他的腰习惯含着，背习惯驼着。地下跟地上对话困难，所以他也习惯了说话像打雷一样大，生怕别人听不见。

他也习惯了衣服总是泥糊糊的，站着不动的时候活生生一尊泥塑。

传闻说，他在地底下见过许多离奇古怪的事情，听见过从地下传来的哭声。

由于他常年在地面以下，性情略为古怪，对于这个地方的很多人来说，他是个相对陌生和疏远的乡亲。

天罡说："我不找你们家老罗！我又不是打牌的人！"

老罗的妈妈忘了老罗提到的人脸上有道刀疤。

老罗的妈妈问："那你找谁？"

天罡说："你有没有看到我女儿过来？"

老罗的妈妈见他是来找女儿的，松了一口气，说："没有啊。"

天罡说："那你在屋里有没有听到我女儿的声音？"

老罗的妈妈不知道他为什么这样问，迷惑地说："也没有。"

天罡的目光越过老罗的妈妈，往她身后的堂屋里看。

天罡说："可是我女儿说她在你家里啊。"

83.

天罡跟老罗的妈妈解释说，他的女儿今天一直发烧说胡话，他给喂了药，敷了毛巾，都没有用。刚才他守在女儿身边，女儿突然说："罗姐过来了。"

他的女儿叫老罗罗姐。

他往门口看，看到老罗刚刚从这里经过，神色有些慌张。女儿又说："罗姐带了个什么东西？"

他给女儿擦了擦额头，说："又说胡话了。"

女儿竟然很认真地说："我没说胡话。那个东西好有趣哦，它说它叫小白。好有趣的名字！"

说到小白的时候，女儿居然笑了起来。

小白是个什么东西？他在心里叨咕。

女儿又说："我要去罗姐家里玩。"

他没把女儿的话当真。

不一会儿，女儿表情变得难受。

他问："你是不是又不舒服了？"

女儿说："太阳好晒！知了叫得我心烦。"

他说："不要乱说，你在屋里，晒不到。"

女儿说："爸，你晒的衣服落在地上了，三伯家的鸡在上面踩，你快捡起来。"

他确实晾了衣服在外面，但是从屋里看不到衣服，更看不到三伯家的鸡。

不过他还是决定走出去看一看。

出了门，在毒辣的阳光下，他果然看到一件衣服落在了地上，一只老母鸡在上面踩来踩去。衣服上留下了许多鸡爪印子。

那只老母鸡确实是三伯家的。为了辨别自家和别人家的鸡，三伯家的鸡都在翅膀上系了一根红布条。

他急忙将鸡赶走，捡起衣服，重新挂在晾衣竿上。对于常年在地下挖泥的他来说，这点鸡爪印子算不了什么。

这倒是让他想起有一次挖井，挖到五米深的时候碰到了一块磨盘大小的石碑，上面没有字，但刻了无数只鹤，密密麻麻。他费了九牛二虎之力才将那石碑打碎，好继续往下挖到水源。那天收了工，他回到地上的时候，脱下外衣，发现背上有个泥巴掌印。后来他的背开始疼，像被人打伤了一样。他思来想去，劝那户人家放弃了那口井。他将挖上来的泥土填了回去，背就好了。

奇奇怪怪的事情他见过太多了，但从未怕过。可是今天他发现女儿不对劲，就有点儿恐慌了。

回到女儿床边，他抓住女儿的手，小声地问："你没在家里了？你在外面？"

女儿说："是啊。好热。"

他的心就吊了起来。他走到家门口朝外望，猜想此时女儿大概在哪个位置。可是眼睛能看到的地方都没有人。这么热的天，没什么人出来。

他心慌慌地回到女儿床边。

女儿说："我到罗姐家里了。"

他稍稍放心一些，尽量平静地说："那你玩一会儿就回来。"

女儿没有回答他，又说："罗姐的腿真好看。"

他的女儿比老罗小六七岁，正是向往成熟，又羞涩成熟的时候。

他对女儿说："不该看的你别看。"

女儿说："罗姐跟小白吵架呢。"

"小白是谁？"他还是忍不住问了。

女儿却咯咯咯地笑，仿佛正在看热闹。

他见女儿笑，想着过一会儿应该就好了。于是，他离开床边，准备去修锄头。

早上他本来打算去挖井的，拿锄头的时候，锄刃脱了柄。锄刃"哐"的一声落在他脚趾上，好在不是锄刃对着脚趾，但他还是被打得几乎跳起来。装好锄头其实很简单，但他是个信吉利的人。锄刃的脱落让他有种不祥的预感，于是他决定这天不出门。他没想到自己没事，女儿却开始发烧说胡话。

他走进满是挖井工具的小屋里，寻找适合夹在锄刃和柄之间的垫片。忽然之间，他在一堆破铜烂铁里看到了一个绿色的小方块。那个绿莹莹的东西在一片泥糊糊的破铜烂铁里太显眼了。

他扒开破铜烂铁，捡起那个绿莹莹的东西，发现绿莹莹的后面是白色的。他翻过来一看，白色一面有"五万"两个字，字是繁体字。

原来是一张麻将。

这里怎么会有麻将呢？他心中讶异。

就在这时，他听到女儿在前头屋里大喊"爸爸救命"。他慌忙丢下麻将，奔回女儿的床边。

他看到女儿坐了起来，双手乱舞。他急忙问："怎么了？"

女儿仿佛溺水的人抓住救命稻草一样抓住他，惊慌地说："爸爸，我看不见了，我走不回去了！快来救我！"

他夺门而出，奔向老罗家。

84.

老罗的妈妈是个善良人。

她听天罡将事情的来龙去脉一说，吓得脸色大变，连忙将天罡往屋里拉。

她说："你快进来喊一喊，把孩儿喊回去。"

天罡进了老罗家的门就呼喊女儿的名字："翠翠！翠翠！"

可是屋里没有他女儿回应的声音。

这时，另一个人趁机溜了进来，拉住天罡，说："要想你女儿回家，先得把这屋里不干净的东西除了！不然翠翠你是带不走的！"

老罗的妈妈站在门口，面朝屋里，本来是等着天罡将翠翠喊回去的，根本没注意那个人从后面溜了进来。

老罗的妈妈听那人这么说，气愤道："我天天打扫家里，哪里不干净了！"

她一边说一边向那人看去。那人脸上有一道刀疤。

老罗的妈妈愣住了。她知道，那个人是来找老罗的。

天罡听到那人说的话，猛然醒悟，问道："你说的是那个……小白？"

那人斜了眼看老罗的妈妈，说："您看，他都知道您家里有不干净的东西。"

闺房里的老罗急得团团转，不知道该怎么应对天罡和刀疤脸。

天罡之前说的那些话，老罗听到了。翠翠显然是被刀疤脸利用来打入老罗家的。天罡看到的麻将，显然也是刀疤脸事先放好的。麻将的作用就是让相信预兆的天罡以为问题出在她老罗身上。

老罗将刀疤脸的心思看得明明白白。刀疤脸自己要来老罗家对付小白，恐怕是困难重重。毕竟这里的人肯定都会帮老罗，而不会帮一个外来人。如果他的出现是为了帮天罡救女儿，那就天经地义了，这里的人都会支持他，而说老罗的不是。

在天罡呼唤女儿的时候，就有几个人站在外面看热闹。

刀疤脸一说老罗家里有不干净的东西，看热闹的人就更多了。

其实老罗跟齐黄打牌的那次，很多人就猜到老罗有些异样了。一个普通人怎么会让一个身上有黄仙儿的人输掉呢？

后来在赵一的牌馆里发生了几次事情，一传十，十传百，认识老罗的人大多知道她惹上了一般人不该惹的麻烦。

因此，刀疤脸说老罗家里有不干净的东西时，听到的人几乎没有怀疑的。与此同时，他们在刀疤脸的引导下先入为主地认定是那个不干净的东西作祟害了翠翠。

这个地方广泛流传着一种邪门的说法，说是有一种叫"刻薄仔"的邪灵专门引诱别人的魂儿出去玩，然后让离了躯体的魂儿回不来。人的身体里一旦没了魂儿，就会生病。如果魂儿很快回来了，病就会好。如果魂儿太久回不来，人就会病死。

天罡和看热闹的人都把从未见过的小白当作刻薄仔了。

那刀疤脸见看热闹的人多了，便不再劝说老罗的妈妈。他转身跨出门槛，走向那些围观的人。

刀疤脸一脸担忧地说："各位父老乡亲，我是一名三枚铜钱捉妖师，可是半道上那三枚铜钱被人抢了去，不能拿出来给你们看。我虽然等级不高，但老罗家的邪物还是拿得下的。现在翠翠被这邪物带到了这里，回不去。"

刀疤脸说到这里的时候，围观的人还不为所动，抱臂旁观。

刀疤脸继续说："今天是翠翠回不去，明天可能是你们这里的小姑娘回不去。哦，你们可能会问，为什么是小姑娘？你们不知道吧，这个邪物来这里之前已经害过不少的小姑娘了。"

闺房里老罗拍打左脚，问："你还有什么没有跟我讲的？"

凉气在她脚上盘旋躲避。

小白求饶道："这牛鼻子胡说八道！"

老罗停止拍打，问："你没有？"

小白说："不过是一些风流债，但从未害过人！"

老罗拼命拍打左脚，斥道："还嘴犟！"

小白一边盘旋躲避，一边说："常听说人言可畏，以前没觉得，现在可算领教了！"

外面的人也被刀疤脸说动了，纷纷请求刀疤脸清除老罗家的邪物。

原本不惧刀疤脸的老罗的妈妈，此时张皇失措，不知该如何应对。

85.

刀疤脸见群情激奋，知道老罗的妈妈是拦不住他了，于是转而回到大门前，一只脚跨进门内，一只脚留在门外。

刀疤脸邪笑道："俗话说上半夜想自己，下半夜想别人。您为了女儿牌运好转，留了这邪物在家里，我能理解。但如今这邪物加害邻里乡亲，您还要留它吗？"

他这么一说，外面的人更激动了。他们自然而然地以为老罗的妈妈是顾及老罗打牌赢钱才不让三枚铜钱捉妖师进屋的。他们说的说，劝的劝，都要老罗的妈妈让步。

一位老人上前说："老罗用邪术打牌赢钱，我们就不怪了。可这害人的东西留在这里终究是个祸害，你能留，我们大家可不能留！"

刀疤脸趁势又说："您别忘了，您的丈夫当年借助了邪物的能力赢了许多钱，最后不知所踪。所谓有舍有得，用了这种邪物，最后都要还回去的！"

闺房里的老罗急得团团转，但想不到任何扭转局势的办法。

老罗听到刀疤脸说起她爸爸的时候，也有些动摇了。

她问小白："你不会让我像我爸爸一样突然消失吧？"

小白说："你怎么也听这牛鼻子的？我要是有那个能力，还需要你来保护我？"

她"哼"了一声，说："你说你道行浅，就一定道行浅？"

小白说："我要是道行高深，早像杭杭那样把他的骨头拆下来做衣架了！还用躲在你的闺房里？"

老罗想了想："说的也是。哎，小白，我现在拼命护你，以后你修为大成了，可别忘了报答我！让我把把自摸！清一色，杠上花，要啥来啥！"

小白嫌弃道："得了吧，眼下我就要被捉了，你还清一色！还杠上花！"

老罗说："怪我咯？要不是你，我何至于这几天打不成牌？弄得我手也痒痒心也痒痒。"

小白长叹一口气，说："唉，果然牌还是比我重要。"

堂屋里传来老罗的妈妈的声音。

老罗的妈妈说："好吧，你们要除掉邪物，我没意见。但是那邪物在我女儿身上，我就这么一个宝贝女儿，你若是伤到或者吓到我女儿半分，我是不依的！"

刀疤脸为难地说："您明知那东西在您女儿身上，却不让我碰您女儿，这怎么让我除掉邪物？"

老罗的妈妈进退两难。

这时，天罡说话了。

"哎，我的女儿是女儿，她的女儿也是女儿。我们的心思是一样的。捉妖的师父，您看看有没有其他办法除去邪物，又不吓到老罗？"

刀疤脸以为天罡是完全向着他的，没想到天罡主动退了一步。

刀疤脸结结巴巴地说："这个嘛……这个嘛……恐怕……"

天罡说："您要是没有办法，我们就找个别的师父来看看。"

刀疤脸马上说："可以的，可以的！完全没问题！"

他一边说，一边从腰间掏出几张黄色的纸来。

他说："本来我是想将这邪物带走的，既然不能吓到老罗，那我只能换个残忍一些的方式。这是专门捕杀邪物的三清符文，只要在邪物所在之处的三个方位焚烧此符，就能将邪物禁锢此处，让邪物动弹不得，也不能再作祟，连言语都不能。只消三日，这邪物便会活活饿死。"

闺房里，老罗感觉到脚上的小白在哆嗦。

天罡问："这邪物往日里是要吃东西的吗？"

刀疤脸笑道："这邪物是以天地精气为食的。三清符文便能让它无法吸收天地精气，直至活活饿死。"

闺房里，老罗安慰小白说："你别怕，不是要三天吗？我今晚就偷偷把符文撕掉。"

堂屋里，刀疤脸已经点燃一张符文，扔在脚下。

天罡问："我看一般的符文是贴在门窗墙壁之上，师父为什么把它烧掉？"

刀疤脸走出门外，找了一个方位，又点燃一张符文，扔在脚下。

接着，他走到屋后，点燃一张符文，扔下之后回到天罡身边。

刀疤脸说："贴在门窗之上，也怕别有用心的人撕掉。焚烧之后的符文，就撕不掉扯不烂了。"

天罡感叹说：“师父做事真是滴水不漏啊！”

闺房里，老罗问小白：“这三清符文这么厉害吗？”

这次小白没有回应她。

她往脚上摸去，发现小白已经不在那里了。

她听到外面刀疤脸说：“我这三清符文一般用来对付难缠的东西，本不打算用的。老罗身上的东西道行尚浅，我这符文一烧，立即见效！”

86.

老罗轻声呼唤小白，小白依然没有回应。

老罗从闺房冲了出来，一手抓住刀疤脸，质问道：“你把小白怎么了？”

刀疤脸笑道：“别生气，我这都是为了你好。”

老罗说：“你我素不相识，用不着你为我好！”

刀疤脸：“老罗，我今天不把它捉了，三日之后，必有雷劫降临于此。它的母亲就是渡劫的时候死的。它没跟你说过吧？你是想跟它一起被雷击中吗？”

老罗一惊。

刀疤脸趁机扯下老罗抓住的衣服，离她远一些。

老罗的妈妈听了，也吓了一跳。她赶紧走过来，问道：“你是怎么知道三天之后会有雷劫的？”

刀疤脸说：“我虽然只是三枚铜钱的捉妖师，但见过捉过的妖怪不计其数了。这跟春天开花秋天落叶一样都是有时节可算的。我说……您为什么不信我，偏偏信这个害人的邪物呢？当初您的丈夫不就是遭了邪物的害才消失的吗？”

老罗的妈妈问：“那你知道我丈夫去了哪里吗？”

刀疤脸说:"您这问的……我只捉妖,又不捉人,哪里知道您丈夫去了哪里?"

老罗的妈妈默然。

刀疤脸又宽慰老罗说:"你别看它现在没有害你,那是因为它知道现在依靠你来遮掩它的气息。等它修为大进,不需要你的庇护了,就会露出真实嘴脸来。"

老罗问:"什么真实嘴脸?"

刀疤脸又凑近老罗,张开嘴做出一副要咬人的样子,然后说道:"你应该知道它的原形是什么。它会把你吃掉!连骨头都不吐出一根来!"

老罗打了个寒战。

刀疤脸又说:"不妨告诉你,我没做捉妖师以前,身上也有东西。那东西也说需要我的帮助。我见它可怜,答应了它。后来它修为大增,不需要我了。"

刀疤脸抬起手摸着脸上的刀疤,继续说道:"于是,它一爪子向我抓来。抓破了我的脸。它以为这一下会让我死。好在我命大,被一个追捕它的捉妖师救活了过来。"

老罗说:"原来……这不是刀疤……"

刀疤脸狞笑道:"不,这就是刀疤。那个捉妖师为了放掉它爪子里留下的毒,用刀将我的伤口划开,放掉毒血。从那之后,我成了捉妖师,誓言铲除所有忘恩负义的妖怪!"

刀疤脸笑得肌肉颤动,面目狰狞,仿佛他也是一个妖怪。

老罗小声道:"可是……可是……你怎么确定小白就是忘恩负义的妖怪?"

刀疤脸连连摇头。

"你太年轻了!"刀疤脸痛惜地说。

他这话一说出来,旁边的几位老人就用同样痛惜的目光看着老罗,都有一种认为老罗不懂他们的神情。

刀疤脸接着说："你只有在它忘恩负义之前杀掉它，才能让你避免被伤害的痛苦。"

老罗迟疑了片刻，说："万一……万一它不是这样的妖怪呢？"

刀疤脸直直地看着她，反问道："万一……它是呢？"

87.

小白曾经跟老罗说过一件往事。

被星将道人收进八卦星宿镜里的那个妖怪朋友名叫无来。无来曾经救过一个人。

无来有一次偷偷上大云山找其凉，路上发现一个人睡在石道上。那人浑身散发着酒气，醉得不省人事。

无来绕过那人，本要继续往山上走的，忽然听到身后响起嗒嗒的脚步声。

无来回头一看，看到三个半人高的老头从草丛里走了出来。那三个老头的脚板如鸭蹼一般，走路时拍在石道上，发出嗒嗒的声音。老头都戴着山下农人常戴的草帽。草帽却是崭新的。

无来赶紧躲在一棵大树后。它以为那三个老头是循着它的气息找来的。

结果那三个半人高的老头在那个散发着酒气的人身边停下了。

其中一个老头欣喜地说："这不是跟着观云仙长学捉妖的人吗？"

另一个老头也欣喜地说："对对对，就是他。"

第三个老头摸了摸那个人的脸，欣喜地说："这回捡了个大便宜！"

第三个老头在头顶的草帽上抽了一根空心稻秆，插在那人的鼻子里。那人打了一个喷嚏。

第三个老头赶紧捏住了那人的鼻子。

那人睡得太沉了，鼻子被老头捏住之后，他张开嘴呼吸。

第一个老头从草帽上抽了一根空心稻秆，插在那人张开的嘴里。

第一个老头小声说："你插错了地方，要插到嘴里，我们才能吸走他的人气。"

说完，那老头像抽烟一样咬住稻秆，脸颊凹陷下去，眼睛发光。他吸了一口气之后，惬意地吐了出来。一团白色絮状的烟雾在他嘴前散开。

第二个老头凑了上去，狠狠吸了一口，脸颊凹陷得能放一个拳头下去。他没有吐出来，而是咽了下去。

第三个老头抢食一般也吸了一口，然后咽下。

无来看到，老头每吸一次，那躺在地上的人脸色就暗一分。无来预感到再让那些老头吸几口，那人恐怕会变成一具骷髅。无来决定救那个人。

无来讲给小白听的时候，小白问无来："你知道那人是在大云山学捉妖的，捉妖师个个心狠手辣，你还救他做什么？"

无来说："万一……万一他不是这样的捉妖师呢？"

小白反问："万一……他是呢？"

无来说："只要有万分之一的可能是救了好人，我就要救他。"

无来从树后跳了出来，跺脚大喊。

那三个老头吓得丢下稻秆，像兔子一样跳进了路边的草丛里。

无来将那人鼻子里嘴里的稻秆抽出来扔了，见那人袖口上绣着祥云和仙鹤，猜测他应是道观里的人，于是将他背起，丢在了道观门口。

88.

老罗知道，刀疤脸是不可能放过小白了，多说也是浪费口舌。

于是，老罗问道："好歹我跟它相识一场，你让我跟它告个别吧？"

老罗想着，只要刀疤脸让她和小白说话，或许就能找到一线生机。

刀疤脸猜到了老罗的心思，笑道："我这三清符文一用，它就说不了话了。虽然它还在这里，但你感觉不到它的存在。只有这样，才能避免它继续蛊惑你，让你颠倒黑白。等三天一过，它精气散尽，现出原形来，你再跟它的尸体告别吧。"

老罗心想，糟糕！难怪我摸不到它，喊它也不回应。

"它来我这里这么久了，没有害过我。万一它真的是个好妖怪呢？"老罗说。

刀疤脸冷冷地说："宁可错杀，不可遗漏。"

89.

天罡最担心的还是他的女儿翠翠。他问刀疤脸："翠翠什么时候能回家？"

刀疤脸在烧掉三清符文的地方坐了下来，说："你女儿今晚就能回家，但是三天之后才能恢复正常。"

天罡看到刀疤脸的手指上有一块熏黑的地方，问道："你烧符文的时候烧到手指了？"

刀疤脸不自然地用大拇指搓烧到的手指。

"常有的事。"刀疤脸说。

天罡说："引火自焚。这是个预兆。你要小心一些。"

刀疤脸不高兴地说："我是在帮你救翠翠，你能不能说点好听的？"

天罡一本正经地说："我挖了这么多年的井，就是信吉利，才一直没有出事。"

刀疤脸挥手道："行，你信你的吉利，我捉我的妖怪。我要在这里守三天，这三天里，麻烦你给我弄些伙食。"

天罡说："你是帮我救翠翠才守在这里的，这些是我应当做的。"

90.

老罗的妈妈将老罗拉到一旁，小声道："老罗，我们再不叫帮手来的话，小白恐怕没命了。"

老罗的脑海里立即出现了其凉的身影。

老罗说："大云山！"

这时，一个熟悉的声音响起。

"怎么这时候才想起我？"那个声音听起来有些得意。

老罗扭头看去，星将道人手持八卦星宿镜大步流星地走了过来。他听到老罗说起大云山，以为老罗说的是他。

老罗气得想翻白眼。

星将道人走到老罗身边，一副大人不记小人过的样子，说："你看你，上回我找你要，你偏不给。现在好了，它要死在这个捉妖师手里了。你看看我这八卦星宿镜里的妖怪多安逸！在我这八卦星宿镜里，既不怕被人捉，也不怕遭雷劈。"

说这话的时候，星将道人晃了晃手里的八卦星宿镜。

老罗嘀咕道："真是冤家路窄！"

星将道人接着老罗的话说道："是啊，冤家路窄！这个捉妖师我碰到好几回了！总跟我抢！"

坐在地上的刀疤脸见了星将道人，举手道："道长，你怎么来了？这次是我捉住的，你可不能抢！"

星将道人走了过去，哈哈一笑，说："还真巧了！我盯了这个目标好久了！就差做个记号了！"

刀疤脸指着旁边符文的灰烬，说："哎哟，不好意思，我先做了记号。"

星将道人在刀疤脸旁边坐了下来，像拉家常一样跟刀疤脸说："这个小白道行虽浅，但也吸收了几百年的天地精华。你用三清符文让它烟消云散，太浪费了。不如你让给我，我用这八卦星宿镜收起来，熬成丹药，到时候送你一份。"

刀疤脸不太相信，问道："这东西还能炼成丹药？"

星将道人说："我师爷用炼丹炉炼药，结果炸死了。我改进了一下，用妖怪炼药，将妖怪吸收的天地精华融入丹药里去。这样炼出来的丹药滋阴补阳，化痰止咳，醒脑补血，益寿延年，好处真是说不尽。"

刀疤脸摆手，说："你这跟狗皮膏药没啥区别，还不如直接将它打回原形，丢到锅里小火慢炖几个小时，炖烂了吃掉来得方便。"

星将道人不敢苟同，摇头说："咦……你太不懂吃了，无论是炖还是炒还是蒸，都会破坏它的营养，终究不是最佳选择。"

老罗咽了一口口水，说："你们俩别聊了，聊得我都饿了。"

91.

星将道人见袖口上沾了尘土，轻轻在仙鹤祥云上摸了摸拍了拍。

刀疤脸揶揄道："哟，道长的袖口做得好精致！"

星将道人笑了笑，站起来，拍拍屁股。他对老罗说："你跟我来。"

老罗跟着他走到自己家里，仿佛他才是老罗家的主人，而老罗则是客人。

进了大门，星将道人探头看了看坐在外面的刀疤脸，然后对老罗说："你看你打什么岔，我就是想勾起他的食欲，让他不要以这样残暴的方式杀死小白。"

老罗没好气地说："那给你们吃掉就是不残暴的方式？"

星将道人说："你看你，不懂得变通。"

然后，他指着老罗闺房的门，问道："它是在这里消失的吗？"

老罗点头。

星将道人问："我能进去看看吗？"

老罗点头。

星将道人走进老罗的闺房，将八卦星宿镜放进怀里，然后伏在地上，双手如捉鱼一般摸索。

老罗看出来他是在找从她脚上脱落的小白。

这时候老罗竟然有些感动。她觉得小白如果被星将道人捉住，放在八卦星宿镜里也好，至少比活活饿死强。

星将道人将房间各个角落摸了个遍，由于一直弯着腰，天气又比较闷热，他的额头冒出了一层细密的汗珠。绣着仙鹤和祥云的袖口被蹭得脏兮兮的。房间里的尘土略为潮湿，不像外面的尘土那样干燥，蹭到了衣服上，拍也拍不掉。

老罗见他终于双手叉腰挺直了身子，赶紧问："找到了吗？"

星将道人疲惫地说："没有，这三清符文果然厉害！以前师父教过，但我觉得太残忍，就没好好学。符到用时方恨少啊，早知道我应该好好学的，今天就不至于连小白的方位都摸不到。"

老罗问："小白还在这里？"

星将道人点头说："是啊。但是它被隐藏起来了，说不出话，听不到声，无法与外界沟通。我们也听不到它，感觉不到它。可以说是如同阴阳相隔。三清符文借用的是风雷电，只消三日，如果我们不能救出它，它就如被风刮，被雷震，被电击。"

老罗说："被雷震，被电击，这小白肯定难挨，可是被风刮……那还好吧？"

星将道人步履蹒跚地走到门口，他刚才脚也蹲麻了。

他扶着门框说："小丫头你懂什么，风水风水，风是散气的，水是聚气的，这就叫风水。就是因为有了这个风，小白就如干渴的人行走在狂风沙暴之中，无法吸收精气，才会被活活饿死。"

老罗着急道："那怎么办？"

星将道人揉了揉腰，说："天劫易躲，人劫难防。这次小白怕是在劫难逃了。"

老罗不满地说："就知道你救不了小白。我还是去大云山找其凉帮忙吧。"

星将道人说："你怕是急糊涂了吧。其凉我不捉它，是因为我师父的承诺。这个捉妖师可不是大云山来的，你要是把其凉找来，这不是让他自投罗网吗？"

老罗一愣。她都忘记这一点了。

老罗又说："那我去龙湾街找赵一想办法。"

说完，她就要往外走。

星将道人拉住她说："你去了也是白去。"

老罗问："我知道她可能帮不上忙，但总得试试吧？难道就让小白这么死了？"

星将道人说："赵一楼上的仙家是特别厉害，我碰都不敢碰。但是她那个仙家脚不能沾地，面不能示人，所以一直住在楼上，一直不让人看到真实模样。就连赵一自己虽然与它长伴相守，却都不知道它长什么样。"

老罗惊讶地问："赵一都不知道他是什么样子吗？"

星将道人点头说："嗯。我还在大云山的时候，有一次她来大云山，我听我师父问过她，要不要见一次她楼上那位仙家的面貌。我师父可以帮到她而不影响那位仙家。可是她拒绝了。"

老罗更惊讶了，问："她为什么拒绝呢？"

星将道人说："当时她说，只要是他，什么样子都无所谓。她以前以貌取人，最后发现相貌还是那个相貌，人却不是那个人了。"

老罗喃喃道："赵一是个有故事的人。"

星将道人说："我师父还问她，如果那位仙家丑陋不堪呢，你会不会后悔？她却说，人也长得丑陋不堪，毛发丛生，纹路粗糙，牙齿密集，只是看习惯了，就觉得应该长成这样。"

92.

老罗看着星将道人娓娓道来的样子，恍惚他换了一个人。此前来这里的时候，他可不是这样的态度。

星将道人见老罗一双眼睛瞪大了上下打量他，问道："你这样看我干什么？"

老罗"啧"了一声，说："我怎么觉得……你今天对小白太好了。"又立即补充说，"虽然你这种迟来的好没什么用。"

星将道人尴尬不已，说："看你这说的……"

老罗见他尴尬，又不忍心了，转而说："还是有点用，没让我去大云山或者龙湾街浪费时间。还是感谢你能过来，我以前以为你就是那种不讲情面的……"

星将道人打断说："我还是我，没有变化。只是有句话叫作'同行是冤家'。我不想让那个捉妖师抢了我的目标而已。我是要替天行道的人。"

93.

到了夜幕降临的时候，老罗还没想出解救小白的办法。

她靠在门框上，看着坐在地上悠哉悠哉的刀疤脸，不是没想过拿条柳木扁担朝他后脑勺打过去。可是打晕了刀疤脸也没有用。她没有办法化解已经焚烧掉的三清符文。小白还是死路一条。

星将道人去刀疤脸旁边坐了好几回，推荐了好几种新的烹饪小白的方式，顺便介绍了小白泡酒的奇妙体验。刀疤脸依然不为所动。

"吃吃喝喝是这个世界上最美好的事情，你对吃喝都没有什么兴趣，活着也是白来人间一趟。"星将道人最后无奈地说。

刀疤脸打了一个哈欠作为回应。

星将道人怏怏地回到老罗身旁，浑身无力地坐在门槛上，说："我已经尽力了。"

老罗撇嘴说："亏得小白现在没办法跟我们沟通，要是它听到你想着法儿把它又是爆炒又是清蒸又是过水又是文火慢炖，估计恨不能立即死。"

星将道人忽然灵光闪现，激动道："你倒是提醒我了！我想到了一个新的办法！"

老罗跟着激动起来，问："快说，有什么新的办法？"

星将道人说："新的办法就是……把小白分成许多份，每种烹饪方式都试一下，这样就不用因为考虑哪种最合适而发愁了。"

星将道人腾的一下站了起来，要往刀疤脸那边去。

老罗急忙拉住他，劝道："算了算了。我看出来了，小白对你来说就是一盘菜。可他对你的菜没有兴趣。"

星将道人说："再试一次吧。"

老罗说："别把你的喜好当作别人的喜好。我就纳闷了，你当初干吗要去大云山，而不去饭馆学厨艺。说不定你不但不会被赶走，还能当个好厨子。"

不一会儿，天罡给刀疤脸送吃的来了。

"粗茶淡饭，您别介意。"天罡说。

刀疤脸说："荤菜你都拿回去吧，我吃素。"

站在大门口的老罗和星将道人面面相觑。要不是怕小白听到，老罗差点笑出声来。虽然小白可能听不到。

94.

老罗的妈妈已经做好了饭菜，留星将道人吃饭。

星将道人竟然没有客气，老罗的妈妈一问，他就点头答应了。

"我是为了盯着他。"星将道人指了指外面正挑起一根青菜放入嘴里的刀疤脸。

老罗说："我家里有酒，你要不要喝点儿？"

星将道人两眼放光，但光芒随即熄灭。

"不了不了，有正事要办呢。"他说。

到了饭桌旁边，他又说："要不给我来一点儿吧，上次的酒还挺好的。反正我现在也只能袖手旁观了。"

酒一喝，星将道人便戒备全无。他将八卦星宿镜从怀里拿了出来，放在饭桌上。

老罗和老罗的妈妈不由自主地往八卦星宿镜上看。

星将道人端起酒杯，往八卦星宿镜上一碰，像是要跟它干杯。

他一饮而尽，咂了下嘴，说："无来啊无来，你看你在这里面多好！你的朋友如今被三清符文封印，三天之后所有修为便前功尽弃啦。你该敬我一杯酒才是！"

星将道人的酒量是真不行。小如鸡蛋的酒杯才喝了三四杯，他就趴在饭桌上烂成了一团烂泥。

95.

老罗的妈妈收拾完了碗筷，星将道人趴在饭桌上打起了呼噜。

老罗的妈妈拿了抹布擦桌子，星将道人占着的地方擦不到。她摇摇头，说："还以为你酒量多好，一口一杯！酒量这么差，就不要这样喝嘛。"

星将道人的呼噜声忽然停止了，他嚅动嘴，受累了一样长吐一口气，说："酒嘛，就是要容易喝醉的人来喝。千杯不倒，那跟喝水有什么区别？"

说完，他又打起了呼噜。

老罗的妈妈忍不住笑道："酒不会喝，嘴倒是挺犟。"

这次星将道人没有回嘴，好像真的睡着了。

老罗看了看坐在外面的刀疤脸。他也已吃完了，碗筷放在一旁，等着天罡来拿。

此时夜色已经较浓，稍远一点的房屋和山水已经看不清了，如同晕染开的水墨画。那边传来的人声和狗吠听起来都比白天要模糊一些。

夏天蚊子比较多，刀疤脸以手拍蚊子，发出点燃受了潮的鞭炮一般暗哑的啪啪声。他一会儿打自己的脚，一会儿打自己的脸，仿佛做错了什么事，要跟自己过不去。

老罗心肠一软，点了一根蚊香，放在了刀疤脸近处。

刀疤脸见老罗送了蚊香来，说："蚊香熏不死它们，落下来又能飞走。只有拍死它们，才能永绝后患。"

恰好老罗的妈妈出来倒洗了碗的水。她听了，忍不住说："拍死了还有来的，你得把这里的蚊子都拍死。"

老罗拿起蚊香要往回走。

刀疤脸惊讶道："既然点了，又拿走做什么？"

老罗说："你拍呀。"

老罗将蚊香拿了回去，放在大门口，又进屋盛了一碗气味难闻的潲水出来，放在刀疤脸近处。

刀疤脸一脸迷茫。

"这个……也可以熏蚊子吗？"刀疤脸不敢相信地问老罗。

老罗嗅了嗅，满意地说："蚊子苍蝇飞虫都喜欢这个气味。你不是要永绝后患吗？我把后患都引过来，你好把它们都永绝了！"

刀疤脸气得嘴唇发颤，却说不出一句反驳老罗的话。

老罗回到屋里，搬了一把椅子坐在门口的蚊香旁，远远地看着刀疤脸拼命拍打循着气味飞来的飞虫和蚊子。

刀疤脸抱怨道："你看什么呢？"

说完，他又狠狠地往自己脸上扇了一巴掌。老罗说："看一个人跟自己过不去有多痛苦。"

96.

等到天色再暗了一些，外面的人声和狗吠都消失了。夜开始变得寂静。

邻家一个小男孩跑了过来，看到坐在地上的刀疤脸被蚊子咬得抓耳挠腮，捂住嘴笑。

这个小男孩平时很淘气，附近的猫和狗都烦他，见了他就躲开。他手里拿着一根小棍子，这里敲一敲，那里打一打。

老罗假装没看见他，生怕他缠着她。

这个小男孩见老罗不理他，竟然跨过门槛，走了进去。他看到了喝醉了的星将道人。

他的目光首先被星将道人袖口上的刺绣吸引。"姐姐，这是个神仙吗？"他回过头来问老罗。

在这个地方，只有死去的人才配穿有仙鹤和祥云的衣服。如果有人去世，大人就会跟小孩说，那个人驾着仙鹤，腾着祥云，去做神仙了。

老罗懒得理他。

小男孩凑到饭桌边，盯着星将道人的鼻子看。"姐姐，神仙不是没有气息的吗？"他又问老罗。死去的人自然是没有气息的。

老罗还是不搭理他。

小男孩居然举起小棍子去戳星将道人的鼻子，他想看看"神仙"

是不是真的有气息。

小男孩的小棍子刚刚碰到星将道人的鼻子，熟睡的星将道人立即腾的一下跳了起来！

星将道人刚刚坐着的椅子被他的脚绊倒，小男孩的小棍子被他打飞了。

坐在门口的老罗被星将道人这诈尸一样的反应吓到了。

老罗都被吓到了，那小男孩更是被吓到了。他先是脸色一白，接着哇地放声哭了起来。

奇怪的是，星将道人也面露惊恐，脸色煞白。

他转头来看老罗时，老罗发现他神色慌张，额头满是汗珠，如同刚从噩梦中惊醒过来。

"这小孩是谁？"星将道人惊恐地问老罗。

"邻家的呀。"老罗回答。

"不！他不是人！"星将道人大喊道。

97.

坐在外面的刀疤脸哈哈大笑。

"没想到道长还怕不是人的东西！"刀疤脸大声说道。

老罗仔细地往那个小男孩身上打量，并没有发现异常之处。那小男孩眼泪不停地流出来，像是流不尽一样。哭的声音越来越大，吵得老罗脑袋嗡嗡响。

"别！哭！了！"老罗几乎把嗓子喊破。

小男孩被老罗的声音震慑住了，哭声戛然而止。

老罗知道，刚开始小男孩是被吓哭的，后面越哭越带劲儿，是想把那个溺爱他的奶奶哭过来找老罗和星将道人的麻烦。就是因为他奶奶过度护短，这个小男孩才变得如此淘气。

星将道人摸了摸鼻子，惊慌失措地问老罗："稻秆呢？稻秆呢？"

老罗问："什么稻秆？"

话刚说出口，老罗就明白是怎么一回事了。俗话说，一朝被蛇咬，十年怕井绳。星将道人以为这个小男孩像大云山那三个半人高的老头一样，把稻秆插进他的鼻子里，要吸他的气。

因此，星将道人惊醒的时候以为小男孩是其中一个老头。刚好这小男孩只有常人的一半高。

无来把星将道人背到道观门口的时候，星将道人还是烂醉如泥。老罗心想，可能他那时候意识到了危险，但无法动弹。也可能他碰到过那三个老头不止一次。

星将道人见那小男孩被老罗的喊声震慑住了，知道是自己看花了眼，于是长吁一口气。

老罗转而温和地对那小男孩说："快回去吧，晚上不要到处乱跑。"

小男孩捡起小棍子，一溜烟跑了。

98.

等到有些人家的窗户亮了起来，老罗困意渐浓。

她按了电灯开关，结果没有电。这里停电太常见了。于是，她拿来两根蜡烛，在堂屋里点了。

微风吹了进来，烛火摇摇晃晃。老罗和星将道人的影子在墙壁上跳跃。

"酒醒了？"老罗问星将道人。

星将道人将八卦星宿镜收了起来，说："清醒多了。"

老罗的妈妈似乎这才忙完手头的事情，走过来，对星将道人说："家里有留给客人住的床铺，只是这些年没有什么客人来住，床上没有铺草，灰尘有点多。我给你加个垫被和枕头。你要是困了，可以去休息。"

星将道人看了看外面，刀疤脸已经跟夜色融为一体了。

他点点头，说："叨扰了！"

老罗的妈妈于是去了后面的小房间，给星将道人收拾打扫。

老罗不想让星将道人留宿，但又不好意思赶他走，只好干坐着。

这时，一个白发苍苍的老太太走了进来。她的背驼了，像是背着一座小山，手里拿着一根拐杖。拐杖其实没什么用，老太太拿在手里，没往地上敲。

老太太问："我孙儿是不是到你这边来了？我刚刚听到他哭。"

老罗慌忙解释说："我没打他！"

老太太说："我孙儿很乖的，没欺负他他怎么会哭？"

老罗着急道："老人家，真没有！"

老太太不高兴地说："叫我老人家？我没有名字的吗？"

老罗说："赵婶儿，我真没欺负他。我欺负他干什么呀？"

老太太不高兴地说："我是你赵婶儿吗？"

老罗说："赵婶儿，别生气……"

老太太打断她，说："你就说，我是不是你赵婶儿！"

老罗以为她还在生气，服软地说："怎么就不是了？都这么多年邻居了，不至于他来我家戳了客人的鼻子，我就打他。您别生气。"

老罗赶紧走过去轻抚老太太的背，让她消气。

这一摸，隔着一层衣服，老罗都感觉到老太太的背毛毛糙糙的，非常硌手。

老太太用拐杖挡开老罗的手，凶巴巴地说："别讲那么多没用的。你就说是，还是不是！"

老罗正要说"是"，忽然看到星将道人朝她摇头使眼色，手指着老太太的胳肢窝下。

老罗往老太太的胳肢窝下一看，老太太胳肢窝下的衣服连接处断了线，裂开了，一根稻穗儿从里面穿了出来。

老太太有些着急了，伸出没拿拐杖的那只手扯住老罗的衣襟，逼供一般催促道："我就要你一句话！是，还是不是！"

99.

老罗已经明白了几分，她倒悠闲起来，反问老太太："是又怎样？不是又怎样？"

老太太语气顿时软了许多，说："你看看我的样子，听听我的声音。你说，我是不是赵婶儿？"

这时，一阵夜风从大门处吹了进来，与老罗打了个照面。老罗惬意地闭上眼睛，感受夜风的凉爽。

星将道人却说："妖风！"

堂屋里两支蜡烛的烛火已经脱离了烛芯，但仍然没有熄灭。风吹过后，烛火又回到了烛芯上。

老太太被风一吹，脸上泛出疑惑的神色，左看右看，仿佛这里还有一个看不见的人。

老罗趁机抓住老太太胳肢窝下的那根稻穗儿，迅速抽了出来。老太太疼得"哎哟"叫了一声。

老罗问道："你不是赵婶儿，你到底是谁？"

老太太一惊，反问："你说我是谁？"

老罗此时已经明白了，这个老太太是稻草人，她化作小男孩的奶奶，来找老罗"讨封"。

老罗小时候就听人说过，妖怪修炼成人，是要找一个人做参考来修炼的，模仿那个人的声音，变成那个人的模样。这还不算大功告成。有了声音和模样之后，妖怪还得找一个人"讨封"。

讨封，顾名思义就是讨要封号的意思。它们讨封的方式是先找到一个人，然后有技巧地问那个人"你说我是人还是神仙？"一般人被这么问，自然以为是别人跟他开玩笑，大多会回答说"当然是人"。

只要得到了一个人这样肯定的回答，就算被承认是人了。妖怪便能变成真正的人。

但是这种传说在人世已经流传太广，再这么问的话，容易引起人的警觉。

因此，聪明一些的妖怪会突然从后面捂住人的眼睛，然后问，猜猜我是谁？猜不到不松开！

妖怪是学了别人的声音的，这样问认识那个人的朋友，自然容易被猜出来。

被捂住眼睛的人便会猜，你是某某某！对妖怪来说，名字也是封号的一种。

妖怪这时候不会说"你猜对了"，而是说"谢谢！"

被捂住眼睛的人听到"谢谢"二字，多多少少会觉得奇怪。但是对妖怪来说，讨了封号得谢谢人家。

等到眼睛上的手松开，如果发现身后并没有人，那就十有八九是被讨封了。

遇到这种情况也不用害怕，因为妖怪以后会来报恩的。

妖怪会以"某某某"的名字行走于世，一段时间后才可以自己取其他名字。

小时候的老罗听到这个传说之后，曾经一度天天期待眼睛突然被一双手捂上，然后有"猜猜我是谁"的声音传来。

可是这个老太太真的站在她面前的时候，她却没有像小时候预料的那样兴奋激动。

她想了想，她不兴奋激动的原因可能有两个：第一，小白已经让她对这些奇奇怪怪的东西有了一定的了解，不再觉得多新奇。第二，这老太太别的时候不来，偏偏在小白被三清符文禁锢的时候来，这让老罗心存戒备。

再说了，这时候外面有刀疤脸，屋里有星将道人，讨了封也就立即泄露了自己的身份，等于白费力气。

可是老太太仍不死心，追问老罗："那你说说，我到底是谁？"

老罗无奈地说："你是谁你自己不知道吗？"

接着，老太太发出老罗认识的另一位老太太的声音，说："如果刚才我用这样的声音说话，你是不是就会说我是钱婆婆了？"

老罗听到钱婆婆的声音从她嘴里发出来，着实吃了一惊！

老太太又换了一个老罗认识的人的声音，说："或者我用这样的声音，你是不是马上会说我是邵家媳妇儿？"

接着，老太太换了好几个完全不同的声音，询问老罗会不会说她是声音的主人。

老太太过于急切地想获得老罗的认同。

100.

老罗闲着没事儿的时候问过小白，某某家媳妇儿、某某家老丈这样的称呼是不是对妖怪来说也是"讨封"？

小白说，当然，讨封其实就是为了获得人的认同。有了人的认同，妖怪才算是从心里认为自己可以成人了。你们人不也一样吗？即使本来是人，如果没人认同，人也过得不像人。

101.

老罗问老太太："你到底是谁？我问的是你自己，不是你学的那些人。"

老太太抬起头来，茫然地摇头说："我不知道，我不知道我是谁。"

她已经意识到这次讨封失败了。

迷茫之后，她的眼睛里满是恐惧的神色。她变得慌乱，继而丢掉拐杖，捂住脸大哭。老罗见她这样，心生怜悯之情。

星将道人无动于衷，他在饭桌边坐了下来，无聊地用手指缓缓地敲击桌面。

让老罗觉得奇怪的是，外面的刀疤脸此时也没有发出任何声响。就连堂屋里两支蜡烛的烛火也平静得很，静静燃烧，不跳不摇。其中一支就在老太太身后不远。

星将道人终于再次开口了。开口之前，他站了起来，整了整弄脏了的衣服，然后面对老太太。

他说："你学了太多人的样子和声音，唯独忘记了自己。让我告诉你吧。你是前面那条河南岸水田边上的稻草人。那块水田是你这身衣服的主人的。人人知道这身衣服的主人溺爱她的孙儿，却不知道她爱所有的弱小事物。她见你在水田边已经许多许多年，风吹日晒，雨淋雪盖，觉得尤为可怜，将自己的旧衣拿来穿在你身上，却不知你已经物老成怪。这河的两边年年有旧的稻草人倒下去，新的稻草人立起来，一如人世，换了一茬又一茬。唯独你没有倒下过，却被人们认为是去年或者前年的稻草人。你已经被我师父登记在册，但念在你驱赶盗吃谷子的麻雀有功，一直没有将你收走。不料你已经开始偷学人声人相。"

老太太经过星将道人提醒，愣了一下，眼睛里恐惧的神色没有了，却很快露出了绝望的神色。

老太太踉跄后退，摇头说："为了修炼成人，我学了这里所有人的声音，模仿了这里所有人的样子，我可以是所有人，但是我不能是我自己！"

连连后退的老太太碰到了蜡烛，蜡烛一晃，倒在她裤脚下，却没有熄灭。烛火一下就燎燃了里面的稻草外面的衣服。老罗吓得惊叫起来，连忙去找水。

可是一切都太晚了。

火焰迅速在老太太身上蔓延，瞬间她变成了火人。她发出凄厉的惨叫声，四肢乱舞。

不过是两个呼吸的时间而已，火焰就熄灭了，老太太消失了，地上只有芭蕉叶大小的一团灰烬。

102.

谁不曾迷失过自己呢？有次小白跟老罗说了这样一句话。

小白这样跟她说，是因为那几天老罗的手气特别差。老罗躺在床上，盯着楼板看了半天。

楼板非常简单，由一条条木板搭在房梁上组成。楼板上可以放晒干了的稻草，洗净了的农具，长期不用的杂物，以及刷了八九层漆的棺材。一切需要隔潮的东西都可以放楼板上。

小白见她半天没说一句话，担心地问："老罗，你怎么了？"

老罗有气无力地说："我想打牌。"

小白说："那就去啊。"

老罗说："因为你，我的手气变得太差了，打起来没什么意思。"

小白说："那就不打。"

老罗说："不打牌，我就容易迷失自己。"

小白说："怎么不打牌就迷失自己了？"

老罗说："人一闲下来，就容易陷入人情世故和鸡毛蒜皮里面去。我之所以打牌，是因为想让自己不要闲下来。可是现在不打牌，我觉得我都不像我了，所以觉得迷失。"

　　小白还在想老罗刚才说的话，老罗突然问它："小白，你迷失过吗？"

　　小白说："谁不曾迷失过自己呢？"

　　老罗好奇地问："妖怪还有迷失自己的时候？"

　　小白说："妖怪的声音和容貌都不是自己的，很容易常常从心里问自己，我到底是我呢，还是活成了别人——那个原来拥有这个声音和容貌的人？"

　　那一刻，老罗觉得做妖怪也挺可怜的。

　　她问小白："那你是怎么从迷失中走出来的？"

　　小白说："后来我想明白了，人的一生中声音和容貌也是会变化的。不能因为声音和容貌变得不同了，就说那个人不是曾经那个人了。这世上很多容貌和声音没有什么变化的人，其实已经不是曾经的那个人了。容貌和声音决定不了他还是不是原来的他。"

　　她问："那什么可以决定他还是他？"

　　小白说："灵魂。"

103.

　　老罗心里有些难过，她从堂屋里走了出来。外面已经有了淡淡的月光。

　　她看到刀疤脸的身上满是蚊子和飞虫。刀疤脸坐在那里，宁静得像是荒废的寺庙里的菩萨像。

　　外面也能闻到稻草灰的味道。

　　老罗走了过去，挥了挥手。那些蚊子和飞虫从刀疤脸身上飞开，如同春天水池里聚集的蝌蚪一般。不过也只有靠近老罗的半边脸上的蚊子和飞虫飞开了，另外半边脸上依然被蚊子和飞虫盖住。

　　刀疤脸露出来的半边脸上到处是蚊子咬过的红点，眼皮已经肿得如桃子一般。

老罗问："怎么不永绝后患了啊？"

刀疤脸费力地抬起肿了的眼皮，斜睨了一眼那只老罗送来的装了潲水的碗，说："能不能帮我换根蚊香？"

不等老罗回答，刀疤脸那只肿了的眼睛忽然一亮，然后迅速往大门那边看去。

刀疤脸紧张地问："怎么有稻草灰的气味？"

看来刚才蚊子和飞虫影响了他的判断，他才没有发觉稻草人的气息。

老罗说："刚才一个稻草人来讨封，碰到蜡烛，被烧掉了。"

"讨封？被烧掉了？"刀疤脸激动得站了起来。

他身上的蚊子和飞虫都飞开了，如同秋季的树被风一吹，落叶纷飞。它们落入夜色之中，与夜色融为一片。

"它不是来讨封的！"刀疤脸大声道。

老罗说："明明就是来讨封的。她学了好多人的声音。要不是露出了一根稻穗儿，我差点被它骗过去了！"

刀疤脸说："学会一个人的声音，就能讨封了。如果它学了许多人的声音，何必这个时候来找你讨封？"

老罗一愣。

刀疤脸一边往大门方向奔走，一边说："它是来破坏我的三清符文的！"

老罗心中一喜。

刀疤脸冲进了堂屋，指着星将道人的鼻子大骂："你这个臭道士到底是捉妖的还是救妖的？你明知我这个风雷电三清符文最怕强火侵扰，为什么还要放稻草人进来？"

刚骂完星将道人，刀疤脸的目光又被另一个人吸引。那个人正拿了扫帚清扫地上的稻草灰。

老罗一跨进门，也看到了那个人。

那人长得煞是好看，皮肤白嫩，面容秀气，手指纤长，耳垂挂环，但头发只有半指长，嘴上有须。

老罗心想，怎么又多了一个人？这人是男是女？

刀疤脸又指着那人，大骂星将道人道："你怎么把无来放出来了？"

星将道人连忙道歉，说："别激动，别激动，我就是让他打扫一下稻草灰。打扫完了还是要收起来的！"

老罗这才明白，原来这人就是小白的朋友，被星将道人收在八卦星宿镜里面的无来！

星将道人拿出八卦星宿镜，对着无来一照，说："进来。"无来便往镜子走去。

老罗看到八卦星宿镜上的八卦图文都不见了，里面映照着无来的身影，那身影与无来相对。

待她一眨眼，堂屋里的无来不见了，那个镜子里面的身影还在，不过那身影已经转了过去，只留背影，渐行渐远，仿佛是在一瞬间，无来便走进了镜子里。

星将道人收起八卦星宿镜，对刀疤脸说："满意了吧？至于稻草人嘛，我以为它是来讨封的，没想到它会把自己烧掉。修炼到这个程度，少说也得数百年吧？哪个妖怪愿意让数百年的修为付之一炬？"

刀疤脸气得咬牙切齿，哆嗦了一会儿，又骂道："你丢了大云山的脸！"

星将道人说："这你就说错了，我是被赶出大云山的人，在我师父原谅我让我回去之前，大云山跟我没有任何干系。"

老罗可算明白了。稻草人本就没想讨封成功，为了不引起刀疤脸的警觉，为了不让星将道人阻止，它才借"讨封"之名燃烧自己，解救小白。

但老罗不明白，这个偷偷修炼的稻草人为什么愿意舍弃数百年的隐忍修为，救这个道行尚浅的小白。

104.

等到天罡再来找刀疤脸的时候，刀疤脸已经走了。老罗在房间里大喊："小白！小白！"

星将道人说："哪有这么快！用了三清符文，它不死也得脱层皮。最少要到明天早上，它才有力气回应你。"

老罗不以为然，说："脱层皮？对小白来说，这不是太简单了吗？"

星将道人皱眉道："这话要是让小白听到了，恐怕它还没缓过来，又得被你气个半死。"

老罗嘀咕道："不就蜕皮吗？跟换件衣服一样……"

这时候天罡走了进来，问老罗："那个捉妖的人呢？"

老罗没有生天罡的气，毕竟翠翠发生这种事情，她也觉得抱歉。

"他走了。"老罗说。

天罡气得跺脚道："怎么让他走了？"

老罗见天罡的情绪不对劲，问道："怎么啦？"

天罡愤怒道："刚才翠翠醒过来了。我以为是那个捉妖师救了翠翠。结果你猜怎么着？"

老罗皱眉道："怎么啦？"

天罡说："翠翠告诉我，之前她被一个脸上有道刀疤的人捉住了。她说的那些话，都是那个人叫她说的。那个人威胁翠翠说，如果她不按照他的话来说，他就不让翠翠回家。"

老罗不惊讶，倒笑了起来。

天罡说："你还笑！他骗了我！"

老罗捂住嘴，笑着说："我就说小白不可能做这样的事情。"

老罗明白了，这整个儿事件是刀疤脸一手操作的。他知道自己没有办法捉走小白，所以用这种方法，逼得老罗和老罗的妈妈没有办法维护小白。

老罗对着看不见小白的房间喊："小白，你没让我失望！"

老罗话音刚落，外面就"刺啦"一声巨响！一道闪电忽然穿过窗户进入了老罗的房间，击打在老罗的床上。

三人都吓了一大跳。

老罗的床被雷劈成了两半，垮塌了下来，被击中的地方已经变成焦炭，散发着煳味。有几处冒起了明火，但很快熄灭了，升起一阵烟。

刚才一直没有出现的老罗的妈妈跑了出来，一脸惊慌。见老罗没事，她才放下心来。

老罗的妈妈指着七零八碎的床，结结巴巴地问："这这这……这雷怎么……打打打到屋里来了？"

老罗听人说过，在她还没有出生的时候，她的家里就曾遭遇过一次雷击。那次被击中的也是床。

星将道人吁了一口气，说："三清符文禁锢了小白，它与老罗隔开，失去了老罗的庇护，暴露了自己的气息，所以被雷击。"

老罗一惊，问道："那小白……被雷劈了？"

星将道人走到破烂的床边，将气味往鼻子上扇了扇，闻了闻。老罗赶紧凑了上去，也闻那焦煳味，可是闻不出什么名堂来。

星将道人指着破烂的床，干咳了一下，然后问老罗："你们平时都在床上？"

老罗脸一红，瞥了她妈妈一眼，连连摆手说："没……没有！"

星将道人说："那怎么偏偏打在了床上呢？"

老罗双手一通乱比画，慌张道："我们就……聊天……聊天……"

星将道人的眼神里充满了怀疑。他侧头想了想，说："你们在床上逗留的时间多，它的气息大多留在这里，让雷击打偏了些。"

老罗一喜，问道："你的意思是小白没有遭雷劈？"

星将道人说："如果打中了它，应该有一种肉煳了的气味。"

老罗急忙又用力地吸鼻子。空气中没有肉煳味儿。

星将道人又说："不过这一雷，最少也会让小白吓得魂飞魄散。就算明天早上它能出现，恐怕也要好长一段时日来休养生息。要是再有其他妖怪或者捉妖师来骚扰它，它就只能坐以待毙了。"

老罗搓手道："那怎么办？我除了打牌，什么都不会。"

星将道人掏出八卦星宿镜，说："你确实保护不了它。不如把它交给我。"

老罗顿时炸了毛一样大喝一声："滚！"

105.

第二天清晨，老罗的妈妈送了一碗豆腐脑到老罗的房间，见老罗还没起床。床是昨晚搬过来的，平时留给客人住的。

老罗的妈妈将豆腐脑放在桌上之后在房间里站了一会儿，然后出去了。

老罗知道，妈妈是想问老罗小白出现没有。

老罗没有感觉到小白的存在，不想回答妈妈，背对着她假装仍在睡觉。

妈妈出去后，老罗爬了起来，走到豆腐脑旁边，拿起调羹将整块的豆腐脑搅碎，又放下了。

老罗侧头问："你还敢吃吗？"

老罗等了好一会儿，没有声音回应她。

老罗端起碗，说："你再不说话，我就吃了。"

老罗等了好一会儿，还是没有声音回应。

老罗又拿起了调羹，说："要是我被毒死了，你就找个更有人情味儿的依靠吧。"

106.

老罗喝了豆腐脑，简单地收拾了一下自己，便要出门去打牌。老罗的妈妈在门口拦住她，一眼就看出她想出去做什么。

老罗的妈妈问："你还有心思打牌？"

"不打牌做什么？"老罗反问。

老罗的妈妈侧身让开，靠在了门框上。

老罗小声说："等得心烦，打打牌反而不觉得时间慢了。"

说完，老罗迈过门槛，往龙湾街的方向走了。

还没走到龙湾街，老罗脚下一阵凉意袭来。老罗以为绊到了挂有夜露的草叶，没有在意。又走了几步，一个声音从脚底下传来。

"还没毒死吗？"那个声音说。

老罗一听，高兴得几乎跳起来。那是小白的声音。

随即老罗不高兴了，将左脚故意往路边的深草丛里绊。

"你希望我被毒死吗？"老罗问。

小白说："你眼睛不看路吗？怎么老往草里面踩？"

老罗说："你干脆躲在草丛里好了。自从你出现之后，我没就过过几天安生的日子。"

小白说："你以为我不出现，你就有安生的日子？"

老罗说："哦，差点忘了，要不是你，我早就掉河里了。"她将左脚从草丛里抬了回来。

老罗说："星将道人昨晚说了，你现在太虚弱，随便一个妖怪或者捉妖师都能让你没命。要不……你找一个更能让你隐藏气息的人吧？"

小白说："你要赶我走？"

老罗说："没有。我就是觉得，你在我这里挺危险的。"

小白说："我暂时还不能走。"

老罗问："意思是以后还是要走的？"

小白沉默了。

老罗的脚踢到了一块石头，脚趾疼得火烧火燎，但她忍着没说。那天她在赵一的牌馆赢了很多钱。但她一点儿也不开心。

107.

小白重新出现的那天晚上，老罗问它："那个稻草人为什么舍弃自己来救你？你不是一个坏妖怪吗？"

小白说："因为坏事做得太多，偶尔也要做做好事。"

老罗说："说来听听。"

小白说："很多年前，我曾从这里经过，看到了那个稻草人，于是开了一个玩笑，说，人生在世如身处荆棘之中，不动则不伤。稻草人最好了，既有人形，又能不动。没想到我这话一说，那稻草人竟然动了一下，接着哭了起来。我问它，你哭什么？它说，我在这水田边守了好多年，最早是一个年轻小伙儿割了这水田里的稻草做成了我，把我立在这里的。如今他已是八十多岁的老头，八十多年来，从未将我换掉，重立新稻草人。前几日我听路过的人说，他已经气息奄奄，时日不多，却念叨着要来给我换一身衣服。今早听路过的人说他已西去，傍晚入土为安。我羡慕能动能伤的人啊，恨不能去他家里看他一眼，送他一程。"

老罗长叹一声。

小白说："我便将自己的修为给了它一些，让它能在傍晚时分去看那老人一眼。但我也告诉它，一旦有了修为，便会心生贪念，难再心甘情愿做稻草人、不动不伤。没想到这么多年了，它竟然能保持一动不动，对人间世事冷眼旁观。更没想到，它会舍身来救我。"

老罗感慨地说："没想到有这种拼死也要报恩的妖怪！它就没

有想要讨封，所以当时故意让我看出破绽。"

小白说："其实它这样也挺好的。数百年来在这里做一个人间的看客，而不参与进来，未必不痛苦。"

老罗不太理解，问道："不参与人间世事，就会痛苦吗？"

小白说："妖怪历尽艰辛要修成人形，莫不是被人世所吸引。不然的话，何不修成牛羊马犬？何不修成虫鱼草木？何不修成一条河，一座桥，抑或一缕清风？"

就在这时，一阵风吹得门窗大开，呜呜地叫。

老罗感觉到那风扑面而来，撩起了她的长发，恍惚之间似乎有一只宽大的手从脸上抚过。

她抬起手来，想要抓住那阵风，可是什么都没有抓到。她的心里莫名地失落起来。

108.

小白虽然回到了老罗的脚上，但老罗感觉到小白有些异常，它常常忽冷忽热，最冷的时候像一块冰在融化，最热的时候烫得像燃烧的炭。好在最冷或者最热的时候不多。

老罗抱怨说："小白，等不到你恢复，我的脚恐怕就瘸了。"

小白充满歉意地说："实在不好意思，那三清符文太厉害，比上次齐黄身上的东西还厉害，我这次还能活下来已经谢天谢地了。"

老罗说："你该谢谢那个稻草人。"

小白说："还有你。"

老罗耸肩道："我没能帮上你什么忙。"

小白说："要不是你把一碗潲水放到那个人身边，让他被蚊子折磨得筋疲力尽，他就会嗅到稻草人的气息，阻止稻草人进门。"

老罗说："我把潲水放过去，没想救你，只是想整一整说话令人讨厌的人。"

小白幽怨地说："你现在说话就挺令人讨厌的。"

老罗撇嘴道："讨厌你就走嘛。"

小白说："我又不是人。"

109.

一天，老罗收拾妥当，准备出门去打牌。小白说："要不今天就别出去了。"

老罗说："昨天跟人约好了的。"小白再三劝阻，老罗仍是不听。

等到老罗走到门口，外面却忽然下起了暴雨。远处路上的行人捂着头狂奔。树叶沙沙沙地响。隔壁人家的铁脸盆和喂鸡的瓷碗没有收进去，被敲得叮叮当当响。

老罗站在屋檐下，忧愁地看着天。小白说："天意啊！"

老罗问："什么天意？"

小白说："刚出门就下雨，不是天意不让你出去吗？"

老罗没有反驳它，转而问道："小白，你说……真有天意这回事吗？"

小白说："有。天气就是天意。"

老罗问："可是为什么很多人不相信有天意？"

小白说："天意也只让有心的人看到。"

老罗说："那打伞的人都是违背天意咯？"

小白被她一句话噎住了。

110.

老罗换了雨鞋，打了雨伞，直奔头一天约好的牌友家里。

那牌友也是一位姑娘，是老罗多年的不咸不淡的好友，住得离老罗家不算太远。

她们两人本来约好去牌馆，后来牌友说："明天怕是有雨，去牌馆不太方便，你家里又没有麻将，不如来我家打牌吧。"

老罗想都没想就答应了。

雨越下越大，没有一点儿要停的意思。豆大的雨滴将泥路砸出一个一个小坑。老罗走在雨中，有种走在挂满了珠帘的奇异世界里的感觉。

从她家去往牌友家的那条路不太好走，泥土被雨水浸透之后非常黏鞋。老罗走了一会儿，脚上就像绑了秤砣一样重。

小白在老罗的雨鞋里说："幸亏你没有脚气，不然我在这雨鞋里面可待不住。"

老罗一边费力地走路一边说："脚气不比人情味儿更浓吗？更能保护你才是！你不应该找我，该找个脚气重的人！"

小白不吭声了。

平时只需半小时的路程，老罗走了将近一个小时才到。牌友早已站在门口等着老罗了。

"我还以为下这么大的雨，你就不来了呢。"牌友说。

老罗站到了屋檐下，收了伞，一边在台阶上刮雨鞋上的泥，一边不高兴地说："听你这口气，好像不欢迎我来一样。"

牌友没说话。

老罗刮完泥，好奇地问："对了，你昨天怎么知道今天会有雨？"

牌友从老罗手里接了伞，挂在大门的栅栏上。雨水顺着伞尖淌到了地上。

"进来吧，三缺一，就差你一个了。"牌友说。

"那两个是谁啊？这么早就到了？"老罗问。

牌友说："一直想跟你打牌的人。"

老罗打趣道："想输钱？不知道我最近手气旺吗？"

牌友说："赢这两个人怕是有点难。你要是想回去，趁雨没有下得更大，就早点回去。不然待会儿可能回不去。"

老罗笑道："这雨已经够大了，能来还怕回不去？"

进了打牌的房间，老罗见牌桌边坐了两个戴着面具的人。一个面具全黑，一个面具全白。

111.

老罗见那两位牌友一个戴黑面具，一个戴白面具，忍不住笑起来。老罗笑着说："你们这是信的什么邪？以为这样就可以赢我吗？"

打牌的人里面不少奇怪的说法。曾经有个人总不赢钱，叫别人到他家里打牌的时候，偷偷在其他三个座位下面各垫一本书，顾名思义"输家"。也有人从不坐背对着门的方位，意为运气背。也有人上了厕所要人先"挑土"，怕手气臭。

但是戴着黑白面具来打牌的，老罗还是头一回见。老罗在桌子边坐下来，开始洗牌。

戴黑面具的人说："老罗，你觉得这一把你会赢吗？"

这个人的声音有点嘶哑，好像之前说过了太多的话。是女人的声音。

老罗说："现在怎么知道？只有打完了才知道。"

戴白面具的人说："靠着仙家的法术来赢钱，不怕人骂你？"

这个人的声音倒是好听，但说的话让人难受。是男人的声音。

老罗干笑了一下，说："前一段时间老输钱，也没见人说我是靠着仙家输的呀。"

牌友见气氛有些尴尬，连忙解围道："哎，打牌嘛，有赢有输的，全靠手气。"

牌码好了。每人要挑一张麻将比大小，数字大的先做庄家。

戴黑面具的人说："老罗，你和身上的仙家相处得怎样？它没欺负你吧？"

老罗见他打听小白，心中多了一丝警惕。不过经过前些天发生那些事情后，这里确实很多人知道她身上有东西了，她也没必要藏着掖着。

"还好。"老罗简单回答道。

戴黑面具的人挑了一张麻将，拿起来展示给其他三人看。是一饼。

戴白面具的人摸了一张麻将，用大拇指在牌面上磨蹭。他一边磨蹭一边说："孤男寡女的，总睡在一起，你以后怎么嫁人？"

老罗听得火冒三丈，但看在牌友的面子上不好发作，于是咬了咬嘴唇，说："我妈都没说什么，关你什么事？吃你家大米了？"

牌友又连忙解围说："打牌打牌！不谈家事！"

戴白面具的人亮出牌面。

是八条。

牌友说："这么大，那不用摸了，你做庄吧。"

换在平时，老罗也就不摸牌了。这回她却不让，抬起手来阻止牌友，说道："怎么就不用摸了？"

牌友只好自己先摸了一张，翻过来一看，三万。

老罗想了想，在戴白面具的人面前码好的麻将里抽了一张，却不着急看牌，反而伸长了脖子看了看其他人的牌面。

牌友说："看什么呢？"

老罗说："有人跟我说，天意只让有心的人看到。我要看看这几张牌是不是暗含了天意。"

天意？牌友茫然挠头。

戴黑面具的和戴白面具的互相看了看。

此时老罗心里已经清楚了，这两个戴面具的人是来找麻烦的，并且不是善类。面具虽然能遮住脸，但不能遮住眼睛。她看牌面的时候看到黑面具后面那双眼睛里有一只瞳孔狭窄，那是猫的眼珠。

星将道人走之前说过，小白这段时间需要休养生息，自顾不暇，其他妖怪和捉妖师可能趁这个机会来对付小白。

老罗没想到它们来得这么快。

很显然，今天这个牌局不是牌友安排的，而是这两个戴面具的妖怪迫使牌友安排的。牌友昨天就知道今天会下雨，也必定是听这两个妖怪说的。之所以选择雨天来，原因也不难猜到。那是因为雨天房间里的光线不明，猫眼的瞳孔不会收缩到最小，从而不让破绽露得太明显。另外，雨天有利于掩盖它们的气息。

刚才进门的时候，牌友说的莫名其妙的话没有引起老罗的警觉。此时她回想起来，才知道牌友已经暗暗劝过她了。

来这里之前，小白也劝过她不要出门。

老罗心想，是不是小白那时候已经预感到了危险？小白正在虚弱时期，不敢泄露天机，所以故意说天意不让我出门？

老罗心中暗叹，都怪我一时手痒，没想这么多。小白呀小白，生死有命富贵在天。要是今天这劫躲不过去，你不要怪我，二十年后你又是……两百年后你又是条靠女人的孬汉。

112.

老罗食指和中指扣着麻将的背面，拇指在牌面摩挲。

其实她的手指按在牌面上的时候就知道了，那是一只幺鸡，是条子花色里面最小的牌。

老罗心里一凉，难道真的是天意？

牌友看到老罗脸色不对，问道："到底是什么牌？"

那两个戴面具的紧紧盯着老罗，虽然没有说话，却气势凌人。老罗猜测那两个妖怪已经知道她手里的牌了。

他们能预测今天的天气，就应该能预测到此时我手里的牌吧？

老罗心想。

"天意如何？"戴黑面具的见老罗还在犹豫，忍不住问道。

"是大牌的话，早翻过来给我们看了。"戴白面具的说。

对老罗来说，比牌的大小只是选庄家而已，但是刚刚话都说出去了，如果这时候弱了下来，气势上就低了他们一头。跟齐黄打牌的时候她就知道了，气势对于身上的仙家特别重要，气势被压制，对仙家的伤害极大。麻将还没开始打，但气势的较量已然开始了。

再说了，桌上有两个妖怪，一旦打起来，她几乎没有胜算。今天的情况跟上回齐黄的情况不一样。齐黄是单枪匹马，另外两个牌友算是中立。现在有两方合作，你打给我吃，我打给你碰，这在麻将术语里叫作"打合手"，是牌技骗术里面的一种，赢面远大于输面。有人以此为生，与一搭档假装不认识，拉其他人一起打牌，名曰"钓鱼"，让"鱼"输得倾家荡产。

此时老罗就是"鱼"。

老罗自知不能往他们织好的网里面钻。可她也不能转头溜走。转头就走的话，等于直接认输了。

左右为难进退维谷的老罗抖了抖左脚，希望小白给她一点提示。可是小白没有任何反应。

老罗忍不住在心里骂小白，仙家做到你这个份儿上，真是丢人现眼！

老罗不甘心，低下头去看牌面，毋庸置疑，上面就是一只红绿相间的鸟雀。

早知道这样，出门的时候带个九万或者九饼或者九条在身上了。老罗在心里对自己说。

戴白面具的似乎一下就看透了老罗的心思，以嘲讽的语气说道："又想换牌？齐黄没防着你，我们可都看着呢。"

原来齐黄的事情他们已经知道了。

老罗说："这都是天意。"

戴白面具的问："换牌也是天意？天意不应该是你接受手里的牌吗？"

老罗说："你有所不知，那天我准备出门，刚好一阵风把我房间的窗户吹开了。我去关窗户的时候，发现窗台上有一张旧骨牌。我家里只有一副骨牌，是我爸爸以前用过的。我就把骨牌收了起来，放到我爸爸的骨牌盒里去。放好之后，我就出了门，走到半途，突然想到带两张骨牌或许有用，于是折回家里，取了旧骨牌。"

戴黑面具的说："强词夺理！这明明是你故意的，怎么说是天意？"

老罗说："那阵风偏偏在那个时候吹，骨牌偏偏在那个时候出现，难道不是天意吗？早出现或者晚出现，我都不会想到要换牌。"

戴黑面具的看了戴白面具的一眼。

老罗注意到白面具后面的眼睛是正常人的眼睛。戴白面具的要么是已经修成人形的妖怪，要么只是身上有仙家的人。

戴白面具的催促道："说了这么多，你到底是什么牌？"

这时候一阵风吹了进来。这个季节本是较热的时候，但风里夹了雨水，竟然让屋里的人不禁打了一个寒战，仿佛是从冬季吹过来的风。

牌友急忙起身去关窗户，嘴里叨咕说："怎么说风，风就来了？"

戴白面具的被吹得抱紧了双臂，用力地搓胳膊。

戴黑面具的妖怪头发被吹得飞舞了起来，整个头看起来像漂在水里一样。

牌友关紧了窗户，回到牌桌前。

戴黑面具的妖怪头发重新垂了下去。

戴白面具的也重新将注意力放到了牌桌上。

老罗往牌桌上空看去，一根鲜艳的鸡毛正缓缓地飘落下来。老罗问牌友："你养鸡了？"

牌友摇头。

老罗将手里的麻将翻了过来。"幺鸡！"老罗大声说道。

牌友说："这么小的牌，你这么大声干什么。"

白面具后面那双眼睛露出慌乱的神色。

老罗见他慌乱，心中更有底气了。她指着那张幺鸡说："平日里跟平常人打牌，那它就是一条，就是最小的。今天各位不是平常人，这牌的打法可就跟平日里不一样了。"

113.

老罗看到那根鸡毛的时候就明白了，那个戴白面具的不是妖怪，而是像齐黄一样身上有仙家的人。他的仙家应该是只鸡。所以他的眼睛就是常人的眼睛。

老罗心想，原来是猫仙儿和鸡仙儿来找小白的麻烦。她决定用齐黄对付她的方法来对付它们。

老罗问戴白面具的人："幺鸡不大吗？"

那人自知幺鸡谐音"妖鸡"，若是说"妖鸡不大"，就是不尊敬自己的仙家，就是长别人的志气，灭自己的威风。

那人只好说："大！"

老罗满意地点头，说："对嘛。幺鸡是大牌。该我坐庄。"

戴黑面具的却不同意，反驳道："幺鸡是一条，怎么就大了？八条不比一条大？"

戴白面具的开始耍赖，耸肩道："不是我不同意，是它不同意。"这样的话，他既压过了老罗，又没有得罪自己的仙家。

老罗想起跟齐黄打牌前小白说的"与人斗与妖斗，不与天斗"的话，心里顿时有了主意。

"由不得你们同不同意，这是天意。"老罗一手指着天说道。

"天意？"戴黑面具的迷惑地问。

"这跟天意有什么关系？"戴白面具的不安地问道。

老罗先对着戴黑面具的问道："你知道你为什么一只眼睛好了一只眼睛没好吗？"

戴黑面具的摇摇头。

老罗说："那是天意叫你睁一只眼闭一只眼，不要多管闲事。"

然后，她对着戴白面具的问道："你知道牌桌上为什么落下一根鸡毛吗？"

戴白面具的摇摇头。

老罗说："那是天意告诉你这都是鸡毛蒜皮的事儿，不值得管。"

戴黑面具的和戴白面具的互相看了看。

老罗继续说道："你们可以不听我的，但能不听从天意吗？"

"自然不敢！"戴黑面具的脱口而出。

戴白面具的问道："一派胡言！为什么你能看到天意，我们却看不到？"

老罗立刻回答说："因为天意只让有心的人看到。"

此话一出，戴白面具的居然趴在牌桌上号啕大哭！

114.

"八百年前，有个人跟我说了同样的一句话。"戴白面具的哭着说。其实他说的八百年前，并不是真的八百年前。

此时他说话的声音，也不是他的声音。

老罗知道，哭的是他身上的鸡仙家，鸡仙家为了隐藏自己的修为，说的八百年前的事情可能是更久远的事情。

小白曾经跟老罗说，妖怪隐藏自己的修为，就像世间的人以化妆的方式隐藏自己的年龄一样，就像世间的人以微笑的方式隐藏自己的悲伤一样。

后来老罗才知道，这位鸡仙家和小白认识数百年了。小白知道鸡仙家八百年前甚至更为久远的故事。

115.

据小白的说法，这位鸡仙家八百年前富甲天下。富并不是因为它会赚钱，而是它最早是以招财术闻名的。

钱对它来说，召之即来挥之即去。

在别的仙家费尽脑筋去获得人们庇护的时候，它已经有了千千万万的信众，甚至有了属于自己的庙，被人供奉，香火不断。

对于仙家来说，最好的隐藏方式并不是依附在人身上，也不是修炼成人形隐藏在常人之中，而是拥有一座属于自己的庙宇。

因为庙宇里有香火的气息，有人们的信仰。除非穷凶极恶，雷劫是不会降临到人间庙宇里的。

这位鸡仙家八百年前已经拥有了属于自己的庙宇，这还不算，民间许多人家还在家里给它供了牌位，求它招财。

因此，人间处处都有属于它的香火。

这位鸡仙家的修为飞速积累，远远超过其他妖怪和仙家。它很快就修得人身，羡煞了跟它修炼时间差不多的同类。

有了人身的它挥金如土，享尽了人间繁华。它做过朝堂之上的高官，也当过云游九州的散仙，与声名赫赫的诗人喝酒泼墨，也同红绸帐底的名妓红烛共枕。它曾春风得意马蹄疾，一日看尽长安花，也曾钿头银篦击节碎，血色罗裙翻酒污。

如此一百年后，它厌倦了那样的生活，回到自己的庙宇，化作守门人。每当凌晨鸡鸣之时，它便起来开门，让求财的人们进来烧香跪拜。每当平常人家的鸡回笼之时，它便关门。

如此又一百年后，有一天晚上，它关了门，却发现大殿里还有一位香客没走。

它走了过去，想提醒那位香客该走了。

离那香客还有五六步远的时候，它闻到了一股香味。它站住了，轻声问："姑娘如此虔诚，是很缺钱吗？"

从身形上，它已看出那是一位瘦弱姑娘。来它这个庙里的，无外乎求财。

姑娘转过身来，身着罗绮，气质不凡，一看就不是普通人家的姑娘。她腰间坠着一个香囊，香气应该是从那里散发出来的。

姑娘施礼说："你觉得我是来求财的吗？"

它还礼笑道："如果不是，那你就来错地方了。"

116.

姑娘微微一笑，说："我自然知道人们都是为了求财来这里的。但我来这里不是求财，而是天意。"

它虽然富甲天下，修为高深，敢与人斗，与妖斗，但不敢与天斗。它连忙弯腰说："天意不可违。"

那姑娘很满意地点点头，绕着大殿走了一圈，没有要离开的意思。它又说："姑娘，山下人家的鸡都回笼了。"

姑娘说："哦。"

她在大殿前坐了下来，抬头看着天上的星星。它又说："姑娘，外面玩的孩子都回家了。"

姑娘说："哦。"

它只好说："姑娘，我这里要关门了。"

姑娘说："你这人真是的，我又没要你不关门。"

它问："姑娘，你还不回去吗？"

姑娘指着天上的星星说："天意还没有让我回去。"

它顺着姑娘指着的星空看去，并没有看出今晚的星星有什么不同。

它问："姑娘，敢问天意在哪里？"

姑娘面露惊讶，反问："我以为你守在这里多年，多多少少有些修为，怎么连天意都看不到？"

它又看了看星空，星空渺茫。

姑娘指着渺茫的星空，说："你看，就是那颗星星指引我来到这里，等它暗淡下来，我就走。"

它又看了看星空，不知道她指的是哪颗。

它不敢违背天意，于是说："那我先去休息了。姑娘走的时候，帮我把门带上。"

117.

鸡仙家第二天醒来，去开了门，回来却发现早饭已摆在桌上了。那姑娘站在桌边，垂手而立。

它惊问道："你没走？"

姑娘点头说："昨晚星光灿烂，天意让我留下。我就顺便给你做了早饭。"

它吃了一口，咸得发苦，连忙吐了出来。

姑娘充满歉意地说："抱歉，我以前没有下过厨。"

它说："看你穿着，就知道你不是普通人家的姑娘，不会做饭。"

姑娘说："天意让我来到这里，我可以慢慢学。"

它吃了一惊，说："你不打算走了吗？"

姑娘说："天意让我走的时候，你留都留不住。"

它觉得好笑，问道："姑娘，哪有那么多天意？你又是怎么看到的？"

姑娘拉着它走了出来，外面有许多求财的人陆陆续续从门口走了进来。他们直奔烧香的大殿而去，没人关心这个守门的人。

姑娘看着那些行色匆匆的人，说："我刚来的时候，你恰好站在门口，像是在等我来。这是其一。"

它说："我未曾等过什么人。"

姑娘说："这不要紧。天意给了我暗示，没有给你暗示而已。我进来之后，将香火插入香鼎的时候，你恰好站在我对面，像是我祈祷的神明。"

它说："我在香鼎旁扫香灰。"

姑娘说："我那时候也在犹豫自己是不是弄错了。等我出门的时候，脚绊在了门槛上，像是被人拖住了脚。"

它说："我换的门槛有点高。"

它换的门槛已经用了一百年了，这一百年里，没人跟它说出门的时候绊了脚。

或许，这真是天意吧。它心想。

姑娘就这样留了下来。

姑娘每天都教它怎么看天意。

在她的世界里，一朵花开，一次骤雨，一声雀叫，一阵风起，一片叶落，一颗星光，一个印记，等等，都可以是天意。

她说："这跟随时占卜看卦象一个道理。占卜的人要知道天意，就要看卦象。其实身边处处有卦象，有预示，比如说喜鹊叫即好兆头，乌鸦叫即坏兆头。左眼跳有喜事，右眼跳有灾事。麻雀聒噪，口舌是非；瓦片坠落，诸事不顺。梦见棺材官位升，琴弦乍断知己少。只是被很多人忽略了。"

它试着去学，但总揣摩不透天意。姑娘笑它灵性不够。

它暗自纳闷，我活了成百上千年，还有自己的庙宇，怎么在这个二十三岁的姑娘面前灵性不够了？

118.

姑娘留下来的第三个月，到了十五那天晚上，姑娘的手被香灰烫了。

姑娘痛得叫了一声。

它走过去一看，手指头上落了一个苍白如月亮的痕迹。

"怎么这么不小心？"它问道。

姑娘却说："不是我不小心，这是天意，我再小心也躲不过去的。它迟早会落到我的手上。"

它不以为然地问："这怎么又是天意？"

姑娘说："香灰烫手，预示今晚有火灾。"

姑娘一说，它的心里就咯噔了一下。

恰好这两天周边的农户人家砍树卖柴，农户人家把砍好的柴木码放在庙宇四周，说是过几天收柴木的商人会来估价，到时候一并拖走。要是柴木燃烧起来，庙宇很快会变成一片焦土。

它说："那我现在就去把那些柴木搬走。"

姑娘说："柴木那么多，你一个人要搬到什么时候？"

它是可以用法术搬走那些柴木的，但姑娘不知道它是鸡仙家。它只好说："也对，那么多柴木，搬到明天早上都搬不完。那我晚上看着，防患于未然。"

姑娘说："那也不行。"

它迷惑地问："看着也不行吗？难道天意要烧掉我的……我看守的庙宇，我只能看着它烧掉？"

姑娘说："亏你在这个香火旺盛的地方待了这么多年，一点儿躲避天道的常识都没有！"

它不知道姑娘说的是什么意思。但姑娘说它躲避天道的常识都没有，这让躲避了天劫雷击数百年的它实在难以服气。

不过处处能看到天意的姑娘让它生不起气来。何况她还天天给它做饭洗衣。

她给它洗衣的时候常常莫名其妙地发现一两根鸡毛。她笑话它，说它可能是偷鸡摸狗之辈。

姑娘继续说道："所谓天机不可泄露。你要是把柴木搬走或者守着柴木，就是与天意过不去。火灾或许今晚不会有了，但明晚或者后天晚上会有。你只有假装没有泄露天机，巧妙地、神不知鬼不觉地渡过难关。"

它见姑娘似乎已经有了主意，便问："那你告诉我，如何才能避免你看到的天意发生？"

姑娘说："这个简单。庙里有水，我们提水过去，将那些柴木淋上水。这样的话，即使天雷地火，柴木也燃不起来。你也可高枕无忧。"

它想了想，觉得姑娘说的有道理。如果真是雷击引燃柴木，它守在旁边的话也会被雷击惊得魂飞魄散。别说保住庙宇了，自身都难保。

于是，它和姑娘从井里打水上来，一桶一桶地淋到柴木上。等到柴木淋得湿透了，姑娘身上也被汗水湿透了。

它不经意看到姑娘正一手提着空空的水桶，一手擦额头上的汗水，忽然心里如有一头小鹿，用力地撞击它的胸口。

它经历过一百年的繁华，见过形形色色的女人。它以为自己不再会对任何一个人产生好感。可此时此刻，它知道自己即将陷入危险。

对任何一个妖怪来说，喜欢上任何一个人，都会让自己陷入危险之中。就它来说，虽然有一百年的时间沉浮人海，但它知道哪些可为，哪些不可为。而一旦喜欢上一个人，妖怪往往会忘记哪些可为，哪些不可为。这样极易暴露自己，所以对妖怪来说特别危险。

就在那个夜晚，那一个瞬间，它忘记了哪些不可为。它捂住胸口，安抚心中的小鹿。

姑娘见了，问："你心口疼吗？"

它说："疼，疼得厉害。"

姑娘放下水桶，着急地问："是不是刚才提水累着了？"

它心想，这点水哪里累得着我？

它说："不打紧。谢谢你。谢谢你为我做的这些事情。我该怎么报答你？"

它心里其实想说，无以回报，唯有以身相许。但那都是异性妖怪报答世间男人的时候爱说的话。它要是对这位姑娘说这样的话，肯定会被姑娘认为轻浮。

姑娘打趣说："你一个守门的，怎么报答我？"

它知道姑娘是开玩笑的，但这回它认了真。

一瞬间，它忘记了隐藏自己的身份。它诚恳地说："我要让你成为最富有的人，让你拥有怎么用也用不完的钱财。"

姑娘捂住嘴，笑得弯了腰。

它继续说："那些钱财就像是流水一样涌向你，做什么生意都财源滚滚，走路都会捡到意外之财。它们会变成你的奴才，你会变成它们的主人。"

姑娘抓住它的手，叫它不要说了。

"见过吹牛的，但没见过你这么吹牛的。"姑娘乐不可支地说。

"你可以叫我财神。"它一本正经地说。

"我知道你是为了逗我开心。我很开心。谢谢。"姑娘说。姑娘嘴上说着"我很开心"，眼泪却奔涌而出。

她蹲了下来，哭得很伤心。

119.

淋湿柴木的第二天清晨，它刚打开门，就有两个人冲了进来，直奔大殿，跪在了它的雕像前面。

其实细心一点的人认真看一看它，就会发现它和大殿上的雕像非常相像。

但没人认真将一个守门人和神像对比。那两个人在大殿里一个劲儿地磕头。

它听到其中一个人说："小的有眼不识泰山！因为拜了您之后赌博没赢钱，便想半夜点燃柴木，烧掉您的庙宇。没想到您显了神通，我们怎么点火也点不着。以前我不信您有神通，如今相信了。求您大人有大量，不要记我们的仇，不要找我们的麻烦。"

它听得心惊胆战，却又差一点笑出声来。自那之后，它更加相信那姑娘能看到天意。

120.

庙宇里第一回有官兵出现，是在中秋的前一天。

往日里来求财的有各种各样的人，唯独没有官兵。这里的官府似乎从来没有愁过钱。

它看到官兵冲进来的时候，就预感到不妙了。官兵将姑娘住的那间屋围了起来。

领头的跪在门外，喊道："小姐，您的父亲十分想您。您若不跟我们走，我们这些人都将人头落地。"

它听到前来烧香的人们在说那姑娘是封疆大吏最心疼的女儿。她因为不愿被选入宫中做嫔妃，没有告诉家人就逃了出来，住在了这个庙宇里。前不久姑娘家的一个下人回老家，来了这里烧香，恰巧看到了这位姑娘，于是急忙回去告诉了姑娘的父亲。那姑娘若是不肯走，不但这些官兵会人头落地，这个庙宇恐怕也保不住了。

姑娘坐在屋里没有出来。

由于官兵阻挡，它也进不去。

等到中午，太阳光线最强烈的时候，姑娘终于打开了门。官兵们都跪了下来。

领头的说："小姐，请回吧。"

姑娘看了人群之中的它一眼，然后上了官兵抬来的轿子。它冲出人群，站在了官兵在人群中辟开的道路上。

领头的提起大刀，怒目走来，身上起了腾腾的杀意。姑娘掀起轿子的帘子，对它唤道："过来！"

领头的只好侧立一旁，让它过去。

它走到轿子边上，姑娘微微一笑，说："天意要我走。今天早上你没注意吗？庙前的桂花落了一地。桂花落地，桂者，归也。唉，教了你那么多遍，你还是学不会。"

它心生愧疚。

姑娘朝它招手，说："你再过来一些。"

它往前迈了一步，又闻到了她身上传来的香气。那是它第一次见到姑娘时闻到的香气。

姑娘说："你喜欢我吗？"

它愣了一下，目光却离不开她。

姑娘说："我也喜欢你。"

姑娘放下了帘子，轿子再次前行。轿子出了庙门，它还呆立原地。

它后知后觉地追出门去，轿子已经走了。门外有一棵八月飘香的桂花树。

地上并没有落桂花。

121.

五十七年后，它闲坐在门槛上看烧香的人来来往往。

一位看上去八十岁左右的老婆婆颤颤巍巍地走到它身边。

它看到过太多逐渐老去的人，只需瞥一眼，便能猜出较为准确的岁数。

"没想到你还在这里，模样一点儿都没变。"老婆婆对它说道。

它看出老婆婆就是五十七年前在这里住过的姑娘。

它看到过太多容颜逝去的人，只需瞥一眼，便能猜出以前长什么模样。

"今天有什么天意？"它问道。

老婆婆笑了，说："天意让我来再见你一面。"

它说："你真的能看到天意吗？那晚你说这里有火灾，那是你听到有人说要烧了这个庙。你怕我跟人结仇，所以假借天意，让我在柴木上淋水。那天你离开这里，你怕我跟官兵冲突，又假借天意，说桂花落地。但外面的桂花没有落地。"

老婆婆笑着说："原来你都知道？"

它说："之前我并不知道。你走的那天，我看到桂花树，忽然明白了。"

老婆婆转头看了看门的外面。那棵桂花树还在，仍然飘香。

它当年在外面种上桂花树，是因为桂花树的寿命很长，一般能活几十年到几百年，有的甚至能活到千年。

世间容易流逝的东西太多了，只有这棵桂花树能和它做伴。

老婆婆收回目光，说："你灵性真的不够。天意只让有心的人看到。"

它问："天意只让有心的人看到？"

老婆婆笑得开心，说："只要你是有心的人，你看到什么，什么就是天意。"

它恍然大悟。原来她根本就没有解读天意的本领，而是将天意解释成自己希望的那样。

老婆婆说："所以我走的时候问了你那句话。你给了我肯定的回答。我很高兴，天意指引我来到这里，果然是对的。"

122.

老婆婆去世之后，它离开了那个庙宇。

它重回灯红酒绿之地，却觉得索然无味。此前数百年时间如白驹过隙，转眼即逝，而今一天都觉得无比漫长，盼不到头。

阴错阳差之下，它加入了一个名叫"荆棘"的奇怪的妖怪组织。这个妖怪组织里有百来个妖怪。它们唯一的任务是找出与人产生了感情的妖怪，并将这样的妖怪捉起来。

后来它知道这个组织为什么叫"荆棘"了。原来创立这个组织的妖怪用了人间的一句话——人生在世如身处荆棘之中，不动则不伤。

对于妖怪来说，这句话也成立。妖怪得了人身，就有了人的欲望，也有了人的烦恼。

这个组织里的妖怪便要成为其他妖怪的"荆棘"，使得陷入人世的妖怪不敢妄动。又因为怕被捉的妖怪认出它们，所以这个组织里的妖怪出现的时候必戴面具，并且面具只有黑白两种，寓意与人要黑白分明，两不相犯。

它这次来找老罗打牌，便是趁着小白没有反击之力，要将小白捉走。

123.

可是它万万没想到，还没见着小白的面，它就被老罗的一句话弄得想起了八百年前的伤心事，禁不住号啕大哭。

那时候老罗虽然不知道它经历过什么，但见它哭得如此伤心，便觉得自己好像做错了，至于做错了什么，她也不清楚。

戴黑面具的妖怪不知所措，不知道这牌还要不要打下去。

老罗见它哭个不停，顿时有些烦了，拿起幺鸡在桌上磕。

"打牌就打牌，哭什么呢？我老罗可不会因为卖惨这一套就让牌!"老罗不耐烦地说道。

戴白面具的人抬起头来,面具上都是泪水。它将面前的麻将一推,说:"既然是天意,那我们不打了。你走吧。"

戴黑面具的不甘心,站了起来,问道:"就这么让她走?

老罗的牌友大概明白牌桌上正在发生什么事情,但她一直保持观望沉默。她听到戴白面具的人说让老罗走的时候,脸上露出了喜悦之情。可听到戴黑面具的不肯,她脸上的喜悦瞬间消失了。

戴白面具的人冷冷地说:"天意让她走,你能留得下?"

戴黑面具的浑身哆嗦,不知道是怕天意,还是怕这位鸡仙家。戴白面具的人看了看老罗,长叹一口气,说:"小白没有遇到其他人,偏偏遇到老罗这样的姑娘来保护自己,虽然窝囊,丢人,不要脸,但也许是天意吧。我当初要是放下身段,跟她好好说一句软话,也不至于让她看到满地的桂花吧。"

那时候老罗还不知道这位鸡仙家八百多年前的故事,听它这么说,只觉得有些突兀。

戴白面具的人又说:"老罗,你真是个有人情味儿的人,不论谁遇见你,都是幸运的,都是上天眷顾,都是天意。"

老罗被它这么一夸,倒有些不好意思起来。但她心里还记着打牌,于是摆手道:"说好话和卖惨一样,在我这里没有用。反正幺鸡比你们的大!"

戴白面具的人笑了起来,说:"好吧好吧。你赢了。你就是天意,还有什么比天意大呢?"

戴白面具的人站了起来,给了戴黑面具的一个眼神,然后往外走去。

戴黑面具的狠狠地看了老罗一眼,然后跟在戴白面具的人身后走了。牌友轻声道:"它们怎么伞也不打?"

等老罗走到门口的时候,雨中已经连个人影子都没有了。雨水溅起的石阶上,一根鸡毛被淋得湿透了。

124.

老罗没有责怪牌友。她知道牌友是迫于无奈。牌友再三给她道歉。

老罗说："不怪你，是我给你带来了麻烦。要不是我，它们也不会找到你家里来。"

牌友眼神怪异地说："老罗，你也不是小孩子了，别迷恋那个什么叫小白的之类奇奇怪怪的仙家，那不是什么好事。有时间了，去跟合适的男人约个会，生个孩子，将来老了有个依靠。"

老罗说："你什么都好，就是管闲事这一点我很不喜欢！再说了，小白是在我这里渡劫的，你想什么呢！再乱说小心我撕了你的嘴！"

牌友抬手挡住嘴巴，说："我就随口说说，你急什么呀！"

老罗着急地说："我哪里急了？"

牌友仍然挡住嘴巴，凑到老罗耳边特别小声地说："不过在你来之前，我听他们俩聊天说小白是它们一个叫什么'荆棘'里面的成员，属于什么知法犯法，必须严惩！"

125.

老罗从牌友家回来，走到半途，雨就停了。

老罗的雨鞋又粘了厚厚一层黏土，行走愈加艰难。她干脆脱掉雨鞋，挽起裤腿，赤脚踩在松软的泥土里。白皙的脚顿时变成了一双泥脚。

小白说："别把泥巴弄我身上了。"

老罗假装惊讶地说："哟？终于说话啦？我还以为你吓得不会说话了呢。不过你还是少说话为妙，万一又暴露了，我还得想办法保护你。"

小白说："多谢救命之恩。要不是你，今天我这一关怕是过不去。"

老罗说："那个鸡仙家好奇怪，居然因为一句话哭成那样。"

小白说："那是因为你不知道它过去经历过什么。"

然后，小白就将鸡仙家八百年前的故事说给老罗听。老罗光着脚，一边走一边听。

等小白将鸡仙家八百年前的故事讲完，老罗再去看周围的山和水，刚被大雨洗过一遍的世界似乎变得更加清晰鲜艳了。

老罗的心中却泛起了一丝若有若无的忧愁。

老罗说："小白，你要尽快变得强大起来啊，要不等我老了，你还得去找另一个能遮掩你气息的人。"

126.

晚上，小白又开始发热。

大雨过后，空气就一直特别闷，到了晚上也没有好一点儿。

老罗坐在堂屋里，拿着一把蒲扇拼命地扇。由于小白热气腾腾，老罗就更热了，汗水不断地流出来，整个人像掉进了水里刚捞起来一般。

"好咸。"小白说。

老罗问："怎么了？"

小白说："你的脚好咸。"

老罗立即用蒲扇猛地打了一下自己的左脚，大声骂道："登徒浪子！咬我的脚做什么！"

这时门外一个声音传来。

"蚊子是偷畜，咬人是天理，怎么就变成登徒浪子了？"那个声音说道。

老罗转头看去，一个长得古色古香的女孩走到了门槛外，瓜子脸，柳叶眉，绛朱唇，嘴角含笑，眼中有光，衣服是长袖宽裙，晃晃荡荡，却又风度翩翩。即使不懂戏曲的人，看了她也觉得是天生要站在戏台上的人。

尤其那声音，抑扬顿挫，让人如沐春风。

"杭杭？"老罗不由自主地问。

那女孩莞尔一笑，点了点头。

老罗又惊又喜。喜的是，本来想去找她的，没想到她却来了。惊的是，她怎么来了？

老罗感觉到脚上的小白慌乱地盘旋起来。

杭杭问："小白跟你说过我？"

老罗点头。

杭杭指了指门槛，问："我可以进来吗？"

在这个地方，一个人进别人家的门从来不问可不可以进的，直接跨进来喊人就是了。

老罗见她如此有礼，更觉得她是从古代走过来的了。

"可以的。请坐。"老罗说。

杭杭跨门而入，拂拭椅子，然后坐了下来，接着跷起了腿。就那跷腿的姿势也跟常人不一样，在别人那里可能显得粗糙俗气，在她这里却别有一番风味。那宽大的裙子开叉极高，跷起腿的时候露出了底下白皙而略有肉的大腿，如同梅雨时节阴霾了半个月之后阳光乍泄，看过去都觉得眩晕晃眼。

就连那把普普通通的椅子，都像是五百年前就开始生长，栉风沐雨，等到合适的匠人砍了回去，做成现在这般模样，然后放到了这间堂屋里，就为了等待她来这一坐。

老罗忍不住担忧，等她起来，怕是那椅子也要成精了。别人再坐那里，椅子就受委屈了。

即使身为女人，老罗也不由自主地多看了杭杭的大腿一眼。那腿比"修长"要多一点肉，但说不上胖，让老罗觉得这样的腿才是最好看最赏心悦目的。世人说的"修长"二字，在杭杭这里显得俗气。

但是老罗心里犯嘀咕。这杭杭怎么把小白当作蚊子了？她可是能杀捉妖师的妖怪啊！莫非小白遭遇了三清符文那一劫，气息已经微弱得杭杭都感觉不到了吗？

天气又闷又热，但老罗不见杭杭出一点儿汗，有一点儿燥热。

杭杭问："小白都跟你说了我的什么事？"

老罗说："也没说什么，说的尽是闲事。"

老罗不知道小白愿不愿意让杭杭知道它说过什么，只好先这样回答。

杭杭抿嘴一笑，说："寄生于世间，除了生和死，哪一桩又不是闲事？"

127.

老罗以为杭杭是来找小白的。

老罗摇着蒲扇说："你是来找小白的吧？自从它来了我这里之后，找它的可多了，我家门槛都被踩矮了。"

杭杭摇摇头，说："不，我是来找你的。"

她的回答让老罗很意外。老罗顿时停止了摇蒲扇。

"找我？"老罗问。

杭杭说："是呀。我一直想来看看你，但是之前没时间。"

老罗以为她有意隐藏真实的目的，但是听她说完后面的话之后，老罗转变了这样的想法。

杭杭接着说："在小白来你这里之前，大约二十年前吧，有一个人来找过我。他也姓罗。"

老罗一愣。

杭杭似乎意识到老罗想到了那个人是谁，笑了笑，继续说道："那个姓罗的人跟我说，他一生没有别的爱好，只有打牌。可是他手气不好，输多赢少，经年累月下来，不但家里没什么钱了，还欠了不少外债。我跟他说，欠债还钱，天经地义，你找我有什么用呢？结果你猜他怎么说？"

老罗问："他怎么说？"

杭杭说："他说他大限已近，恐怕没有足够的时间来还外债了。"

纵然刚才热得要命，听了杭杭这句话，老罗浑身一凉。

杭杭说："我问他，你想怎么办？他说，为了不拖累家人，我必须在很短的时间内赢很多的钱，不但要能还掉外债，还要留下一笔较为丰厚的财产。我说，蛇有蛇的路，壁有壁的路。哪怕你不在了，别人自然有自己的活法。"

在这个地方，人们将壁虎说成壁。

老罗是认同杭杭的说法的。要是有个人跟她说，不但要用靠邪术赢来的钱还掉赌债，还想留下许多钱，她也会觉得那个人太贪心了。哪怕她有招财术，也是不会答应这种人的。

但是老罗知道，事实上她的父亲后来确实没给家里带来外债，还留下了许多钱。不然的话，她是不能衣食无忧地天天出去打牌的。

老罗问杭杭："你答应了他？"

杭杭说："事情已经过去二十年了，我答不答应不重要。重要的是，他当时还说了一句话。他说，我要留下财产，是因为我的女儿快要出生了。"

老罗眼眶一热。

杭杭说："为了让我答应他，他还在脸上划了一刀。他也知道我对脸上有刀疤的人心软。"

老罗早就听说过，她父亲消失之前的一个月，脸上有刀伤。

杭杭说："那时候我就想，这个人是有多爱还没出生的女儿啊。"

两行泪水从老罗的眼睛里爬了出来。

杭杭抖了抖腿，说："这也就算了。没想到二十年后，这么巧，小白又找到了你这里。我听说很多杂七杂八的人和妖怪跟着来了。

我还以为小白很快就会回来找我求救呢。没想到这么久了，居然平安无事。我就放了隶梓，让隶梓来捉小白。"

老罗惊问道："你没杀死隶梓？"

杭杭皱了皱眉头，说："我不过将他捉了起来，拿了他三枚铜钱。毕竟他脸上有刀疤，我怎么舍得杀了他？"

老罗心头的谜团终于揭开。

杭杭说："我心想，这样或许就能让小白回来找我帮它。可是隶梓的三清符文都失败了。所以我想来见见你，看看你到底是一个什么样的人。"

老罗生气道："原来这是你故意设计的！"

杭杭眼睛含笑地说："一报还一报而已。二十年前，我也被他故意设计了。"

老罗迷惑不解，问道："你被我爸爸故意设计了？"

杭杭不紧不慢地说："在他说他大限已近的时候，我就知道，我已经被他设计了。"

老罗问："为……为什么？"

杭杭说："妖怪是有等级之分的。你们常说，三十而立，四十而不惑，五十而知天命，六十而耳顺，七十而从心所欲。这句话被我们用来区分妖怪等级了。得了人身，便是到了而立的境界；学会了融入人世，便叫不惑；知道什么时候天劫要来，便叫知天命；渡过天劫之后，便叫耳顺；最高的境界便叫从心所欲，意思是天道也阻拦不了了。"

老罗一头雾水，问道："你跟我说妖怪等级做什么？"

杭杭说："你还不明白吗？你的父亲到了'知天命'的境界。"

老罗脑袋里"嗡"的一声，一片空白。

128.

杭杭继续说道："他不但知天命，还知道尚未出世的你是个女儿。他来我这里，并不是找我帮忙，而是利用我。因为我没有招财术。他为了不暴露自己，故意来找我，让别人和别的妖怪以为他赢钱是因为找过我，而不是他自己本就可以。当然了，他也是为了保护你。因为'荆棘'组织的那些同类要是知道了他的真实身份，是绝不会让你出现在人世的。"

老罗的妈妈不知什么时候出现在了堂屋里。她手里拿着一个鸡毛掸子，应该是刚打扫完插花瓶出来。

老罗觉得插花瓶够干净的时候，她的妈妈仍要拿鸡毛掸子在上面扫来扫去。

家里仅有的一对插花瓶，老罗从未见上面插过花。她的妈妈说，她的爸爸还在的时候经常插花。

老罗的妈妈站在堂屋里，一动不动。鸡毛掸子却在剧烈颤动。老罗想要叫她，却又不敢叫她。

杭杭上下打量了一番老罗的妈妈，然后说："以前不知道他为什么甘愿守在您身边做个牌场失意的赌徒，男妖怪大多花心，女妖怪大多痴情。看到您，我就明白了。您是值得守护的人。"

老罗的妈妈嘴唇颤抖了好一会儿，才说出话来。

"他还不是……连个告别都没有……就走了？"老罗的妈妈说。

杭杭说："对于妖怪来说，一生的告别实在太多了。要么多到让它害怕，要么多到让它习以为常。害怕了，它就不敢跟你告别。习以为常了，它就不会跟你告别。像我这样有过五千九百六十一次告别的妖怪，每次以为自己已经习以为常了，到头来却仍然害怕。"

老罗的妈妈摇头说："不，我认识的他就是一个实实在在的人，不是什么妖怪。"

杭杭嘴角一弯，说："对，他在您这里，就是一个人，一个喜欢打牌的俗人。要不是预感到天劫即将来临，他都快忘记自己是个妖怪了。"

老罗走到她妈妈身边，轻抚妈妈的胳膊。她感觉到妈妈在微微颤抖，仿佛清风掠过的小树。

老罗看着杭杭，问道："你不是被他设计了吗？为什么还帮他说好话？"

杭杭说："丁是丁，卯是卯。人是人，妖是妖。妖怪的苦衷，只有妖怪知道。我不帮他说出来，就没人能说出来。"

老罗的妈妈闭上了眼睛，泪珠落在睫毛上，没有流下来，仿佛是凝结的夜露。

杭杭见老罗的妈妈悲痛得无以复加的样子，没有一点儿同情之心，反而嘴角又一弯，冷静地说："人之所以遇到告别就如此痛苦，是因为告别得太少了。当你告别了五千九百多回之后，心磨起了茧，就感觉不到痛苦了。"

然后，她的嘴角一抽，自言自语地喃喃道："能体会到痛苦的人还不是最痛苦的。那种体会不到痛苦的感觉……才是最痛苦的。"

门外起了一阵旋风，呜呜呜地响，听起来像是哭声。

129.

老罗的妈妈情绪稳定下来后，红着眼睛给杭杭泡了一杯茶。

"谢谢你告诉我这些。"老罗的妈妈对杭杭说。

老罗感觉到左脚上的热气越来越烫，但她假装没有什么感觉，生怕杭杭从她的脸上看到丝毫异常，从而发现小白就在这里。

可是纵然老罗尽力让自己面无表情，杭杭还是一眼便看穿了。

杭杭仪态得体地喝了一小口茶，将茶杯轻轻放下，然后重新摆好坐姿，先夸了一句"好茶"，最后说："老罗，小白最近怎样？"

要是别人在这里喝茶，大多一边喝一边就说上话了。

"还好。"老罗敷衍地回答。

杭杭说："能好到哪里去？我也是等它走后，才知道它是'荆棘'里面的一员。那些时刻保持自律的妖怪是不会放过它的。"

老罗听到"荆棘"二字，顿时变得更加紧张。上回约她去家里打牌的牌友说到这两个字的时候，她还不以为然。从牌友那里回来的路上，小白讲起那位招财的鸡仙家时说到这两个字，并解释了这两个字的意思，老罗听了，心里不是滋味。那时候小白并没有说它就是这个组织里的一员。老罗那时候还想，或许牌友听错了呢？

现在听到杭杭提到这两个字，老罗可以肯定小白确实是这个组织的一员没错了。

杭杭说："所以你最好把它交给我。"

老罗低头，长叹一声，说："小白啊小白，怎么男的女的都喜欢你啊！都想把你带走！对了，杭杭，我想问你一个问题。"

杭杭颔首道："请问。"

老罗目光落在杭杭露出的大腿上，问道："你的腿这么白，是怎么保养的呀？"

130.

叮铃铃——

外面忽然响起悦耳的铃铛声。

老罗的目光从杭杭的大腿上转向门外。

意料之外又在情理之中，门口出现的竟然是星将道人。

意料之外，是因为老罗没想到他会这个时候出现。情理之中，是因为老罗知道他一直盯着小白，必定不会让别人轻易夺走小白。

老罗看到星将道人手持一个酒盅大小的铜铃。

星将道人见了杭杭，大笑道："荆棘的护法来我的地盘要东西，也不跟我提前打个招呼吗？"

听到星将道人称杭杭为荆棘的护法，老罗大为惊讶。

杭杭镇定自若，端起茶杯，优雅地抿了一口。

星将道人跨门而入，对老罗和老罗的妈妈微笑示意。

老罗的妈妈又给星将道人泡了一杯茶，然后回到自己的房间里去了，不再出来。

星将道人也坐下喝了一口茶，然后说道："老罗，你不知道吧？杭杭跟你那个小白一样，都是荆棘里面的成员。不过杭杭不是普普通通的成员，而是左右护法里面的右护法，地位与左护法相等，仅次于荆棘的大头目。"

杭杭淡然道："道长连大云山的山门都混不进去，对荆棘却是了如指掌嘛！"

星将道人哈哈一笑，说："捉的妖怪多了，听得多了，自然就知道一些。"

老罗却不相信，问道："道长，荆棘的妖怪不是信奉那句话——人生在世如身处荆棘之中，不动则不伤吗？杭杭如果是荆棘的护法，怎么会……"

星将道人不等她说完，就说道："对一般的人和妖怪来说，不动则不伤是没有错的。但是对杭杭来说，心已经起了茧，怎么也受不了伤，所以她能担任重要的右护法一职。"

星将道人看了杭杭一眼，问道："你当年是这么说的吧？"

杭杭脸上掠过一丝悲伤，很快嘴角一弯，那悲伤消失于脸皮之下，仿佛平静的水面忽然跃起了一条鱼，又掉了下去，咕嘟一声，水波荡开，又恢复了平静。

老罗感觉到那条鱼还在水面之下游曳。

"你想怎样？"杭杭问星将道人。

星将道人吹了吹茶里面的茶叶，说："老罗身上的东西，是我先盯上的。你能不能讲个先来后到？"

杭杭抬起手挡住嘴巴，打了一个懒洋洋的呵欠。

"我要带走它，你又能奈我何？"杭杭漫不经心地说。

老罗暗暗为星将道人担忧。三枚铜钱的捉妖师都不算什么，这个被赶出山门的俗不俗仙不仙的半吊子道士在杭杭面前又有什么胜算？

星将道人喝了一大口茶，说："我早听说按照你们妖怪的等级，你已经达到了耳顺的境界，几乎要从心所欲，天道都拦不住了。我这个学艺不精的人，自然拿你没有办法。"

杭杭说："那你何必做徒劳无功自讨苦吃的事情？"

星将道人放下茶杯，将那铜铃拿起来摇了一下。"叮铃铃——"铜铃发出声音。

星将道人说："铜铃响，不是它自己要响，是有风吹它，有人摇它。"

杭杭轻蔑地一笑。

星将道人继续说道："我来到这里，不是我自己要来，而是因为你来了。"

杭杭说："你的意思是，你是铃铛，我是风。你自己不想阻拦我，是我逼得你阻拦我？"

杭杭一边说着一边扬起袖子。十几枚铜钱从她袖子里落了出来，打在她身边的桌面上，发出"叮叮当当"的声音。

老罗细心一数，刚好十二枚。

杭杭拾起其中一枚铜钱，说："你若是能经得住我这十二枚铜钱，今天我就给你一次面子，不跟你抢小白。"

杭杭看了看铜钱的一面，又翻过来看了看另一面，然后突然将铜钱掷出。

老罗听到"嘣"的一声闷响。

还没等她明白发生了什么，她就看到星将道人那只握着铜铃的手汩汩地流出了血。

铜铃里面的铜铃心掉落在星将道人的衣服上。他袖口的祥云白鹤被血液浸染，渐渐变红。

杭杭说，铃铛没了里面的心，风怎么吹，人怎么摇，都不会响了。

老罗这才明白，那枚铜钱穿透了星将道人的手，打进了铜铃铛里，将铜铃铛里面的心击落了。

杭杭的力道让老罗目瞪口呆。这不是常人能使出的力道。老罗瞬间意识到，星将道人完全不是杭杭的对手。星将道人要阻止杭杭，无异于一只螳螂抬起臂膀试图挡住一辆飞驰的马车。

星将道人握着铜铃的手在剧烈颤抖，脸上的肉开始抽搐，牙齿咬得咯咯作响。

杭杭优雅地抿了一口茶，放下茶杯之后，嘴角一弯，说："你走吧，就当今晚没有来过这里，还可以给自己留点面子。"

星将道人抽搐的脸上浮现出一丝笑意，说道："面子？在我离开大云山的时候，这个东西就不存在了。"

杭杭皱起眉头，从桌上拾起第二枚铜钱。

杭杭一甩手，老罗又听到"嘣"的一声闷响。

这次铜钱没有打到铜铃里面去。老罗看到星将道人的手背上留有铜钱的半边，另一半没入手背。

星将道人的牙齿咬不住了，他张开了嘴，牙齿上下碰撞。脸上冒出许许多多豆大的汗珠，如被雨淋湿了一般。手抖得更厉害。

"走不走？"杭杭轻柔地问。

星将道人伸出另一只手，从那只血淋淋的手里接过已经破掉的铜铃。

杭杭拾起第三枚铜钱。

老罗后脊背升起一阵凉意，她对着星将道人大喊："你滚吧！我是不会把小白交给你的！你就死了这条心吧！滚！现在就滚！"

131.

星将道人抬起血淋淋的那只手，用嘴将手背上的铜钱咬了下来。另一只手仍然紧紧攥着已经不能发出声响的铜铃。

星将道人舔了舔嘴边的血，狠狠地吐了一口。

"这个小白，我是要定了！"星将道人坚定地说。他的眼睛似乎在燃烧，里面仿佛有一团火。

杭杭拾起第四枚铜钱，掷了出去。

星将道人的另一只手被铜钱穿透。但他还是紧紧握着铜铃。

杭杭拾起第五枚、第六枚、第七枚铜钱，接连掷了出去，都穿过星将道人的手，打进了铜铃里。

星将道人握不住了，铜铃从他满是鲜血的手中滑落，掉在地上。里面的铜钱相互碰撞，发出类似铜铃响却喑哑的声音。

老罗看到那个铜铃表面已经变了形，且有好几个孔。透过那些孔，可以看到里面同样变了形的铜钱。

星将道人并不比那铜铃好多少，他脸色苍白，身体摇摇晃晃，几乎站立不住，仿佛一个纸扎的人被风吹动。

杭杭从桌上拾起第八枚、第九枚、第十枚铜钱，这一次她将三枚铜钱一起捏在手里，然后看了看星将道人。

"你走啊！"老罗对着星将道人大吼。

老罗感觉到左脚上发烫的小白也变得紧张起来，它紧紧地盘住了老罗的脚。

老罗的妈妈悄悄地打开房门，看到这一幕，吓得站在那里一动不动。

星将道人脸上浮现出诡异的笑容。他对着杭杭喊道："来啊！给个痛快！"

杭杭一挥手，三枚铜钱打在了星将道人身体各处，进入了他的身体。

那三枚铜钱的力道实在是大，星将道人被击中之后，身体踉跄后退，仿佛被谁正面猛踹了一脚。后退几步后，他努力想站住，可终究无法保持平衡，仰面朝天倒在了地上，嘴角流出血来。

杭杭摇摇头，轻叹道："还有两枚呢。可惜了。"

星将道人听了，扭头看着老罗，嘴巴无力地吁气，发出"噗"的一声，然后说："老罗，能给我一点儿酒吗？"

老罗流下泪来，说："你走吧。"

星将道人闭上眼睛，似乎太累了，需要闭目养神。他闭着眼睛说："老罗，我都要死了，走不了了。"

老罗转身进屋，倒了一盅谷酒来。

老罗将酒盅放到星将道人的嘴边。星将道人缓缓嘬了起来，将酒嘬尽。

"酒是粮食精！"星将道人说道。

他似乎有了力气，艰难地从地上爬起来。他双手撑着膝盖，嘴角垂着涎水，头耷拉着，像一头想要斗架的牛。

可是他尚未直起身子来，双腿一晃，又倒了下去。

他又挣扎了几次，可是就像上了砧板被去了鳞的鱼一样只能摆摆尾巴，连翻身的能力都没有了。

最后，他瘫软在那里，只有嘴巴像鱼一样张合，其他地方已经无法动弹。

八卦星宿镜从他怀中滑了出来，掉在他的手边。

"我……还……能……扛……两……下……"

微弱的声音从他的嘴里冒了出来。他每说一个字都要歇一会儿。

杭杭从桌上拾起最后两枚铜钱。

老罗无法接受预想中接下来的场面。她走到杭杭身边，深吸一口气，说："够了。"

杭杭淡然一笑，说："你不懂。我是在成全他。"

杭杭捏着两枚铜钱，走到星将道人躺着的地方。

老罗闭上了眼睛。她不忍心看着星将道人像一条待宰的鱼一样被杭杭杀掉。

杭杭蹲了下来，用一根食指在星将道人的脸上划了一下。

那食指的指甲锋利得超乎想象。手指划过的地方，皮开肉绽。

星将道人发出微弱的"啊"的哀叹声，似乎脸皮上的疼痛比铜钱打入身体还要难以忍耐。

老罗听到星将道人的哀叹声，睁开了眼睛。

士可杀不可辱。老罗没想到杭杭会对星将道人做这样的事情。

杭杭看了看星将道人脸上的伤，满意地站了起来。

老罗以为杭杭接下来会将最后两枚铜钱打入星将道人致命的地方。杭杭却一扬手，将手里的两枚铜钱抛了起来。

铜钱落在星将道人的身上，仿佛两只轻盈的蝴蝶栖息在星将道人的衣服上。

"如今你也是脸上有疤的人了，这两枚铜钱就送你吧。"杭杭说。

然后，杭杭回眸看了一眼老罗，微微一笑，款步姗姗跨门而出，走到了外面的夜色之中……

132.

受伤的星将道人在龙湾街的旅店休养了半个多月之后，才能勉强站起来走路。

星将道人被妖怪用铜钱打伤的事情一传十，十传百，很快传到了大云山。

大云山派了人来龙湾街看望养伤的星将道人。那人是星将道人的师兄。师兄带来消息，说师父让他回大云山休养。

星将道人没有去。

星将道人对师兄说："等我捉到了大妖怪再回去！"

师兄问他："大妖怪是什么妖怪？"

星将道人说："从心所欲的妖怪。"

师兄大笑，说："杭杭刚到耳顺的境界，就把你打成这样。你还想捉一个从心所欲的大妖怪？别做梦了！"

星将道人不惧嘲笑，狠狠地说："师兄，我一直信奉的座右铭，你没听大云山的其他师兄弟说过吗？"

师兄一边笑一边问，"什么座右铭？"

星将道人铿锵有力地说："莫欺少年穷！"

师兄说："哦，可你还是少年吗？"

星将道人说："如今我改了一个字。"

师兄问："哦？"

星将道人说："莫欺中年穷！"

师兄神色变得凝重。

星将道人问："师兄，你怎么了？"

师兄拍拍星将道人的肩膀，说："那再过十几二十年，你还得改一个字。莫欺老年穷！"

133.

老罗偶尔去龙湾街打牌的时候，也顺便去看过星将道人几次。有一次，老罗去龙湾旅店的时候，碰到了一个奇怪的人。

那人穿一身花里胡哨的中式绸缎衣，戴一副墨镜。墨镜后面的脸看起来有几分英俊豪爽之气，年纪似乎不大，下巴却留了一点儿山羊胡子，显得年纪又不小。最奇怪的是，他左手平端于腰前，手上站着一只光鲜亮丽，看起来很凶的雄鸡！

那只雄鸡的羽毛也花里胡哨的，有好几种色彩，看起来像是芦花鸡。那人见了老罗，抬手扶了扶鼻梁上的墨镜。

老罗感觉那人认识她，但她记忆里没有这个人。

老罗小声地说："看起来很有钱的样子，下回约起来打打牌不错！"

她是跟小白说话。但是小白常常不回应她。小白之前解释说，它还在恢复中，有时候听不太清她说什么。

但老罗觉得小白有时候就是不想搭话。她也无所谓，该说的时候还是说。

在别人看来，老罗越来越喜欢自言自语，有点精神不正常。

老罗又小声地说："不过见过养鹦鹉、养八哥、养老鹰、养金丝雀的，没见过养鸡出门还端在手里的。"

小白回应说："也没见过出门脚上还盘条蛇的吧？"

老罗跺脚道："该说话的时候不说话，不该说话的时候瞎说话！"

134.

那人走在老罗前面一些。

到了旅店门口，老罗看到旅店老板坐在一把竹椅上打盹，狗在老板的脚边打盹。

那人仍然走在老罗前面。

老罗心想，他应该不是来住店的，不然他应该会把打盹的老板叫醒。

老罗要上二楼的时候，看到那人已经走上了梯级。

那人手里的雄鸡安静得很，似乎很有耐心，不叫一声，也不乱拍翅膀。可是它有一点儿掉毛。老罗跟在后面，已经看到两三回有鸡毛掉在了地上。

他不会是来看望星将道人的吧？老罗心想。

到了二楼，那人还真在星将道人住的房间门口停住了。那人敲了敲门。

"进来。"星将道人的声音传了出来。那人进了门。

这时候，老罗也到了门口。

星将道人先看到了那人，惊讶地问："你怎么来了？难得你也有空关心我。"

他脸上被杭杭划伤的地方留下了一道淡红色的印记。

那人淡淡地说："我来看你死了没有。"

星将道人爽朗道："我替天行道，有上天保护我，没那么容易死。"

那人耸肩，说："咳，真是让人失望。"

星将道人干咽了一口，说："你盼着我死啊？"

那人说："也是，没必要着急。我给你算过命，今年这一劫要是渡得过，过不了多久你还是得死。"

星将道人有些慌张，问："你除了招财，算命也很准的。你可别吓我。我还能活多久？"

那人沉默不言。

星将道人抓住他的手腕，着急道："你倒是说呀！"

那人沉重地点点头，说："很快了，也就五六十年吧。满了百岁，寿终于那年的夏天。"

135.

星将道人半天才回过神来，推了一下那人，大笑道："你又吓我！我能活六十岁就满足了，多余的四十年算是捡来的！"

那人说："我怎么吓你了？对我来说，五六十年就是一瞬间。你要活到五百岁才好。"

星将道人摆手道："五百岁？那我不成老妖怪了？不行不行，我是捉妖怪的，怎么可以自己变成妖怪？"

他们两人聊得欢，完全没注意老罗已经在门外站了一会儿了。老罗轻咳了一声。

星将道人这才往门外看。

见老罗来了，星将道人先看了看老罗的脚，然后抬起头看了看老罗。

"你怎么悄无声息的？"星将道人问。

老罗走了进去，说："看你们聊得好，不忍心打断。你好些没有？"

星将道人拍了拍胸脯，说："你看，好得差不多了。"

老罗白了他一眼，说："别乱拍，铜钱还在你的身体里呢。"

星将道人不以为意，低头看了看自己的身体，说："我这就算是三枚铜钱捉妖师了吧？"

杭杭打入他身体的三枚铜钱没有取出来。医生觉得取出来的过程风险太大，干脆让它们留在身体里。

然后，星将道人指向那个手里端着一只鸡的人，对老罗说："来，给你介绍认识一下，他是……"

那人接着星将道人的话抢先说道："老罗，我们见过。"

老罗是个聪明人，听他这么一说，立即猜到了。

"你就是那个戴面具的鸡仙家？"老罗问道。

那人点头。

星将道人问："你们认识？"

那人淡然一笑。

老罗看出那人不想说太多，便配合地对星将道人说："是的，以前一起打过一次牌。"

星将道人脸上掠过一丝疑虑，但见老罗和那人似乎都不想说，便也不再追问了。

星将道人打哈哈说："以牌会友啊？下回我也学学怎么打牌。"

老罗心想，这星将道人倒是个识趣的人。

她渐渐觉得星将道人没有之前那么令人讨厌了。但是他跟鸡仙家看起来关系不错，这让老罗难以理解。他应该在鸡仙家进门的时候就将鸡仙家摁住，然后拿出八卦星宿镜来，叫嚣着要将鸡仙家收进去。不管收不收得进去，这才是老罗认识的星将道人。

老罗进来之后，星将道人和那人就不怎么说话了。老罗看得出来，自己在这里，他们说话不方便。

她便找了个借口说："我是去赵一那里打牌的，顺便来看看你。那边正三缺一呢，你们聊着，我先过去了。"

下了楼，老罗从旅店门口出去的时候，由于脑子里想着鸡仙家和星将道人的关系，脚绊了一下，差点摔倒。

坐在门口的旅店老板正拿了一根线去穿针眼。老板的眼睛不太好，手又微微地抖，穿了好几次都没有穿过去。

老板脚边的狗抬起头，看着老板手里的针和线，似乎要帮他看准针眼的位置。

老罗本不想搭理他，走出去了几步远，又折返回来，从老板手里抢过针和线，一下就穿了过去。

老板接了针和线，频频点头，说："年轻人眼力好哇！"

老罗笑了笑，转身就走。

老板在她身后又说："但是看那么清楚未必好！"

136.

到了赵一的牌馆，有一桌还真刚好三缺一。老罗二话不说，坐了上去。

那三个牌友非常高兴，赶紧开打。其中一人说道："老罗最近是散钱童子啊！"

总是输钱的人在牌桌上常常被人打趣叫作散钱童子，意思是给其他人发钱。

老罗已经很长一段时间没有赢过钱了。

另一人一边摸牌一边打趣说："老罗，别人都说你身上有什么仙家，我看仙家的道行太浅嘛，怎么胳膊肘老往外拐啊？"

老罗气咻咻地将要打出去的麻将往桌上一砸，说："退财消灾！你们懂不懂！九万！"

赵一走了过来，瞄了一眼老罗的牌，将一杯茶递给老罗，然后小声道："你这牌打错了啊。有七万八万，你把九万打掉做什么？"

老罗接了茶，说："最近手气太差，反正都是输，不如乱打。乱打乱发财。"

赵一摇摇头，走开了。

接下来，奇怪的事情发生了。老罗居然连和了好几把，且都是自摸，其他三家都要出钱。

牌友一边搓牌一边抱怨说："老罗你说话不算数！不是退财消灾吗？"

另一个牌友也抱怨说："老罗你不道义！跟别人打牌专门输，跟我打牌偏偏赢！"

老罗恨铁不成钢地骂他们："你们这些小气鬼！沉不住气！这不才开始吗？离散场还早着呢！照我最近的手气，现在赢了，后面就会大输特输！"

对面的牌友精明得很，他眼珠子一转，说："已经输了这么多，那我后面要搭增了！"

搭增是麻将里的术语。手气好的人可以给自己加筹码，赢了的话，输家除了要出底钱，还要出筹码的钱。赢家就赢得更多了。手气不好的人也可以在手气好的人那里加筹码，这样输了的话，虽然要出底钱，但也可以收筹码的钱，这样输得少些。甚至有人押在别人那里的筹码比底钱还多，这样即使自己输了牌，还能赢钱。当然，打牌的人实在不相信自己的手气能好转，才会出此下下策。

贪心的人往往在自己手气好转的时候给自己加筹码，这样赢得更多。

在赵一的牌馆里，还允许看牌的人在牌桌上搭增。这样看牌的人不仅看了牌，还能跟着赢点钱。这也是赵一招揽顾客的手段之一。

老罗最近手气差得离谱，这是牌友们都知道的事情。

加上刚才老罗说了那番话，三位牌友不禁喜上眉梢，纷纷在自己这里搭增。

老罗一看，咬牙切齿地说："你们这是趁火打劫，要我出血啊！"

坐在旁边看牌的人见状，也纷纷在其他三方加了钱。一个个都想趁机捡便宜。

赵一怕老罗输太多，走过来劝她不要打了。

老罗说："我老罗其他时候怕过不少的东西，就从没在牌桌上怕过！"

她嘴上喊得厉害，其实脚已经在牌桌下面慌得发抖了。

137.

老罗不是没有豪赌过。

但是每逢大赌的时候，她都没有走过好运。后来她安慰自己，生来没有走大运的命也好，省得天天把打牌当生活依靠，只能把打牌当爱好。

她还安慰自己说，把一件喜欢的事情当作生活依靠而不是爱好的时候，喜欢的事情也会变得没那么好玩了。

不过她以前没有打过这么大的牌。

眼下牌桌上光搭增的钱已经是底钱的十多倍，输一次就会让老罗输得肉疼。

赵一凑到老罗的耳边，轻声说："今天看牌的人里面有几个身上有东西。"

说完，赵一就走开了。

作为牌馆老板，赵一劝老罗一句就已经让很多人不高兴了。毕竟大家都是牌馆的顾客，平日里低头不见抬头见，何况输赢都不关老板的事。牌馆的老板劝人不要打牌，这必定会扫了许多人的兴。

老罗自知这牌已经打得太大了，但是见赵一过来劝她不要打了，也着实有些奇怪。

听到赵一在她耳边说的话之后，她明白了。早就有人在这里做了局，只等她进来。

她往看牌的人群里扫了一眼，果然有两三个神情古怪的生面孔。看来小白被隶梓的三清符文重伤的消息被太多人知道了，一些平时隐匿在普通人身上的仙家按捺不住要趁机夺取小白的修为。

夺取的方式自然是跟齐黄的一样。

不同的是，齐黄自恃本领高强，愿意在公开场合与老罗一决高下。

而这几个生面孔的人身上必定是修为不怎么样的仙家，平时不敢露面的那种。他们只能小打小闹，守株待兔，趁火打劫。

老罗心想，今天出门前，小白怎么没说不能出门呢？难道是被隶梓打击之后，连预感的能力都弱了？

其中一个生面孔的人见老罗往他那边看，顿时有些心虚。他躲在人群后面喊道，搭增都已经上桌了，落地成灰！

"落地成灰"这四个字在这个地方的牌友眼里是分量很重的话。后面本来还有一句"天打雷劈"。意思是说话要算数，不然会遭天打雷劈。

刚刚老罗一时激动，答应他们搭增了，再反悔的话，就应了那人的话。

那人说这话显然是经过思考的。"天打雷劈"是妖怪最怕的劫难。齐黄出天牌和斧头的时候，小白都叮嘱老罗认输。因此，他吃定了老罗听了这话之后不能退却。

老罗确实不得不考虑到这一点。在隶梓没来之前，她或许不会考虑这些，哪怕让小白被人欺负一下作为惩罚也未尝不可，毕竟它没有坦白自己是荆棘里面的一员。这让老罗有些生气，又不好说出来，只能生闷气。可是现在的小白看起来弱小得不成样子，只吊着一口气，怕是经不住"天打雷劈"这样的诅咒。

138.

隶梓走后，老罗闲来无事跟小白闲聊的时候，小白提到过语言诅咒的力量堪比符咒，有些厉害的语言甚至超过三清符文。

老罗不信，问小白说："我听星将道人说三清符文借了风雷电的力量，才将你伤得这么重。人开口说说话，怎么可能比风雷电的力量还厉害？"

小白说："你别不信。比如说最常见最简单的咒语就是名字。你叫一个人的名字，那个人就会有反应，转过头来看你，回应你一声。我提到一个人的名字，你就会想起那个人的样子。还有，责骂的话会让人伤心，赞扬的话会让人舒服。这跟诅咒的力量有什么区别？"

老罗想了想，说："确实有道理。良言一句三冬暖，恶语伤人六月寒。但还不至于厉害到超过风雷电的程度。"

小白又说："不是有句话叫'众口铄金，积毁销骨'吗？众口所责，虽坚硬如铁石之物，也会熔化；毁谤不止，能化掉人的骨头，令人难以生存，而遭毁灭。"

老罗感叹说："这么说来，在言语面前，风雷电也不过如此。"

139.

就在老罗神游的时候，其他三位牌友洗完牌也码好了牌。本来各自码各自的牌，但三位牌友这次非常积极，帮老罗把面前的牌都码好了。

上一盘是老罗赢了，这一盘由老罗掷色子。旁边的牌友敲了敲桌子，说："老罗，打色子！"

这里的人将掷色子叫作"打色子"。

老罗抓起色子一丢，然后按照色子显示的点数抓牌。

十四张牌抓完，老罗一看，真是一手的烂牌！既没有一个顺子，也没有一个对子。

老罗心一凉。就算输，也不要让我输得这么难堪啊！

这时，有个人从牌馆门口走了进来，直接走到了老罗身后。

老罗的眼睛没有离开桌上的牌，但眼角的余光感觉到了那个人。她正为一手的烂牌头疼，没心思去管其他来牌馆看牌的人。

老罗的手在十四张牌上来来回回犹豫不定。要是平时打牌，她就随便丢一张出去了，反正看起来都没什么用。可是这盘牌不同往日，这一盘输掉的话，就输得太惨了。并且那些趁火打劫浑水摸鱼的仙家就会得逞，而小白极可能因此而丧命。

打牌的和看牌的见老罗出牌太慢，都催老罗快点出牌。老罗不耐烦道："催什么催？又不是赶考！"

她感觉到左脚上小白又开始发热。她在心里对小白说，小白啊小白，你也觉得这牌是没希望了吧？

老罗忽然听到身后有人大喊一声："好牌啊！"

老罗被这突如其来又极其浮夸的声音吓了一跳。众人都往那人看去。

老罗也转过头，想看看这个不会打牌又咋咋呼呼的人到底是谁。

那人居然是刚才一起去旅店拜访星将道人的鸡仙家。他表情浮夸得很，仿佛老罗的牌不是牌，而是一位惊艳众人的美女，让他无法转移注意力。他双手互握，仿佛手里有个核桃要捏碎。

另一个看牌的人看了看老罗的牌，反驳道："这牌烂得可以！怕是神仙也救不了！"

见到鸡仙家，老罗本来心里有了一点儿希望。可是听那人说"怕是神仙也救不了"，她又失去了希望。一来她不确定鸡仙家是来帮她的，二来这牌确实太烂。

鸡仙家却说："这是天意！否极泰来！要是多一张好牌，反而不好打了！"

老罗注意到，那人手里的鸡不见了。

牌桌底下传来了鸡咯咯咯的叫音，似乎天刚刚亮，到了它打鸣的时间。

一位牌友惊讶地说："谁把鸡带到这里来了？"

老罗低头往桌底下一看，正是之前看到的那只雄鸡。

就在老罗低头去看桌底下的时候，鸡仙家替她抽出一张麻将，丢在了牌桌中间。

他一边出牌一边嘴里还说着："幺鸡不能打，一打就是俩。"

老罗一看，出的是五条。

这牌一出，坐在老罗左边的牌友就大喊，碰！

牌友拿出两张五条，又捡起桌上刚出的五条，摆在了一起。

老罗叹道："自己牌这么差，还给人送了牌。"

由于左边牌友碰了牌，右边和对面的牌友不能按顺序抓牌，右边的牌友本来抓起了一张麻将，只好又放了回去。

左边的牌友随后出了一张牌。是七万。"没用。"那牌友说。

鸡仙家赶紧将他打出的牌抓了起来，喊了一声："吃！"

那牌友一愣。

鸡仙家说："要吃赶紧吃，不吃饿肚子！"

老罗一看，这个牌确实可以吃。她推倒了自己的六万和八万。鸡仙家将那七万放在了六万和八万中间。

那左边的牌友有点不高兴了，说："打牌就打牌，怎么这么多叽叽喳喳的废话？"

鸡仙家并不在意，抽了一张九饼打了出去。左边的牌友大喜，推倒自己手里的两张九饼。

"不好意思，又碰了！"他仿佛报了仇解了恨，朝鸡仙家挤眉弄眼。然后他想了想，出了一张牌。是七饼。

鸡仙家似乎早就预料到了，急忙将那张七饼捡了起来。

"又吃？"那牌友不太相信地问。

老罗已经推倒了六饼和八饼，轻声说："吃。"

那牌友挠头不解，问道："你手里有九饼和八饼，怎么还打掉九饼？"

鸡仙家笑着说："打牌要打边，大路朝着天！"

那牌友说："你怎么嘴里净是一套一套的话？跟念咒似的！"

这次老罗又不知道该出什么牌了，她转头看着鸡仙家。

鸡仙家说："随便打！"

老罗想起刚才他说的"打牌要打边，大路朝着天"，便将手里的九条打了出去。

另外两个牌友这才有机会抓了牌。

轮到左边的牌友出牌时，他出了一张三万。

鸡仙家大喊一声："事情不过三，除非是三万！"

老罗将手里的一万和二万推倒，然后出了一张牌。

这一圈打完，老罗摸到了一张可以凑成对子的牌。出了牌之后，她手里只有四张牌了，是一个对子和二条三条。

老罗说："我听了牌。你们出牌的时候注意点儿。"

说完她就后悔了。

因为按照这个地方的打牌规矩，听牌后可以报听也可以不报听。她平时习惯了听牌就报，让大家小心出牌，不会为了赢钱就藏着掖着。刚才看到手里的牌，她想都没想就脱口而出。

她狠掐自己的腿。这盘牌输赢这么大，关系到小白的安危，我为什么要报听？

右边的牌友笑道："老罗真是大善人！不过我也听了牌。"

听他这么一说，老罗悔得肠子都青了。

右边的牌友瞥了一眼鸡仙家，得意地说："刚才你说幺鸡不能打，一打就是俩。说明你手里有一个幺鸡。我们这里打牌只有二五八作对子才能和牌。那么你手里的幺鸡只能做顺子。我打幺鸡，你用不上。"

右边的牌友说完，得意扬扬地出了一张幺鸡。

老罗将手里所有的牌推倒，然后强抑内心的激动，平静地说："和了！"

那牌友和在他那里搭增的所有人都目瞪口呆。

老罗听到鸡仙家说出"幺鸡不能打"那句话的时候就明白了，他要故意设个局，让人以为老罗手里有一张幺鸡，幺鸡对老罗没有用，从而让别人以为打出幺鸡是安全的。

后来他跟老罗说，因为他不能百分百地改变牌局，要留一分余地，从而避免泄露天机，也避免自己过分暴露，所以一开始就说了那句话，让别人送一张牌给她。

140.

那几个身上有仙家的人见老罗和了牌，连钱都不出，就在人群里往后缩，想趁乱开溜。

平时也有这种输了钱但不出钱就溜走的人。下注的人多的时候，只要不是坐在牌桌边上，溜走几个人确实没有办法。庄家一个人照顾不过来。

其实老罗已经发觉那几个人想要溜走，但没放在心上。反正这一把赢了这么多，几个人的就算了。

另外，她知道那几个人身上的仙家道行很浅，应该连"而立"的等级都不到，如果出钱认输，可能就活不下去了，便想放过它们。

可是那几个人溜到牌馆门口却站住了。

老罗一边在牌桌上收钱，一边往门口瞥了一眼。莫非他们良心发现，愿赌服输？老罗心想。

很快她就知道自己想错了。那几个人虽然走了回来，却是倒退着走的。

星将道人出现在牌馆门口。

星将道人面带愤怒，厉声喝道："上次我放过了你们几个，你们不知悔改，今天又到这里来害人！我看不让你们尝尝我的八卦星宿镜的厉害，你们就狗改不了吃屎！"

这下打牌的看牌的都往门口那边看去。

老罗收好了钱，以为那几个人会因为害怕星将道人而求饶。

没想到其中一个人却站了出来，冷着脸说："一个被赶出山门的人，也敢在这里说大话？上次不是你放过我们，是怕我身上的狗仙儿咬你吧！"

老罗心想，难怪星将道人要说"狗改不了吃屎"那句话。

她看出来了，那个身上有狗仙儿的人刚才是假装弱小，其实应该实力不弱。

她打牌的时候没有仔细看那人，现在才发现那人的耳朵有点儿尖，眼睛白多黑少，乍一看是有一点儿狗相。

老罗顿时有点慌张。慌张不是因为那人模狗样的人，而是她想到了自己。

好些人的模样跟身上的仙家有点像，我不会看起来像蛇吧？老罗心生恐惧。

舌头太长了可不好看。走路会不会扭扭捏捏？哎呀，我不能变成那样！我得让小白赶紧自立门户。老罗心想。

鸡仙家见老罗脸色慌张，轻声说道："他又不是来抓你的，你怕什么？"

那人模狗样的人对星将道人叫嚣道："你赶紧给我让路，不然有你好看的！"

那人龇牙咧嘴，像是一条要咬人的狗。

141.

星将道人一手撑着门框，一手在怀里摸索什么。

他摸出一串铜钱来，亮给那几个人看，说道："如今我是十二枚铜钱的捉妖师，若是今天在你们面前认了输，以后还怎么在江湖上混？"

那几个人先是一惊，继而哈哈大笑。围观的人也捂嘴偷笑。

那人模狗样的人指着星将道人手里的铜钱，大声讥讽道："你的脑子怕是被酒泡坏了！这里明明只有九枚铜钱！"

老罗往那串铜钱看去，果然只有九枚，并且大多变了形，不是缺了一角，就是折了弯。只有两枚铜钱完好无损。那两枚是杭杭最后丢在他身上的。

那人模狗样的人回头看了看众人，为自己开解道："大家别信他的话，我不是什么身上有仙家的人，我是看他喝醉了，故意逗他玩儿！你们看看，他连铜钱是九枚还是十二枚都弄不清楚了！"

另一个生面孔的人附和说："就是就是，捉妖师最厉害的是九枚铜钱捉妖师，哪有什么十二枚铜钱的！"

老罗听小白说过，捉妖师按照等级高低，腰间悬挂一枚到九枚铜钱。

星将道人的声音陡然提高许多，大喊道："还有三枚铜钱在我的身体里！总共十二枚！"

那几人互相看来看去，不知道星将道人说的是真是假。

其中一人将信将疑地说："莫非现在改了规矩，真有十二枚铜钱的捉妖师了？"

另一人说："就他？能有超过九枚铜钱捉妖师的实力？"

又有一人说："要不哥儿几个拼了，看看他到底有多大能耐！大不了鱼死网破！"

鸡仙家听了，急忙走了过去，对那几个人说："各位兄弟，你们输了牌不给钱，已经不对了。现在见了十二枚铜钱的人，还不知道求饶，不是自找死路吗？不如低个头，认个错，可能尚有一线生机。"

老罗看出来了，鸡仙家不过是物伤其类，兔死狐悲，不想看到那些小仙家功亏一篑。

人模狗样的人见鸡仙家出来说话，顿时火气上来了，指着鸡仙家大骂道："你就别猫哭耗子假慈悲了！要不是你，我们会输吗？"

那人说完，上前要抓鸡仙家的衣服。

牌桌下的雄鸡忽然拍动翅膀，半飞半跑地冲了过来，腾地而起，用坚硬的嘴猛地啄了一下那人的手。

那人疼得哇哇乱叫，急忙后退。

雄鸡拍翅飞到鸡仙家的手上，鸡头一会儿向左一会儿向右，一会儿用右眼看那人，一会儿用左眼看那人，气势汹汹。

围观的人哄堂大笑。

"一只鸡都打不过。"有人说。

那人捂住手，惊讶地看了看鸡仙家手上端着的雄鸡，问道："你也是……"

鸡仙家抬起另一只手扶了扶鼻梁上的墨镜，点了一下头。

那人不满地问："你已经耳顺了吧，怎么帮他不帮我……"

鸡仙家说："我对事不对人。"

围观的人群中有人说："耳顺是六十岁吧？他怎么看都不像六十岁的人啊。"

老罗在旁边说："保养得好。"

142.

一个六十岁左右的牌友摸了摸自己的脸，说："保养得再好，也不会看起来这么年轻吧？"

鸡仙家推了推鼻梁上的墨镜，走到那位老龄牌友面前，一本正经地胡说八道："老先生，这保养也得看底子。我底子好，天天拿醪糟水洗脸。"

然后鸡仙家捏住自己的脸，说："你看，紧不紧绷？有没有弹性？"

那位老龄牌友惊叹道："我的老天爷——"

几位女性牌友的眼睛开始放光。

老罗撇嘴小声道："给你一根竿子你还往上爬了！"

一位女性牌友忍耐不住问道："这位朋友，醪糟水洗脸是用醪糟还是用水啊？"

星将道人对着鸡仙家喝道："我在办正事儿呢！你捣什么乱！"

那位女性牌友反过来对着星将道人大喝道："臭道士吵什么吵！老娘问正事儿呢！"

然后她迅速换了一副讨好的笑脸温柔地问鸡仙家："早上洗还是晚上洗？"

鸡仙家得意地看了看被噎住的星将道人，然后对她说："早晚都要洗。"

小白曾经跟老罗说过，有些人能捉妖除魔，本领高强，可是对付普普通通的人却没有一点儿办法。打又打不得，骂又骂不得。

老罗当时不太信，现在可算见识到了。

那几个想要逃走的人见鸡仙家跟别人说话去了，又要往外闯。

星将道人将八卦星宿镜掏了出来，迅速往后退了几步，站在了牌馆门外的阳光下。

阳光落在八卦星宿镜上，折射进了牌馆里。星将道人晃了晃八卦星宿镜，将折射的阳光对准那几个人。

那几个人的眼睛被阳光晃到，急忙抬手挡住。

与此同时，那几个人的身上阳光所到之处起了一阵白烟，哧哧地响，仿佛冬天里一盆滚烫的水泼在了他们身上。好几只动物从那几个人身上跳了出来，有的嘎嘎叫，有的吱吱叫，有的胡乱跳，有的落了毛。

老罗往那边一看，跳出来的有鸟有鼠有狗有猫，还有一只几乎掉光了毛的鸡。个个仓皇不已，往各个方向逃窜。

牌馆里的其他人又惊讶又好奇。

刚才问鸡仙家怎么保养的女性牌友举起手大喊："用邪术打牌，打输了还不想给钱！该打！"

她一呼百应。

打牌的看牌的一拥而上，将那几个人和跳出来的仙家一通乱打，打得哭爹叫娘，打得鸡飞狗跳。

不用星将道人动手，那几个人就被牌馆里的人绑了起来，送到龙湾大街上示众。各自的仙家也被绑了起来，连成一串，跟在那几个人后面游街。

这里有句俗话叫"狗咬人都是人唆使的"。许多人来看热闹，但是大部分人不相信那些鸟鼠猫狗鸡是什么异常之物，不过以为是那几个人用来作邪术的东西。

老罗有些担心，生怕那些人把她也揍了。

她怯怯地问牌友："你们就不相信我身上也有那种东西吗？"

牌友说："你是我们这里的人，什么性格我们清楚。"

另一个牌友凑过来说："就算你身上有什么仙家，总输钱的仙家我们还是很欢迎的。"

老罗一愣。莫非我爸爸当年总输钱，是为了能在这个地方待下去？

143.

老罗闲来无事跟小白聊天的时候，小白说过，妖怪想要融入人世，总要放弃一点儿什么，比如说狐狸不能吃生肉，老鼠不能偷东西，黄鼠狼不敢轻易放屁，见了鸡也不敢流口水。打牌的话，那就不能总赢钱。如果想获得人们的认同，还得常输钱。输钱了人家才愿意跟你打。即使以后被人发现，人家也不会恨之入骨，因为没有占他们的便宜。

老罗说："真可怜。"

小白说："可怜什么啊，就算是真正的人，要是喜欢吃生肉，偷东西，放臭屁，见了鸡就流口水，也会被人认为是异类。要是打牌总赢钱，背后肯定有人说他家里供了什么仙家，或者会出老千。"

老罗问："杭杭说我爸是妖怪。那我到底是人还是妖怪，还是半人半妖？"

小白说："这可不一定。可能是妖，可能是人，也可能是半人半妖。"

老罗问："这又是为什么？不能有个确切的答案吗？"

小白说："世间哪有确切的答案？比如，一个小孩子走到你面前，问你，我将来是会成为读书人还是木匠是瓦匠是篾匠是文臣是武将还是士兵还是山贼？你怎么回答？"

老罗懒得想，反问小白："我该怎么回答？"

小白说："人在年轻的时候，是有很多可能性的。你怎么回答都是错。随着年龄增长，可能性越来越少，最后走向很多选择中的一个。他在合适的年纪跟了一个木匠师傅，就可能成为砍树锯木的木匠；读了许多书并爱上了书籍，就可能成为舞文弄墨的读书人；打了一架欠了血债，就可能成为杀人越货的山贼。"

老罗说："你的意思是我还年轻，不能看出来吗？"

小白说："不，我的意思是你平日里做些什么，就便会成为什么。"

老罗叹道："唉，你也认为我不年轻了。"

144.

至于该如何处置那几个身上有仙家的人，龙湾街的人意见不同。有人说要把他们绑在树上晒三天三夜。据说这样才能完全去除身上的邪气。

有人说要在他们身上文一个驱邪的符文，免得以后又弄些歪门邪道。

有人说要狠狠打一顿，免得不长记性。

有人说送到大云山去算了。大云山的仙长想怎么处理就怎么处理。

争论来争论去，谁也拿不定主意，最后将那几个人像牛一样拴在路边的树上，等第二天再作处理。

老罗不是太在乎龙湾街的人怎么处理他们，她先回了家，也没打算第二天再来龙湾街看热闹。

老罗将赢的钱堆在桌上，高兴得不得了，数了一遍又一遍。她以前没有赢过这么多钱。老罗的妈妈刚好端了一簸箕的小青菜要去种。簸箕里还放了一把小锄头。老罗的妈妈经常在傍晚时候去种菜，说那时候天气阴凉，菜苗不会渴死。

老罗说："妈！你看！这是我今天赢的！你别出去种菜了！多

累啊！以后咱们买菜吃吧！"

老罗双手抱臂，得意扬扬，像个暴发户。

老罗的妈妈见了桌上堆得小山一样的钱，吓得脸色煞白，说："你不会也要离开我了吧？"

老罗听妈妈这么一说，顿时心酸得很。爸爸离开前给她留了很多钱，所以她看到桌上的钱，以为她要像她爸爸一样离开了。

老罗用力地抓住妈妈的手，说："不，我不会离开你的。"

老罗的妈妈问："你最近不是一直手气差得很吗？这回怎么赢了？"

老罗说："一个会招财术的朋友帮了我的忙。要不是他，恐怕小白今天都回不来了。"

他们是冲着小白来的。此时小白没有发热，倒是有点儿凉意。

老罗的妈妈说："明天你把这些钱都用掉吧，请人吃饭也好。只有花掉了，我才能安心。"

老罗点头。

老罗的妈妈端着小青菜走到了门口，然后转身，想了想，说："老罗，既然有人冲着小白来跟你打牌，你以后就别打牌了。"

老罗双手一甩，说："那怎么行！要是有人想害我，我就不活了不成？"

老罗的妈妈说："害人之心不可有，防人之心……"

老罗打断说："我知道，防人之心不可无，但是怕人之心也不可有啊！鬼还怕恶人呢，你越躲着它，它越来找你。"

"找什么理由！你就是想打牌！"老罗的妈妈拿起簸箕里的小锄头指着老罗说。

老罗以为妈妈要打她，吓得抬起手挡住头。

老罗的妈妈放下小锄头，单手抱着簸箕出去了。

"亲妈！"小白在老罗脚下说。

145.

老罗的妈妈走后，老罗坐在家里闲得慌，心中总觉得不安。于是，她掩上门，决定出去走一走。

小白说："就在家里待着吧。这一天兵荒马乱的。"

老罗说："坐着心里不安。随便走走就回来。"

她出了门，往前面的河那边走。

走到了桥边，她见河里没有多少水，便往河的上游走。从这座桥往上游走一两里路，有一个人工堤坝。堤坝将河水拦断，于是上游一段的水很深，跟水库一般。蓄下的水被用来灌溉周边的水田。

河水从堤坝的另一边落下，形成一个小瀑布。经年累月，小瀑布将堤坝的另一边冲出很深的坑。夏日里有人在这里洗澡。坑里有许多鱼，虽然经常有人来捉，但捉不尽。

方圆百里凡是有深水的地方几乎都有人溺水。但这个深坑里从来没有人溺过水。按常理来说，旁边有瀑布的水冲下来，水流湍急，游泳更危险才是。有人便说这个深坑里是有个鲤鱼精的。它怕人下到坑底捞人，所以暗暗保护游泳的人，也是为了保全自己。

老罗有时候心烦，就会来小瀑布边坐一会儿，听水哗哗的声音，看水幕撞击水面时开的水花。

老罗选了块相对干燥的草地坐了下来，托着下巴看小瀑布。

她坐下来之前就看到堤坝上站了一个人。上游的水流过堤坝，也流过那人的脚面。她没太注意那个人长什么样子。

这里经常有下田干了农活的农人来这里洗脚。从堤坝的一边走到另一边，脚就干干净净了。

有大人在的情况下，小孩子是不允许从那里走的，怕被水冲下去。但老罗常见浑身黑得发亮的小孩从高高的堤坝跳下来，一头扎进下游这边的深坑里，高兴得大喊大叫。

这不是那些循规蹈矩小心翼翼的大人们想制止就制止得了的。但大人是不敢这样跳的，因为对大人来说，一个是这么跳显得幼稚，一个是深坑对大人来说还是太浅了，从这么高的堤坝上跳下来，会触底受伤。

由于常年冲洗，底下全是石头，不像别的水池水库，底下都是软乎乎的淤泥。

老罗以为那个人洗完脚就会走。

可是那人走过堤坝之后，竟然朝老罗走来。

老罗这才发现那人是个姑娘，浑身湿漉漉的，贴在身上的衣服勾勒出一副好身材。她的一双脚嫩白如豆腐，不像是经常下田的农家人。农家姑娘的脚经常在水田里插秧割禾，会显得略黄，颜色像长年抽烟的人夹烟的手指。

"你怎么会出现在这里？"那姑娘问道。姑娘的脸上露出难以置信的表情。

老罗不认识那个姑娘。

接下来那个姑娘的话吓了老罗一跳。

姑娘说："你不应该出现在这里。你应该顺着这里的河水漂到了很远的地方。"

老罗躲过了上次落水的劫难之后，除了梦魇的时候看到的那个人影，还从来没有人觉得老罗不该出现在这里。尤其是姑娘说的后面那句话，说明姑娘早已知道了她的秘密。

老罗不由自主地顺着河水往下游很远的地方望去，似乎远方有另一个自己漂浮在河面或者沉在水底。

她突然从心底涌起一阵悲伤，眼眶湿润，仿佛自己真的漂在了那边一样。

"你快回去。"那位姑娘又说。

姑娘挥舞双手，仿佛赶鸭子一样要赶她走。

"他待会儿就要从这里经过。你要是被看到了，那就糟糕了！"姑娘紧张地说。

姑娘一边说一边往远处看，好像担心她和老罗说的话被人听见。"天机不可泄露！天机不可泄露！我说得太多了！"姑娘双手合十说道。

老罗正想问那姑娘说的"他"到底是谁，那姑娘已经脚步匆匆地奔回了堤坝上，然后轻轻一跃，在空中划出一道优美的弧线，"咕咚"一声，落在了深坑水潭里。

鲤鱼精？老罗脑海里闪过了一个念头。

老罗连忙拍打左脚，说："喂喂，她是不是人们常说的鲤鱼精？"

"什么……鲤鱼汤？我不喜欢喝鲤鱼汤。喝多了容易忘掉很久远的事情。"小白说话有点含糊。

老罗说："不是鲤鱼汤，是鲤鱼精。刚才那个漂亮姑娘！"

小白打了个哈欠，说："刚才太困了，不小心睡着了。那姑娘呢？在哪里？"

老罗指着堤坝下的深坑水潭，说："刚刚跳下去了。"

小白淡淡地说："哦。"

老罗说："你哦什么哦？到底认不认识？她说我不该出现在这里。"

小白说："不认识。我虽然活得比你久一点儿，但也不是谁都认识啊。何况她一直待在这个水潭里，应该没怎么出去过。我哪里见得到她？这种仙儿，我们都叫地留仙，地留仙的活动范围非常小，就管一小块儿地方，跟你们说的土地公公一样，就管他那一块儿。因此啊，这块地方的人啊事啊，她都非常清楚，甚至什么人会在什么时候出生，会在什么时候去世，都有所掌握。你本来应该已遭大难，不能存活到现在，她见到你，自然会惊讶。"

老罗说："她还说要我赶紧回去，说什么待会儿有个什么人要从这里经过，被看到就糟糕了。"

小白顿时变得紧张起来，说话都不太利索了。

"这这这……我都差点忘了，你今晚是不能出来的，尤其不能走到这里来！走到这里，天机……天机就泄露了……哎呀，我怎么能忘了呢？"

老罗不敢问缘由了，急忙往回走。

才走出几步，她就看到一个半人高的影子站在前面的桥头。

"九饼？"老罗眯起眼睛看了看，然后说。

小白在脚下说："你怎么还想着麻将呢？"

老罗说："不是麻将，是赵一的儿子。他怎么这么晚跑到这里来了？"

老罗快步走到桥头，听到九饼正在念叨什么话。

"桥头五棵柳，一直往前走，塘边一条狗，狗也不睡觉，追着一小偷。小偷翻过墙，踩坏一螳螂。螳螂不作声，鸡却炸了腔。房主出门看，喊儿子帮忙。小偷又翻墙，又被狗咬伤……"

老罗以为九饼念的是童谣，可她从来没听过这样的童谣。

"九饼，你怎么跑到这里来了？你妈妈呢？"老罗打断了九饼。九饼这才注意到老罗。

他挠挠后脑勺，迷惑地说："没说会在桥头碰到你啊。"

老罗也迷惑不解，问道："谁说不会碰到我？"

九饼说："今晚的预言里没有你。"

老罗一头雾水，问道："什么预言？"

九饼盯着老罗，眼神忽然变得冷漠。那不像是一个小孩会有的眼神。

这时候，老罗听到前方有狗吠声，接着听到一人大喊："儿子！家里进小偷了！"叮铃哐啷之后，又传来一人惨叫的声音。

夜色朦胧，老罗看不见前面到底发生了什么，但是想起九饼刚才念叨的话，顿时浑身一凉！

一瞬间，老罗感觉整个世界就是一个戏台，后续情节都排演好了，所有人都按部就班，循序渐进。而她，就像是不合时宜冒冒失失地闯入戏台的局外人。

147.

老罗曾经问过小白："你是怎么能预知未来的？"

小白说："这世间的事情啊，见得太多了，就能掌握一定的规律。你们不是有句话叫作'熟读唐诗三百首，不会写诗也会吟'吗？同样的，我见得太多了，所以看到一些事情，就能猜出接下来会发生什么。但我道行尚浅，比我活得久多了的妖怪，又用心观察过世间百态，就能预测得比我准。如果活得特别特别久，经历特别特别多，预测就会特别特别准。当一个妖怪活得足够久，经历足够多，那么它的预测就不是预测，而是预言。世间该发生什么不该发生什么，它都一清二楚，就仿佛看了许多遍戏台上的戏，下一个人什么时候会出来，会做什么动作，会念什么词，它都能背下来。"

老罗说："如果未来的事情都清清楚楚了，那岂不是无聊得很？"

小白说："所以活得太久的妖怪，其实很孤独。"

老罗说："可是我偏不按照预言说话，不按照预言做事呢？"

小白说："就是这种偏不，也是早就预言了的。它早就知道你会不配合，但不配合也是它预料到了的。"

老罗说："这样啊……做这样的妖怪挺痛苦的吧？"

小白说："是啊，所以你知道人为什么只有百岁之寿了吧？不死复不老，万岁如平常。活得太久了，什么都觉得平平常常，也就了无生趣了。这也是妖怪要渡劫的原因。天道不愿让妖怪活得太久。"

老罗说："万一确实出现了预言之外的事情呢？"

小白说："万一……万一……我也不知道。"

老罗叹道："唉，也是，你这样猥琐度日的妖怪，怎么会知道妖怪中的妖怪如何处理这样的事情……"

小白迷惑道："妖怪中的妖怪？"

老罗说："不是吗？活得比妖怪还久，不是妖怪中的妖怪吗？"

小白笑得颤抖起来。老罗感觉到脚上小白颤抖得厉害。

"妖怪中的妖怪！哈哈哈哈哈！"小白大笑不止。

148.

就在老罗发愣的时候，一个蒙着脸的人往她这边仓皇逃跑，那人的裤脚破了，流着血的伤口露了出来。一条黄狗紧追其后。

老罗看着那人和狗从身边跑过。

狗的主人可能怕小偷反击，没有追出来。

九饼回头看了看小偷逃走的方向，说："因为不敢让人知道脚上的伤，过些天他会因为破伤风而病亡。"

老罗后背一阵凉意，禁不住打了一个哆嗦。

九饼又说："姐姐，以前见你，我没觉得不正常。可是今晚你不该出现在这里。要是你待在家里，我就看不到你。看不到你，我就不用跟他说，今晚出现了预言之外的事情。"

本来九饼应该叫老罗姨的。老罗嫌叫姨显得她年纪大，非得要赵一让九饼叫她姐姐。

老罗恐惧地问："他是谁？"

九饼摇摇头，说："我不能告诉你。"

老罗问："能不能不告诉他？"

九饼摇摇头，说："不能。"

老罗说："姐姐明天买好多好多糖给你吃！"

九饼说："我不告诉，他也会知道的。这都在他的预料之中。"说完，九饼撇下老罗，一个人往前面的黑暗中走去了。

老罗在原地站了许久，才拖着步子回了家。

149.

走到家门前，老罗看到门前站了三个半人高的老头。老头个个须发皆白，但满面红光。

见老罗走了过来，中间那个老头叹道："可怜可怜，还是被发现了。"

左边那个老头说："不出去多好，不出去就不会被发现。"

右边那个老头说："你这话说得不对！该出去还得出去，该发现还得发现。逃得了和尚逃不了庙。"

中间那个老头来回踱步，脚板如鸭蹼一样发出嗒嗒的声音。

老罗惊讶不已，这不是无来在大云山看见的，差点吸走星将道人精气的那三个老头吗？他们怎么跑到这里来了？

老罗正要问他们，却听到小白厉声说："你们怎么跑到这里来了？不嫌给我添麻烦吗？"

中间那个老头吓得一哆嗦，连忙说："白老板，我们还不是担心你……"

小白呵斥道："什么白老板？你瞎说什么呢！"

中间那个老头干咽了一口，小心翼翼地说："小……小白？"

旁边两个老头吓得一哆嗦。

小白说："嗯，你们怎么不在大云山待着？"

中间那个老头说："小……小……小白，我今天早上给您占了一卦，主大凶。我们……我们赶紧过来看看您。"

小白不高兴地说："来看看我死了没有？"

老罗听不下去了，跺左脚道："他们三位年纪这么大了，你就不懂得尊老爱幼？说话怎么这么冲呢？"

左边那个老头抬起手来，说："哎哟哟，姑娘可别这么说，白老板这……啊，小白这样的态度已经让我们诚惶诚恐了！姑娘你让它再温和一点儿，我们可受不住啊！"

小白果然换了温和一点儿的语气，说："三位爷，劳驾你们跑了这么远来看我。"

三位老头双腿一软，跪了下来，拱手求饶道："哎哟哟，白老板……小白……小白老板，您可别这么客气，您还是对我们凶一点儿吧，那样我们得劲儿！"

老罗迷惑不已，问道："你们三位不是吸过星将道人的精气吗？连道士都不怕，你们胆儿不是挺大的吗？怎么现如今怕这个没什么道行的小白了？"

中间那个老头脱口而出说："那还不是小白老板叫我们去吸的吗？"

"啊？"老罗惊得下巴差点掉了。

150.

老罗问小白："原来是你唆使他们去害星将道人的啊！"

小白干咳了一声，说："那……那时候我预感到星将道人会来找我……所以……嗯，你知道的……我也就吓唬吓唬他。谁知道后来发现他对无来还挺好的……"

老罗问："他们为什么叫你白老板？"

小白结结巴巴道："这个……这个……这个说来话长。"

老罗不耐烦道："那就长话短说！"

小白说："有钱能使鬼推磨。我给他钱，他们给我办事。如此而已。"

老罗意外道："看不出来啊，你还挺有钱的？"

那三个老头急忙摆手辩解道："给不给钱其实无所谓，主要是我们喜欢给白老板办事！"

老罗看着自己的左脚，说："他们这么怕你，应该不是给钱那么简单吧？你把我当傻子？"

小白连忙说："人格魅力！人格魅力！"

老罗啐了一口，说："呸，你又不是人！"

小白不想说，老罗也就不追问了。她邀请三位老头进屋里坐。三位老头蹦起来，分别坐在了椅子上。

此时老罗的妈妈早已睡下了，老罗给三位老头泡了三杯茶，端了一杯到离得最近的那位老头面前。

那老头不敢接。

老罗问："怎么啦？不喜欢喝茶？那我给您倒杯水？"

那老头畏畏缩缩地说："怎么敢劳烦白夫人给我端茶倒水？"

说完，那老头瞥了一眼老罗的左脚。

老罗顿时火冒三丈，差点将茶泼到老头脸上。

"什么白夫人！你们白老板是来我这里渡劫的！要叫也是叫它罗夫人！我才是这里的主人！知道吗！"老罗扯着嗓子喊道。

老头见老罗暴怒，赶紧点头说："罗夫人！罗夫人！"

老罗指着自己的左脚，说："叫它！是叫它罗夫人！"

老头低头对着老罗的脚喊道："罗夫人。"

老罗满意地将茶递给那老头，说："拿着！"

老头不敢多说了，急忙接了茶。

另外两位老头也慌慌张张接过了老罗递来的茶。

等三位老头喝了几口茶，老罗心平气和地问："你们刚才说给小白占了一卦，主大凶。这是怎么回事？它是不是要遇到大的劫难了？"

中间的老头放下茶杯，郑重地说："从卦象上看，这个劫难堪比雷劫。一不小心，就会粉身碎骨。"

左边的老头听到"雷劫"二字，吓得手一抖，茶杯从手里滑落，摔碎在地上。

左边的老头连连说"抱歉"。老罗给他重新泡了一杯茶。他又连连说"多谢"。

老罗问："妖怪不是最怕雷劫吗？还有什么堪比雷劫的劫难？"

中间的老头说："是什么劫难，我还不知道。说堪比雷劫，还说小了，可能比雷劫还大。"

小白在老罗的脚上盘旋，似乎也有些不安。

小白说："你们说的对，就在刚才，赵一的儿子九饼在桥头看到了老罗。在九饼的预言里，老罗本不该出现。"

左边的老头一惊，手一抖，茶杯从手里滑落，又打碎了一个茶杯。

小白无奈道："你是来摔杯子的吗？"

左边的老头慌张道："实在抱歉，罗夫人！"

小白狠狠道："你……"

老罗捂嘴笑着说："不碍事，我再给您倒一杯。"

小白抱怨说："你还笑，说了叫你不要出去，你偏要出去。"

老罗坦然道："是福不是祸，是祸躲不过。我都不怕，你一个大男人怕什么？"

中间的老头说："老罗，这回可不一样。以前罗夫人能保护你，这次被九饼发现，它也保护不了你。"

老罗说："它保护我？它不是来我这里躲避雷劫的吗？不是我保护它吗？"

左边的老头畏畏缩缩地说："罗夫人是以躲避雷劫为借口，来保护您渡过劫难。为此它还叫了它的朋友们来帮忙。"

小白吼道："你瞎说什么呢？我是来躲避雷劫的！"

右边的老头埋怨左边的老头说："白老板嘱咐过不要说出真相，你怎么忘了？"

左边的老头为难道："现在……到底是要听老罗的，还是罗夫人的？"

右边的老头气得跳下了椅子，走到左边，跳起来拍了一下左边老头的后脑勺。

"当然是听白老板的！"右边的老头着急道。

老罗呆住了。

她早就有点儿意外。为什么小白没有找到别人，偏偏找到了她。为什么每次经历危险又能恰巧平安渡过。

原来小白不是来躲避劫难的，而是来帮助她渡过劫难的。

但是老罗转念一想，不对呀，我和小白以前并不认识，它为什么要帮我渡过劫难？图我的钱？我也没有多少钱。图我的色？杭杭还不够好看吗？何况它天天盘在我的脚上，也没做过什么出格的事情。

老罗的思绪被中间的老头打断了。

那位老头说："老罗，九饼的预言来自一个老妖怪。这个老妖怪有一万多年的修为。为了不让其他妖怪扰乱人间秩序，它时常派人或妖怪以它的预言为准则在人间巡查。九饼就是来巡查的。巡查的人或妖怪按照老妖怪的预言巡查，会看到身边的所有事物都是按照老妖怪的预言发生的。若是发生了预言中不存在的状况，那就说明有妖怪改变了人间秩序。妖乱人间，这是不被允许的。这个历经了一万多年沧海桑田的老妖怪说，该发生的事情迟早会发生，暂时的改变并不能改变结果。所以妖怪试图改变人间秩序，都只是徒劳，并且会大大损耗自己的修为，得不偿失。"

右边的老头已经坐回了椅子上，它接着中间那位老头的话说道："是的。你刚好碰到了预言不中的情况，被老妖怪发觉，老妖怪接下来会发动数以万计的妖怪来恢复人间秩序。白老板要是还想保护你，就会被数以万计的道行或高或浅的妖怪攻击。这才是它最大的劫难。"

老罗问："什么叫恢复人间秩序？"

右边的老头说："让你回到之前该去的地方？"

老罗浑身一颤，小声问道："掉入河里？"

三位老头同时点头。

老罗顿时全身凉透，仿佛此时的她已经掉入了冰凉的河水中。而这三位半人高的老头站在高高的河岸上，袖手旁观。

151.

老罗稍作镇定，问道："您说的那个维护人间秩序的老妖怪是什么来头？"

中间那位老头说："不知道。谁也不知道那个老妖怪长什么模样。即使是巡查的人或妖怪，也是由其他人或者妖怪传话预言的。而传话预言的人或者妖怪，又是其他人或者妖怪告诉的。如此传来传去，谁也不知道最早传话的是谁。不过很多人和妖怪猜测这个老妖怪是荆棘组织的开创者。但是没有人或者妖怪见过荆棘组织的开创者，包括荆棘组织里面的妖怪。"

右边的老头赞叹说："神一样的存在。"

左边的老头补充说："其实它是妖怪。"

中间的老头点头说："也有人叫它人间守护者。"

152.

老罗说："屁！"

三位老头都一愣。

老罗说："什么人间守护者，我看是顽固守护者！不就是活得久些吗？仗着自己年纪大，曾经又犯过错，就不许别人犯错？"

小白在老罗脚下怯生生地问道："你是从哪里知道这个老妖怪曾经犯过错的？"

老罗白了脚下的小白一眼，说："你还白老板呢，我看是白痴！这还需要想吗？它说什么该发生的事情迟早会发生，必定是它曾经改变过什么事情，最后发现改变不了什么事情，才这么说的。"

三位老头如茅塞顿开一般，点头快得像小鸡啄米。

老罗又说："还有那个什么荆棘组织，我看里面都是些动过心受过伤的妖怪！"

中间那位老头问："这又是为什么呢？"

老罗说："没受过伤，怎么知道不能动？它们也比那老妖怪好不到哪里去！"

小白懦懦地说："照你这么说，它们都不是善类？"

老罗将手一挥，摆出指点江山一般的气势，说："都是自己犯过错，就不允许别人犯错！只许州官放火，不许百姓点灯！依我看，没一个好东西！"

那三位老头异口同声说："对，没一个好东西！"

中间那位老头说完又连连摆手道："这话说不得！"

老罗说："怎么就说不得？"

中间那位老头说："万一被它们听到，不得把你往死里整？"

小白略微生气地说："它们有这么霸道吗？"

老罗说："自己什么都做过，不许别人这个，不许别人那个。这还不霸道哇！"

说到这里，老罗才后知后觉地想起小白好像就是荆棘里面的一员。她赶紧捂住嘴巴，嘴巴却还在说话。

"对哦，小白你就是荆棘里面的。"老罗捂着嘴巴说。

那三位老头一听，吓得从椅子上溜了下来，跪在地上朝老罗的左脚磕头求饶。

"白老板您大人大量！大人不计小人过！"三位老头反复地说。

老罗心生疑惑。小白道行浅得不得了，他们三位至于怕成这样吗？就算白老板有钱，他们三位也不至于为了钱卑躬屈膝到这个程度。

153.

就在那三位老头跪在老罗面前的时候，鸡仙家闯了进来。鸡仙家慌慌张张地说："老罗，不好了，星将道人被人害了！"

鸡仙家手里的鸡往地下看了看。鸡仙家也立即往地下看，这才看到还有三位老头跪在这里。

小白这回没有假装自己不存在。

它先对着三位老头大喝"快起来"，然后主动问鸡仙家："星将道人怎么了？"

鸡仙家瞄了老罗的左脚一眼，对老罗说："不好意思。"

然后鸡仙家说："可能是今天在牌馆里捉了那几个仙家，被人报复了。"

"他现在怎么样？"老罗关切地问。

鸡仙家咬了咬嘴唇，说："下手太狠，怕是撑不过今晚……"

老罗没想迈步，但左脚已经往前跨了出去，拽得老罗身子一晃，几乎摔倒在地。亏得老罗双手扶住了墙，才不至于当场丢脸。

她明显感觉到了小白的力量，是它拽着她的脚往前走的。她第一次体会到小白有这么大的力量。

小白很快意识到了自己用力过猛，连忙道歉说："不好意思，我有点儿着急，没弄疼你吧？"

老罗扶着墙，脑袋一阵眩晕。"你也太性急了。"老罗说。

鸡仙家却红了脸，抬起手里的鸡来挡住墨镜，说："非礼勿视，非礼勿听。"

鸡也惊慌失措，猛地扑棱了几下翅膀，掉了好些毛下来。三位老头快步扑了过去，争抢地上的鸡毛。

这可是招财的法宝！平常人若得一根，可保一世衣食无忧啊！中间那位老头抓起鸡毛，满脸欣喜。

154.

老罗和鸡仙家他们赶到龙湾旅店，敲开了星将道人的房门，却发现星将道人安然无恙。

星将道人见众人半夜跑到他这里来，诧异地问："怎么了？发生什么大事了？"

他往地上一看，看到三位半人高的老头，又问："你们怎么不在大云山好好待着？跑到外面来，小心捉妖师把你们都捉了！"

鸡仙家也诧异得很，迷茫道："我听人说你被人报复，已经生命垂危了。"

星将道人问："听什么人说的？"

鸡仙家说："我不知道名字，抓那几个打牌的仙家时，我见过他。"

星将道人拍腿道："完蛋！你们中计了！"

就在这时，窗户外面爬进一个人来。那人仿佛浑身是面团做的，看起来大腹便便，但硬生生从窗棂之间挤了进来。肚子在挤压的时候鼓起来，几乎要爆炸，进来之后迅速恢复了原来的模样。

老罗看他模样，第一个想到的是癞蛤蟆。

"哈哈哈哈！"那人不说话，却先大笑了一番。

这一笑，好多人突然出现在房门外的走廊上。

老罗抬头一看，头顶屋檐的挑梁上还倒挂着好多人。个个长得漆黑，眼睛却在黑暗里发着光。老罗猜测那都是些蝙蝠妖。

从窗户那里爬进来的人拍手道："好呀，好呀，大云山的道士偏心呀！表面上要将我们这些妖怪斩尽杀绝，私底下却跟这些妖怪勾结！这位手里拿着一只鸡的先生，就是今天在牌馆帮老罗出牌的吧？不得了！财神爷帮忙打牌！谁能赢钱啊？不过……我听说您是荆棘组织里的？您跟着大云山的混？是您给大云山的钱，还是大云山的给您钱？今天赢的钱，您分了多少？星将道人分了多少？老罗得了多少？"

走廊上站着的和挑梁上挂着的妖怪们被鼓动起来，纷纷质问鸡仙家和星将道人。

有的骂鸡仙家吃里爬外，有的骂星将道人衣冠禽兽。

妖怪们个个义愤填膺，摩拳擦掌。有的发出嘶嘶的野兽叫声，有的露出一口稀少又尖利的牙，有的将三尺来长的舌头吐了出来。它们虽然都有了人的皮囊，但那皮囊里面装着野兽，野兽在皮囊里挣扎，似乎随时要撕破皮囊冲出来。

老罗一听，知道那个大腹便便的妖怪要在众多妖怪面前抹黑鸡仙家和星将道人，立即骂道："放屁！钱都在我这里！"

"可是你早该漂在河里，却还天天出入牌馆，又该怎么说？"一个熟悉的声音在众多妖怪后面响起。

妖怪们顿时变得安静无比，依次让出一条路来。

鸡仙家和星将道人也愣住了。鸡仙家惊慌地扶了扶鼻梁上的墨镜。三位半人高的老头吓得躲到了鸡仙家身后。

九饼缓缓从妖怪后面走了出来，满脸的愤怒。

老罗一惊，问道："九饼，你不回家睡觉，来这里干什么？"

妖怪们顿时议论纷纷，猜测到底是鸡仙家还是星将道人给老罗泄露了天机，让老罗渡过了生死劫难。

泄露天机对妖怪们来说是最大的忌讳，此时它们议论的声音都变小了许多，不敢高声，似乎声音大了，自己也会受到牵连一样。

在妖怪们的心里，这一条罪状可比人和妖勾结起来赢钱可怕得多，因为这是不可饶恕的罪状。

九饼闭上眼睛一会儿，然后用力睁开，说："姐姐，我不是存心要害你。是你运气不好，刚好碰到了桥头的我。我总被伙伴们笑话羞辱，他们说我的妈妈跟妖怪在一起，我是妖怪的种，人不是人，妖不是妖。他们都不和我玩。我恨透了这种感觉。所以我偷偷找到其他妖怪，成了为老妖怪巡查秩序的人。我不想妖怪参与人间任何事情。我不想还有人跟我一样受到嘲笑羞辱。"

九饼将目光投向星将道人和鸡仙家，眼睛里满是怒火。

"我恨他们，他们为什么要将人和妖的秩序扰乱！就是他们这样的人和妖怪，让有的人变得人不像人，妖不像妖！我恨你们！"九饼最后几乎是喊出来的。

鸡仙家和星将道人听了，身子不由自主地往后缩了缩。

老罗急忙走到九饼面前，难得地柔声道："九饼，不要听小伙伴们乱说。不是他们说你是人你就是人，说你是妖你就是妖。"

九饼"哼"了一声，小声地说："我妈也这么说，可是她怎么知道我的体会？"

老罗想对九饼说她其实也是这样。可是一来没人知道她爸爸是妖怪，她确实小时候没有被这样嘲笑过，二来这里的妖怪本就讨厌人和妖勾结，说出自己就是人和妖结合之后的结果，必定会让在场的妖怪们更加敌视她。

155.

大腹便便如癞蛤蟆的妖怪肚子里发出咕咕咕的声音，听起来就如夏夜水田里的蛙鸣。

所有的妖怪都安静下来，静静地听着它肚子里发出的声音。终于有个挂在挑梁上的蝙蝠妖打破了蛙鸣声中的安静。

"这可不得了，我们不杀掉你，还有千千万万的妖怪会杀掉你。"那个蝙蝠妖幽幽地说。

大腹便便的妖怪肚子里的声音停止了。它走到老罗身边，摇了摇头，说："你被巡查出来了，我们任何一个妖怪杀掉你，就是立功，可以找到预言者换五百年的修为。"

挑梁上的蝙蝠妖补充说："这可是所有妖怪都知道的悬赏令。"

老罗心中一凉。这个老妖怪！管人闲事也就算了！居然还弄什么悬赏令，发动所有的妖怪来帮它维持所谓的狗屁秩序！

但她又暗暗庆幸，众多妖怪好像还没有怀疑到小白头上。可能是小白道行太浅，众多妖怪觉得小白没有泄露天机逆天改命的能力。

老罗正这么想的时候，又一个声音在妖怪里面响起。

"杀掉她可不算立大功！她的脚上还有一个妖怪，名叫小白！"

那个声音不算大，但老罗听起来却震耳欲聋。

那个声音的主人从妖怪里面走了出来。

老罗循声看去，那人不是别人，竟是跟她打过骨牌的齐黄！ 老罗火冒三丈，骂道："齐黄！你这个输不起的孬种！"

齐黄诡异一笑，回道："还不是因为你出老千我才输的？咱们公平地打一盘，我怎么会输给你？"

老罗骂道："放你黄鼠狼的臭屁！你打牌靠着黄仙儿的邪术，我出老千也是靠我自己！"

齐黄被噎住了，手指着老罗，龇牙咧嘴却吐不出字来。所有的妖怪都往老罗的脚上看去。

老罗急忙连连抬脚，仿佛那些目光是灼热的，会烫到她的脚。可是她不能把两只脚都抬起来，抬了几次脚之后，只好放弃。

齐黄又说："那个小白就在她的左脚上！它也是荆棘里面的一员，不让其他妖怪对人间产生依恋之情，如今它却靠抱女人大腿活着！给我们妖怪丢尽了脸！"

老罗对着齐黄啐了一口，骂道："齐黄你说话跟放屁一样！什么抱大腿！它抱的是我的小腿！"

本来那些妖怪不知道该看老罗的哪只脚，这下都齐刷刷地往老罗的左脚看去。

小白见自己躲不过了，开口道："各位兄弟，各位姐妹，各位同行，大家都在最初时期依靠人类掩饰自己的气息。我道行浅，哥哥姐姐叔叔阿姨们高抬贵手！"

鸡仙家看不过去了，咬牙道："你也太窝囊了！"

齐黄不依不饶，转身对众多妖怪说："小白若是普通妖怪，也就算了。可它是荆棘里面的成员，曾经逼迫过多少妖怪远离人间？现在居然不知羞耻，躲在女人裙子底下。大家说能不能放过它？"

老罗抬起手往齐黄的后脑勺扇了过去。

齐黄正背对着她，没有防备，被老罗打得身子往前一扑，倒在了妖怪身上。

老罗凶巴巴道："又放屁！老娘从来不穿裙子！"

齐黄转过身来，指着老罗道："你你你你你……"

老罗又抬起手来。

齐黄赶紧躲在了妖怪身后。

"君子动口不动手！你再打我，我就骂你了！"齐黄在妖怪身后叫嚣道。

这时候，妖怪群里忽然传来撕心裂肺的哭声。

一个又胖又圆扎着两条辫子的女妖怪倒在地上打滚，边滚边哭，哭得特别凄惨。

女妖怪旁边的妖怪怕她压到自己，纷纷让出一圈地方。

老罗问："你哭什么？"

那女妖怪号着说："我想起了我曾经喜欢的一个小伙子，我为了他可以忘记自己的名字忘记自己的模样！我宁愿下嫁给他！哪怕他什么都没有，房子没有，钱也没有，只是长得好看而已！我发过誓要陪他终老！可是荆棘组织非要棒打鸳鸯，拆散我们！我好苦啊！"

齐黄指着那女妖怪，对其他妖怪说："大家看看，这就是荆棘组织造的孽！"

小白在老罗脚下说道："这事儿我知道，你就是那个白菜精吧？卖了三百多年的白菜，起早摸黑的，好不容易挣了点儿钱，都被那个小白脸花掉了！他是花光了你的钱才走的！跟荆棘有什么关系！"

女妖怪立即爬了起来，抹干脸上脏兮兮的泪水，对着老罗的左脚说："你能不能给我留点儿面子？它们都以为真的有人喜欢过我。"

156.

小白说："天天在你摊位上买菜的那个人喜欢你啊，他不吃白菜的，买回去的白菜都堆了一小屋了，烂掉了。"

女妖怪甩手道："他长得那么丑！不算！董永和七仙女，许仙和白娘子，哪一对不是郎才女貌？他配吗？"

小白长长地叹了一口气。

大腹便便的妖怪干咳了一声，说道："就算白菜精的事情不是荆棘做的，还有千千万万个妖怪的事情你们干涉了。目前最大的问题是，被你盘着脚的这个人不应该出现在这里。"

那妖怪回头对众多妖怪说："我们只要杀掉这个人，抓住泄露天机的始作俑者，就可以获得五百年修为的奖励！"

接着，它在大得像气泡一样的肚子下面慢吞吞地摸了摸，摸出一把小匕首来。

然后它举着小匕首喊道："各位兄弟姐妹，你们都不想要五百年修为的话，那就让给我吧！"

它这么一喊，其他妖怪纷纷掏出事先藏好的武器来。有的举着刀，有的持着剑，有的扛着锄头，有的挥着扫把，有的拿着树枝，各种各样，古怪离奇。

它们全部朝着老罗奔来，要争抢五百年修为的悬赏。

鸡仙家和星将道人急忙冲到门口去阻拦。三位老头则在后面推着鸡仙家和星将道人的脚，免得他们被那些妖怪冲倒。

老罗的左脚不由自主地抬了起来，精准而有力地往那大腹便便的妖怪肚子上踢过去。

老罗感觉到那妖怪的肚子如棉絮一般软，她的脚几乎没有感觉到什么力量。

那妖怪"哎哟"一声，被踢得后退了几步，撞在了墙上，接连放了一串屁。那屁居然是带着颜色的，如香火上的烟雾，却是淡黄色的。一股难以忍受的臭味随即四散。

老罗差点呕出来。

小白在老罗脚下大喊，快往窗户那边跑！老罗赶紧跑到窗户那里。

她的左脚再次抬起，一下扫落了两根窗棂。老罗吓得捂住嘴。

我这是成为武林高手了吗？老罗心想。

小白喊道："想什么呢？快跳下去！"

老罗回头一看房门那边，鸡仙家和星将道人已经被众多妖怪推翻在地。三位老头抱头鼠窜。

老罗心急如焚，她从踢掉了窗棂的地方探出头往窗外看了看。这房间在二楼，从窗户上跳下去，说高不高，说低也不低。老罗有点害怕，不敢往下跳。

可是她的左脚已经踩到了窗台上。

老罗大喊："小白，你这是要摔死我啊！"

这时候，已经倒地的鸡仙家将手一挥，手里的鸡飞到了窗台上。鸡仙家大喊："踩着它下去！"

老罗赶紧右脚抬起来，放在鸡的背上。鸡张开翅膀，咯咯咯地叫着往外飞。

老罗便以金鸡独立的姿势腾空而起，一边尖叫着一边往地上落去。旅店老板的狗就在斜下方。它抬起头来，对着踩在鸡身上的老罗狂吠不止。

此时刚好有几个夜行人路过，那几人见老罗驾鸡而飞，又听到狗叫，吓得大喊："天哪！老罗要飞升了！一人飞升，鸡飞狗跳！"

旁边的人纠正道："是一人得道，鸡犬升天！"

　　老罗非但没有飞升，落地时倒是摔了个猪啃泥。本来她是可以不摔跤的，但是她怕落地时将鸡踩坏，因此提前跳了下来。

　　老罗抬头去看刚刚跳下来的那个窗户，窗户上挤出来了好多个脑袋，仿佛葡萄架上挂着的葡萄串一般。

　　那个大腹便便的妖怪的脑袋也在里面。它大喊："别让她跑了！追！"

　　一个脑袋从上面掉了下来，接着又一个脑袋掉了下来。越来越多的脑袋从那里掉下来，仿佛葡萄熟透了。

　　脑袋掉下来之后，老罗才看到脑袋下面还有一个身子。那几个夜行人见了这怪异状况，吓得大叫着逃走了。

　　老罗急忙爬起来，想要继续逃跑。可是她的脚踝刚才落地时摔伤了，迈出一步就疼得支撑不住，坐在了地上。

　　跟着跳出来的妖怪往老罗靠了过来。后面还有许许多多的妖怪陆陆续续从窗户那里跳下。

　　一个走在最前面的妖怪阴阳怪气地说，我们这么多妖怪，她一个人可不够分哪！

　　大腹便便的妖怪挥舞着小匕首，说："我不要多了，只要她一只手，换十几年修为就行了。"

　　那个阴阳怪气的妖怪提起一把屠夫用的剔骨刀，说："那我要她那双眼珠子。要是换不了多少修为，留着做手串也好。"

　　大腹便便的妖怪扭头对身后的妖怪们说："大家不要担心，大家都有份儿！"

　　老罗捂着疼痛的脚踝，心想，完了完了，我要被它们分成好多块了！

157.

众多妖怪将老罗团团围住。

这时，旅店老板从他的狗那边走了出来。他披着外套，叉着腰，几乎用尽了所有的力气大喊道："吵什么呢？还让不让人睡觉了！"

旅店老板的声音巨大，仿佛打雷一般。

老罗的耳朵被震得嗡嗡响，仿佛有个人冷不丁在她耳边突然用力敲了一下铜锣。

那些妖怪听到旅店老板的声音，像是枝头的麻雀群受到了惊吓，纷纷丢下手里的武器，慌忙爬上墙，从刚才出来的窗户那里又钻了回去。

倏忽之间，刚才那些妖怪全部都躲回去了。

旅店老板走到老罗面前，蹲下来，双手捏住老罗受伤的脚踝，忽然一用力。老罗听到"咔"的一声。

旅店老板说："脱了节，现在好了。赶紧走吧。我一回屋，它们就会追出来。对人对妖，我都只能睁一只眼闭一只眼。"

旅店老板牵起狗，责备道："说了别多管闲事，你跑出来做什么！"他一边骂狗一边往回走。

老罗见那窗户后面有许多脑袋，它们的眼珠子都往下，看旅店老板走了没有。

老罗暗暗吃惊。这些妖怪居然怕一个开旅店的老板？

她顾不得多想，用脚踩了踩地，发觉脚踝不疼了，于是急忙往龙湾街跑，往家的方向跑。

老罗要从龙湾街跑回家，赵一的牌馆是必经之路。

她经过赵一的牌馆时，看到牌馆二楼的窗边站着一个人。那人只有一个影子，似乎双手背在身后，面向老罗而立。老罗甚至感觉到那个人在窗纸后面的缝隙里看到了她。

莫名其妙地，老罗感到一阵心悸。楼上那种看不到但感觉得到的目光，让老罗心神不宁。她一边奔跑一边频频转头往那边看。

忽然之间，楼上那个人影举起了手。接着窗户"砰"的一声破裂开来。那个人影破窗而出。

老罗看到那个人影出了窗户，仍然只是一个人影。人影飘飘忽忽，如同天际飘来的一朵云，竟然朝老罗这边过来了。

那个人影稳稳当当落在了老罗前面，拦住了老罗的去路。老罗急忙停住脚步。

那个人影似乎背对着她，老罗借着淡淡的月光，只能看到影影绰绰的一团阴影。那人似乎穿着一身长袍，宽松自在，随风飘动。它有着一头长发，没有绾起，也随风飘动。

"关你什么事？"老罗问道。

"脚下都是路，可是哪一条都不是最好的去处。"那个人影说道。

老罗听得一头雾水。

"既然选择了逆天改命，就不要逃。逃就是认命。"那个人影继续说道。

老罗才懒得听他说大道理。她倒是想起了之前听过的传闻，问道："你不是不能落地吗？"

"三人成虎。人也是会妖术的。一个没有的东西，很多人说有，它便有了。"那个人影回答道。

"这么说来，那都是谣传？不过您这个观点跟小白说的很像。"老罗说。

老罗想起小白说的人言比三清符文还厉害及"众口铄金"的话。

星将道人第一次来找老罗的时候，老罗就把泡在酒里的小白送到了赵一的楼上。那时候赵一就说了，她家里的这位仙家想要得到小白的修为，借此修复渡雷劫时受的伤。因此，老罗没必要在这个人影面前隐藏小白。

"那是别人眼中的我，而我是什么样子，只有我自己知道。"那个人影说。

老罗擦了擦额头的汗，说："看来您也想要五百年修为的悬赏？"

那个人影说："五百年的修为，平常来说，足够一个妖怪从开启灵智到修成人身了。这自然是颇有诱惑力的悬赏。"

老罗说："我还以为您与世无争呢。"

老罗心想，打它肯定是打不过的，不如先拍拍马屁，说不定它一高兴，放过了她和小白。

那个人影说："我若是垂涎那五百年的修为，你将酒坛送到楼上的那次，我就把酒都喝光了。"

老罗听他这么说，大喜过望。

"这么说来，您不是拦我的，而是来帮我的？"老罗扬眉问道。

那个人影淡然道："不好意思，让你失望了。我是来帮忙维持人间秩序的。"

这时候，旅店里的那些妖怪都追了上来。

老罗前有堵截，后有追兵，已经无处可逃。

妖怪们见了那个人影，不知道它是帮谁的，但似乎感觉到了这个人影不好对付，都你看我，我看你。

那个人影沉默了一会儿，说："九饼，你怎么来了？"

九饼大喊道："我不让妖怪参与人间的事情！"

那个人影说："你还小，夏虫不可言冰，蟪蛄不知春秋。你知道是什么意思吗？"

九饼声音小了一些，说："不知道。"

那个人影说："夏季生长又死去的虫，不能和它谈论冬天的冰。春生夏死、夏生秋死的寒蝉，不知道一年的时光。你只有经历了足够的时光和事情，才知道世间的真相。你还小，不要着急参与一些事情，先回去吧。"

九饼声音更弱了，说了声"好"，就自己往牌馆去了。

那个人影等九饼走远了，又质问道："是谁引诱九饼成为预言巡查人的？"

那个大腹便便的妖怪立即跪了下来，磕头道："小的不对！"

那个人影说："你？哈哈，你是受了其他人的指使吧？你们之中很多兄弟认为我是荆棘的头目，却跟赵一相依为命，心里不服气。我是知道的。"

那妖怪磕头如捣蒜一般，说道："小的不敢！"

老罗大为惊讶。赵一楼上这位仙家竟然是荆棘的头目？难怪它从来不露出自己的面目！这跟那些戴面具的荆棘成员如出一辙！

那个人影继续说道："老罗身上的小白本是我们荆棘的一员，我不会徇私，自然会将它带回去惩罚。至于老罗嘛……"

老罗浑身僵硬发凉，仿佛自己是砧板上一块肉，任由这个荆棘的头目切割发落。

所有妖怪都等着那个人影后面的话。

那个人影犹豫了片刻，接着说道："齐黄，你带几个兄弟，把她抬到那条河边，丢到河里去。"

158.

齐黄带着几个妖怪走到老罗面前，分别抓住老罗的手和脚，要将她抬起来。

牌馆那边忽然传来喊声："住手！"

老罗看到赵一从牌馆那边匆匆走了过来。

赵一直接走到那个人影身边，轻声说道："你不是说过绝不参与任何跟人有关的事情吗？"

那个人影犹豫片刻，说道："赵一，这个人不一样，她身上的仙家是我们荆棘成员。我不能坐视不管。"

这时候小白说话了："你可别装模作样了！你自己住在女人楼上，

凭什么对我就不能坐视不管？”

原本已经丧失斗志的老罗顿时来了精神，她用力甩开抓住她的齐黄，大声附和道：“就是！你不是荆棘的头目吗？我刚好有话要跟你讲！这话我跟你们荆棘里的小喽啰小白也讲过了！”

那个人影有些惊讶：“哦？”

老罗说：“你们这些什么狗屁荆棘组织，都是自己犯过了错，就不许别人犯错的多管闲事的老家伙！我看没有一个好东西！居然还把自己当作高风亮节与世无争的世外高人！我呸！”

这时候，鸡仙家和星将道人狼狈不堪地追过来了。他们脸上青一块紫一块，衣服也被扯得破烂。鸡仙家墨镜的镜片有一边裂了，留下许多裂缝。鸡仙家手里那只鸡脖子上掉了好多毛，稀疏得都能看到鸡皮了，像刚斗过鸡一样。

老罗瞥了鸡仙家和星将道人一眼，继续说道：“什么叫天意？什么叫人间秩序？我现在站在这里，就是天意！就是人间秩序！已经发生的，就已经发生了！如果天意不让它发生，它就不会发生！相遇了，动心了，受伤了，不再动心了，重蹈覆辙了，这都是天意！也都是人间秩序！”

听到老罗说到天意，其他准备上前抓住老罗的妖怪被吓住了，不敢上前，生怕忤逆了天意。

老罗抬起手，指着那个人影，说道：“你作为荆棘的头目，自以为是地阻止错误发生，其实是带头阻止天意！扰乱人间秩序！”

那个人影拂袖大怒道：“一派胡言！”

众多妖怪见那个人影发怒，又吓得一怔。

那个人影怒道：“要不是荆棘的成员阻止许多妖怪过分参与人间的事情，人间会乱成什么样子？生死混乱，黑白不分，善恶难辨！到那时候，世间人不再劳作，依赖招财术；不再诚恳，滥用桃花蛊；不再善良，不信因果报应！”

齐黄立即拍马屁，喊道："说得对！"其他妖怪随声附和。

那个人影叹了一声，又说："荆棘之所以用那些犯过错的妖怪，是因为它们自己犯过错，理解世人和妖怪难免犯错，在处理的时候会有恻隐之心，不至于伤到人或者妖怪太多。不论处理什么样的事情，多多少少留有余地，有点人情味儿。反而是那些从未犯错或者说还未犯错的人或妖怪，一旦处理起这些事情来，过于死板，往往伤了人或妖怪。"

鸡仙家默默颔首。

那个人影说："很多人和妖怪不理解荆棘为什么用犯过错的妖怪，现在你们知道为什么了。"

老罗也忍不住点头。她一时之间忘记了眼下最重要的事情是救小白和自己。她甚至为这个人影这样安排荆棘的成员而有了几分认同和感动。

"太不容易了。你太不容易了。"老罗抹了抹眼角的泪水。

小白在老罗的脚下嘀咕道："这段时间发生的这么多事情都没能让你认输，它说这几句话你就不行了？"

老罗抹泪道："它说的就是有道理啊！不能因为我们要活命就认为它说的不对！"

那个人影挥挥手，说："好了，该说的都说完了。小白，你自己下来。齐黄，你们把老罗送到她该去的地方吧。"

这时一阵清风拂过老罗的脸颊，她的头发随风而起，抽打了好几下她的脸。

她顿时清醒了一些，急忙说道："慢着！我还有话要说！"

齐黄不耐烦道："你还废什么话！等到了忘川河，跟孟婆说去吧！"

那个人影却问道："你还想说什么话？"

老罗问："既然你是荆棘的头目，便应该知道我的父亲。"老罗有意停顿了一下。

那个人影似乎侧了一下头，但依然没有露出面目。

老罗心里有了数，问道："是不是你们发现了他，他才消失的？"

妖怪群中一阵骚动。

"天哪，老罗的父亲也是妖怪？那老罗是人还是妖？"

"她的父亲不是一个赌徒吗？还总输钱的那种？"

"听说杭杭跟她父亲见过面，你们听说过没有？"

"是被荆棘抓走了吗？"

妖怪们议论纷纷。

这次那个人影沉默了更久一些。

赵一默默地看着那个人影，眼神里满是担忧。

老罗知道赵一担心什么。她担心她楼上的仙家就是让老罗的父亲消失的主谋。这样的话，她楼上的仙家就成了老罗的杀父仇家。

其他妖怪的议论声渐渐没有了。它们都在等待答案。

那个人影说："老罗，你的父亲是我认识了两千多年的朋友。三十年前，我以为他已渡劫失败，灰飞烟灭了。"

老罗迷惑不已，问道："三十年前？他不是二十多年前才消失的吗？"老罗记得，她的爸爸是在妈妈有了她的时候消失的。

那个人影说："现在想来，他应该是在第一次遇到你妈妈的时候，就开始隐藏自己的气息了，从妖怪变成了一个普通人。他一直打牌输钱，就是为了让其他身上有仙家的人或者妖怪认为他是没有任何妖术的普通人。他后来突然开始赢钱之前，曾去拜访过我们荆棘的另一个成员杭杭，让很多身上有仙家的人和妖怪认为是杭杭给他使用了招财术。我是知道杭杭不会招财术的，所以那时候看穿了他的真面目。我想过抓他，他跟我说，再给他一个月的时间。我们毕竟认识了两千多年，一个月的时间对我来说，不过是一瞬间。我就答应了他。没想到一个月后，我再也找不到他了。"

赵一松了一口气。

老罗问道："您可不可以告诉我，我的父亲是什么妖怪？"

齐黄插嘴道："不要得寸进尺！"

那个人影回答说："你的父亲是风。"

老罗一惊，问道："风？"

在场的妖怪都吃了一惊。

那个人影回答说："是的。两千多年前，一位圣人在酒酣之时唱了一首《大风歌》。大风起兮云飞扬，威加海内兮归故乡，安得猛士兮守四方！其时，正好一阵风从圣人面前刮过。不知道是圣人因风起而唱，还是风因圣人唱而起。自那之后，此风竟然有了灵智，竟然开始修炼。修炼人身的妖怪中，其难易程度是完全不一样的。比如灵性较高的狐狸、猫、蛇等，修炼起来容易；灵性弱一些的鸟雀、狗等，修炼起来难一些；再次是昆虫，再次是花草，再次是树木，再次是扫帚簸箕。而风是几乎不可能的。可能是因为圣人金口玉言加持，他竟然修炼大成！太不容易了！"

其他妖怪纷纷点头。

"千古奇闻，见所未见！"那个人影感慨道。妖怪们也连连发出赞叹声。

那个人影说："你的父亲有着风的秉性，虽然有了人身，但来去潇洒，飘忽世间，无牵无挂，自由自在。兴起则始，兴尽则止。看似不在，又无处不在。我很羡慕他。曾经一度，荆棘的头把交椅是让他坐的。他却说，无意便是有意，有意便是刻意。他不加入荆棘，也不破坏荆棘的规则。"

"无意便是有意，有意便是刻意……他还说过这样的话？"小白在老罗脚下嘀咕道。

那个人影继续说道："我怎么也没有想到，他竟然会为了你的母亲而成为一个普通人，宁愿失去风的秉性。你的父亲让我给他一个月时间的时候，我问他，你修来不易，已经达到从心所欲的境界了，为什么要为了一个世间女子放弃两千年的修为？"

听到"从心所欲"四个字的时候，妖怪们哗然。这是众多妖怪可望而不可即的境界。

老罗也是第一回听到有妖怪达到从心所欲的境界。"原来我的父亲是这么厉害的妖怪！"她又惊又喜。

那个人影说："你的父亲跟我说，既然是从心所欲，那当然要听从自己的心。他的心告诉他，他要好好守护她。我说，你是风，是妖怪，如果想守护她，就不应该跟她有孩子。你考虑过没有，万一你渡劫失败，她们母女二人如何生活？他说，孩子不是他的。"

老罗一怔，浑身僵硬。

赵一难过地看着老罗。

鸡仙家和星将道人都低下了头。

老罗心乱如麻。这怎么可能？他怎么会不是我的父亲？可是我为什么从来没有听妈妈说过这种事情？如果他不是我的父亲，我的父亲又是谁？

妖怪们又开始议论纷纷。

160.

那个人影说："我问他，那孩子是谁的？他说，我其实只是附身在你眼前这个人的身上。几年前，他外出经商时失足从悬崖上掉下，本该身亡，尸首腐烂于山崖之下。是我来到了他的身上，用我的修为尽力维护他，多撑了这些年。所以，这个孩子是正常的人。现在我耗费太多修为，已然勉强支撑。由于逆天改命，我的雷劫将要提前来临。也是这个原因，这次雷劫将会比以前任何一次难以渡过。很有可能我会渡劫失败。一旦失败，这个人身我也维护不了了。如果以后见不到我了，今天就当作是我来跟你告别的吧。"

许多妖怪的眼眶湿润了。

先前在地上打滚的白菜精擤出一串鼻涕，哭道："太感人啦！甜甜的爱情什么时候才会轮到我呀！"

齐黄冷笑道："白痴！两千年就这么浪费了！"

老罗心里五味杂陈，一时说不清是什么滋味。

那个人影说："我问他，那个女子到底有什么地方吸引了你，让你宁愿舍弃两千年的修为做这样的事情？他说，我偶然刮进了她的房间里，那时她才十几岁，她正在看书，书页因风而乱。她生气地嘟嘴说了一句'清风不识字，何故乱翻书'。他忽然想起大约三百年前的一件惨案，一位姓徐的官员因他进入书房翻乱了书页，那位官员写下"清风不识字，何故乱翻书"的诗句，后来那位官员因为这首诗惹怒皇帝而被满门抄斩，牵连无数人。那时心有愧疚，因不能参与人间之事而无可奈何。此时见这位十几岁的姑娘说出这句话，他想起了三百年前的往事。再看那姑娘，他恍惚记起那位姓徐的官员有一女儿或奴婢，也是这般模样，在那惨案中也受了牵连，不知是斩首了，还是流放了。他细细端详这位姑娘，越看越是喜欢。两千多年来，他第一次心乱了。风也乱了。姑娘家里的东西被吹得乱七八糟，到处都是。姑娘一会儿按住这张画，一会儿压住那本书，手忙脚乱，顾此失彼。他见姑娘慌乱的样子，忍不住大笑起来。姑娘却说，今天的风真是怪，怎么听起来像在笑一样？"

老罗想象着她的妈妈在房间里保护书画的样子。她看过妈妈年轻时候的照片，跟她现在的样子很像，只是更秀气一些。

那个人影说："他动了心。可是一打听，他才知道这位姑娘已经有了心上人，那人是邻村行脚商人家的少爷。于是他留了下来，暗暗守护她。可惜天公不作美，那位少爷竟然掉入悬崖，等抬回家里，所有请来的医生都说晚了。你的妈妈哭得昏死过去好几回。他就是那个时候附到那位少爷身上去的。就是那时候，我以为他渡劫失败，不复存在了。维持一个已死之人的寿命，要耗费他十倍的修为。按他两千年的修为来算，维持这位少爷到老去是没有问题的。可是谁料雷劫提前降临，他既要维护少爷的寿命，又要应付雷劫。修为再高的妖怪面对雷劫时，都不得不全力以赴。他分了心，我那时就猜到他难以平安渡过那次雷劫。果不其然，自那之后，他再也没来见过我。"

那个人影长叹一声，微微摇头，似乎为失去这样一个朋友而惋惜。老罗怅然若失。

妖怪群中也连连发出叹息声。

齐黄急不可耐地说："好了，现在你知道自己的身世了，满意了吧?该我们送你去河里了。"

161.

老罗曾经问小白："为什么有些人身上有了仙家，性情就变得完全不一样了?"

她之所以这么问，是因为她怕自己的性情发生改变，变得不像自己。

小白看穿了她的心思，说道："你放心，我不会影响你的。"

老罗话说出口后，又觉得这么说会伤小白的心，想要说些解释的话，又不知该说什么，于是沉默了一会儿。

小白打破了沉默，说道："其实人和仙家的关系，就像是两个人共坐一条船。有的仙家暴戾，会抢了船，不顾那人的感受，想怎么划就怎么划。有的仙家跟那人相处和睦，有时候让仙家来划，有时候自己来划。还有的仙家道行浅，本是寄人篱下，不但不敢抢船，还要处处隐忍，看人脸色，卑微得像做妾做婢一样。"

老罗大笑，说："寄人篱下? 做妾做婢? 我好像感受到了一阵怨气?"

小白说："我哪敢有怨气？不过话说回来，你可以对我再好那么一点点。"

老罗说："没有赶走你，已经对你够好了。人心不足你吞象。"

小白问道："我吞什么象？"

老罗说："有句老话说得好，人心不足蛇吞象。难道说的不是你？"

小白着急道："这这……这不是说的人吗？"

162.

当赵一楼上的仙家说到老罗的父亲其实是风怪上身的时候，老罗一时之间不知道她的父亲到底算是行脚商人家的少爷，还是金口玉言加持的风。

回想起小白说的人和仙家的关系后，老罗知道了，她的父亲仍然是行脚商人家的少爷，而那风怪是帮少爷撑船的。

163.

齐黄带着几个妖怪将老罗抬了起来，赵一想要阻拦，却被另外几个妖怪拉住了。

那个人影说："赵一，我们也是迫不得已。因为最近发生的这些事情，很多人知道了仙家的存在。我们本应该藏匿在人间各个角落，不为人知，偷偷修炼。但是奈何我们得了人身，也得了人欲，有些有了人欲的仙家耐不住寂寞，便会打扰人间。这是无法避免的。但是我们仍然要尽力保持多数的人不相信我们的存在，或者是将信将疑。只有这样，人们才不会过度关注我们，我们才能与人相安无事。"

赵一说："可是这些已经发生了！我的牌馆里大家见证了那

么多离奇古怪的事情！就算让老罗回到所谓的秩序里去，又有什么用？"

那个人影说："赵一，人们是善于遗忘的。时间一久，大家便会淡忘这些事情。即使以后被人提及，其他听的人也以为不过是茶余饭后的荒诞故事，一笑了之。"

赵一愣住了。

那个人影一挥袖，缓缓地往牌馆大门飘去。齐黄则带着几个妖怪抬着老罗往河那边走。

老罗心想，这下怕是逃不过去了。

这么一想，她倒心宽了，安静地看着天空的星星。忽然，她有了一种错觉，仿佛躺在外婆家的老屋里，而那些星光就像是从瓦缝里漏下来的月光。

爷爷奶奶都过世得很早，老罗没有见过他们。她小时候常常去邻村的外婆家住。外公腿脚不太方便，不敢自己爬楼梯上屋顶，屋顶的瓦常常要等瓦匠忙完了别人家的活儿之后抽空来帮忙捡拾一下。外婆家的老鼠也多，常在屋顶或者房梁上跑动。因此，屋顶的瓦常常被老鼠扒松，落雨的时候会漏雨，有太阳和月亮的时候会漏光。白天若是有太阳，外婆家的墙壁上地上就会有许多圆的光圈，空气中有许多圆的光柱。晚上若是有月光，老罗就能看到屋顶上有许多星星，跟外面夜空中的星星没有什么差别。

若是雨下得大了，外婆就要拿出许多锅碗瓢盆来接漏。瓦缝里漏下的雨水滴落在锅碗瓢盆里，打得叮当哐当响，奏乐一般。外面下大雨，屋里就下小雨。地上水流成河，在高低不平的地面蜿蜒流走，看起来跟外面的山川河流有几分相似。

年纪尚小的老罗常常觉得外婆家的老屋就是一个完整的世界，屋顶就是天，会星光灿烂也会下雨，脚下就是地，有山川也有河流。她不禁遐想，这个大世界说不定也是一间老屋，不过有一个更大的屋顶，更大的地面。而人们，就如蚂蚁一般生活在这间老屋里。若是有一天能爬到最高的天上去，或许可以看到天其实在更外面，而地更广阔。

见老罗如此安静，其中一个妖怪忍不住问道："齐黄大哥，这老罗不会已经吓晕了吧？怎么不见她挣扎一下？"

齐黄说："这不更好？她要是挣扎，我们抬起来太费劲儿。"

老罗仍然看着天上的星星，忽然她看到有几颗星星迅速暗了许多。她不认识星宿，更没有跟人学过怎么夜观星象。但她脱口而出说："怕是要落雨了。"

齐黄说："你们看，她还会说话呢。"

一个妖怪说："星星还亮着呢，怎么会下雨？"

但老罗就是感觉要下雨了。

小时候有一次她躺在外婆家的老屋里看瓦缝里的星星，忽然有几颗星星不见了。

她的外婆坐在旁边，一手扶腰，说道："怕是要落雨了。"

她的外婆曾经上山捡柴的时候摔伤过腰。天气若是有剧烈变化，外婆的腰便会疼。

果不其然，小时候的老罗脸上感觉到了几滴湿湿的雨滴。接着屋顶的瓦被突如其来的雨水敲响，敲瓦声从稀疏变得密集。

被妖怪抬着的老罗仰着脸，一滴雨滴打在了她的脸上。

等妖怪们抬着她走到河边时，天边突然轰隆隆一阵响。齐黄和妖怪们一惊。

一个妖怪说："真的打雷了！是谁要渡劫？"

老罗笑道："是我啊。"

164.

接着，雨下了起来，将老罗和齐黄他们打湿了。星光全部隐没，周围变得漆黑。

齐黄从怀里掏出一个棍状物，用力一摁，两头缩短，中间迅速鼓起，变成了一个灯笼，也发出淡黄的光。灯笼里淡黄的光忽明忽暗。

齐黄奸笑道："亏得我有准备，带了萤火灯笼。"

这种萤火灯笼，老罗听小白说起过。小白说，妖怪或者游魂晚上出来的时候，如果没有月光或者星光，就会提着萤火灯笼照路。萤火灯笼中有许多长年不灭的萤火虫，灯笼外面的不是纸或布，是用蛇蜕下的皮刮得极薄后粘上去的。人们若是远远看到这种萤火灯笼，便会看到飞舞的萤火虫，而看不到灯笼和提灯笼的妖怪或者游魂。

另外两个妖怪也拿出了萤火灯笼。

妖怪们正要将老罗扔到河里去，齐黄说："慢！万一她会游泳呢？"

老罗说："我不会。"

妖怪们齐喊口号："一！二！"

它们一边喊一边将老罗像荡秋千一样荡了起来，要蓄力将她抛到河中间去。

老罗心想，这些妖怪太单纯了，我说不会就不会吗？万一我会呢？让老罗沮丧的是，她真的不会游泳。

齐黄又说："慢！万一她被冲到了河边呢？"

一个妖怪问齐黄："那怎么办？要我们抱着她跳下去，同归于尽不成？"

齐黄说："这个简单，在她身上绑一块大石头，这样确保她会沉下去。"

老罗说："齐黄，你可真狠毒！"

此时老罗想明白了。她跟妖怪没什么区别，人生的劫难跟妖怪的渡劫一模一样。过得去的便是路，过不去的便是坎。

老罗心想，这跟打牌一样，不是你想赢就能赢的，还得看手里有什么牌。

眼下来看，她手里已经没有什么可打的牌了。鸡仙家和星将道人没有办法帮到她了，三位老头也肯定没有办法。赵一想帮忙，也被她楼上的仙家拒绝了。至于小白……赵一楼上的仙家是荆棘的头目，它这个荆棘的成员还能有什么办法？

妖怪搬来了一块大石头，绑在老罗的身上。然后它们再次将老罗荡起来，将老罗扔在了河中央。

那大石头拽着老罗下沉，老罗慌乱起来，手脚在水中乱拍乱踢。晚上的河水清冷无比，老罗接连打了好几个哆嗦。

沉入水中的她往岸上看，没有看到齐黄和其他妖怪，只看到一群飘浮在空气中的萤火。

老罗心想，也好，如果一直被石头拽着沉在水底，别人就找不到我的尸体。而为了让人们不知道这是妖怪所为，今晚见过我的妖怪和人都不会告诉外人老罗被沉入了河中。那样的话，或许妈妈就不知道我在水底，而很可能认为我像爸爸一样突然不辞而别地消失了。

想到妈妈，老罗一阵心酸。对不起啊妈妈，我还是要不辞而别了。您说得对，我不该突然赢那么多钱。您的预感是正确的。

她憋不住气了，呛了好几口水。

她的脑海里掠过许许多多以前的记忆画面。她摸过的所有的牌，她见过的妈妈二十年来所有的样子。她想起许多次赢钱时的欣喜，许多次输钱时的沮丧。她想起许许多多见过的人的模样，那些人都在说话，声音混在一起，有时候听得清，有时候听不清。他们似乎都赶来见她最后一面。

里面听得最清晰的，还是妈妈曾经说过的话。

妈妈说，你看别人家的小孩都长那么高了，你再不吃饭，就长不了那么高。

妈妈说，你看别人家的小女孩头发那么乌黑发亮，你再不吃芝麻，就长不了那样好看。

妈妈说，你看别人家的姑娘走路本本分分，你再大大咧咧，就不讨人喜欢了。

妈妈说，你看别人家的女儿身材出落得多好看！你再看看你！

后来老罗问妈妈："你为什么总拿我跟别人家的孩子对比？"

妈妈没有搭理她。

后来老罗有一次听到妈妈梦呓。

妈妈含糊地说："孩子，我希望你跟其他普通女孩子一样生长，有鼻子有眼睛，她们长多高，你也长多高。她们身材怎样，你也身材怎样。她们喜欢的，你也喜欢。我怕你长得跟她们不一样，才总拿你跟她们对比，让你有个参照。妈妈怕呀，怕你随意生长，长得跟普通人不一样。"

那时候老罗听得不太明白，以为妈妈就是担心她落后于其他女孩。此时耳边再次响起那些话，老罗忽然惊醒！这不是担心我是个妖怪，长不成正常人的模样吗？她已经知道了爸爸的秘密，只是一直没有说出来！

小白说过，妖怪修成人身之前，要找一个人作为参考。

老罗终于知道妈妈为什么要说那些跟别人家小孩对比的话了。妈妈是在潜移默化地告诉她，她要以别人家的小孩作为参照，长成正常人应该有的模样！

165.

那么，我的爸爸到底是妖怪还是人？是妈妈正确，还是赵一楼上的仙家正确？老罗糊涂了。

"不行！我不能死！"老罗大喊。可是她的声音很快被水淹没。

老罗奋力扑腾，尽力将脑袋伸出水面。绑在她身上的大石头如水鬼一般用力地拽她。

老罗的左脚极不协调地伸出了水面，靠近老罗的耳边。小白懒懒地说："不想死就早说嘛。我还以为你认命了。"

小白的话音刚落，一只黄雀飞了过来，绕着老罗的脑袋飞。

或许是小白周身是水的原因，老罗看见小白如水柱一般脱离了她的左脚，腾空而起，缠绕在了那只黄雀身上。

岸上的妖怪们看到这番情形，参差不齐地慌乱喊道："雀仙儿！雀仙儿！"

紧接着，老罗感觉身体一轻，手脚渐渐浮到了水面上。她感觉自己就像一片漂在水面的落叶。虽然她感觉到腰上还捆着石头，但没有往下拽的力量。

老罗心想："雀仙儿？又是哪路朋友？"

岸上的齐黄大笑起来，然后大喝道："白老板，坐骑都来了，看来你是不打算继续隐藏下去了！"

说完，齐黄手中的萤火灯笼"砰"的一声爆裂。许许多多的萤火虫从灯笼里飞了出来，迅速漫山遍野。

那萤火虫纷纷落地，变成了一个个披着黄甲戴着黄盔骑着大黄马的士兵。每一位士兵手里都持着一柄黄灿灿的长枪。

骑马的士兵在河的两岸整齐排列，气势恢宏，一望无际。一瞬间，老罗如临古代战场！

不过她是古代战场上唯一躺着的那一个。

齐黄喊道："我早有预备，布下了天罗地网，只等你的坐骑黄雀现身！"

老罗心想，小白这点道行，齐黄却弄这么大的阵仗，真是铺张浪费！

就在老罗这么想的时候，那黄雀渐渐变大，也如马匹一般。黄雀身上的蛇形水柱爆裂，炸出一团水雾。

待水雾散去，老罗惊讶地看到黄雀身上坐着一个银发飘飘素衣裹身的年轻男子。男子的眼角下有一道大约两寸来长的红色疤痕，似乎刚刚被利器割破，让老罗为之一疼。

黄雀扇动翅膀，微微起伏。男子的银发随之缓缓飘动。那银发很长，若是那男子在地面行走，恐怕会曳地而行。

老罗喃喃道："肯定是平日里懒于梳剪打理，头发才会这么长。好看是好看，可这人也太懒了！"

她看到那男子左手的手腕处有一银镯子。镯子是蛇形，在它手腕上缠绕三圈，摆尾吐舌，栩栩如生。

老罗忍不住喊道："喂，你那蛇形镯子是哪个银匠打的？要是方便的话，能不能帮我也打上一只一样的？"

她本想叫它小白，可是不确定它就是那个天天躲在她脚下的小白，只好叫它"喂"。可是，它不是小白又是谁呢？刚才齐黄都叫它"白老板"了。

那三位老头不小心说出小白来这里是为了帮她渡劫的时候，她就想到了小白可能有另外一副她没见过的模样。可她万万没有想到小白竟然是这副超脱尘世飘飘欲仙的模样！

那男子低头看了看漂在河面上的老罗，温和地说："这镯子是一千八百年前在郫城打的，你现在让我去哪里找那位银匠？"

齐黄在岸上暴怒道："如今你们已被我重重包围，居然还讨论打银镯子！你们未免也太瞧不起我了吧！"

老罗这才想起齐黄还在岸上。她急忙往齐黄那边看去，这才发现齐黄不知什么时候坐在了一辆马车上，那马车也金灿灿的，没有车篷，却有一把巨大的华盖伞。一同来的妖怪围绕在齐黄身边，身上的衣服变得华丽光彩，加上气势恢宏的骑兵军阵，衬托得齐黄如同征战沙场的帝王。

小白一挥袖，老罗被水卷起，仿佛被小白的手抱起，稳稳地落在了黄雀身上，侧身坐于小白前面。卷起老罗的水随即散落在河里。雨还在下，但小白和黄雀似乎不会被雨水淋湿，羽毛干燥，银发飘逸。

老罗感觉到小白和黄雀周身被一层薄薄的气体裹住，雨滴无法沾身。当她坐上来之后，那气体也将她保护起来。她伸出手去接雨水，看到雨滴在掌心汇聚，变成水珠滚来滚去，却不沾手，如同落在池塘里的荷叶上。她一侧手，雨水如珍珠般颗颗滑落。

可是老罗的衣服在河里就已经湿了，一阵寒意袭来，她不禁抱紧双臂。

小白皱眉道："别着凉了，把衣服换了吧。"

老罗看了看岸上的齐黄和骑兵，说："在这里换吗？不合适吧？"

小白伸出一指，在老罗身上一点。老罗身上的衣服变了一个样式，干燥温暖，舒服多了。

老罗惊讶不已，低头看了看自己身上的衣服，说："你真是没品位，这衣服的颜色和样式像给丫鬟穿的。"

166.

小白凑到老罗耳边，轻声说道："你说对了，我以前使唤着几百个丫鬟。风流快活，不在鸡仙家之下。"

老罗说："那你是觉得不够使唤，还要多一个丫鬟吗？"

小白说："你不是聪明人吗？有了几百个丫鬟，还差那么一个？"

老罗说："那你救我做什么？叫你的鸟儿别动了，我要跳下去。"

小白一把抓住老罗的胳膊。它的手太有力气，抓得老罗生疼。可是老罗忍着，假装毫无知觉。

小白说："好吧，是你的父亲叫我来保护你的。他去找杭杭之后，又来找了我。他知道你成年后有劫难，希望我来保你平安。"

老罗心中惊讶，却平淡地说："说得好像你是个平安符一样。

挂在脚上的那种。"

岸上的齐黄气急败坏，喊道："妖怪跟人是不可以产生情感的！你们俩却在众目睽睽之下打情骂俏！恬不知耻！"

老罗问："那你是因为我父亲才救我的咯？"

小白说："可以这么说吧。"

老罗耸肩叹息。

小白接着说："我知道齐黄已经设下陷阱，本来想背信弃义，不管你了，反正你父亲渡劫失败，找不了我麻烦。因为我曾以荆棘的名义干涉过齐黄与普通人的结合，这齐黄纠缠了我好几百年，一直想置我于死地。并且他道行高深，真真假假，诡计多端，我不想与他冲突。可是刚才听到你大喊'我不能死'，只好召唤黄雀，现出真身，跟齐黄撕破脸了。"

老罗问："你怕他？"

小白抬手揉了揉额头，说："我说的重点是，因为听到你的喊声，我才救你的，并不是因为你父亲。"

老罗说："那你早这么说就是了，叽叽歪歪这么多，弄得我听不懂你要说什么。"

老罗看了看小白脸上割破的地方，说："不过你确实撕破脸了。"

岸上的齐黄大喊："白老板！你若是识时务，今天让这位姑娘沉入河底，回归秩序，我可以考虑放过你。毕竟当年你也放了我一马。"

小白朝齐黄望去，笑道："我当年放了你一马，你今天还我千军万马！真是滴水之恩当涌泉相报啊！"

齐黄尴尬不已。

小白说："摆了这么大的阵势，却说会放我。你当我是几百岁、涉世未深的小妖怪啊！"

齐黄邪笑道："既然如此，我也就不跟你白费口舌了！"

齐黄将手一挥，喝道："杀！"

骑兵们整齐地将长枪举起，奋力向黄雀投掷而来。长枪密密麻麻，如同夏日臭水沟上空密集飞舞的蚊虫，如同蝗灾时无数蝗虫呼啸而来，又如一场匪夷所思横着下的雨。

这时，老罗头顶上打开了一把巨大的伞。她听到齐黄惊讶地喊道："天罗伞！"

接着，在老罗堂屋里出现过一瞬间的无来从河岸飞了过来，一手抓住了天罗伞的伞柄。

无来脚下踩着一只巨大的喜鹊。他那姿势就如老罗从旅店二楼跳下时踩着鸡仙家的那只鸡一样。

天罗伞将老罗和小白及黄雀罩住。如雨一般的长枪撞在天罗伞上，发出砰砰的撞击声，听起来跟打伞走在暴雨中没有太大区别，只是更吵一些。

但是长枪毕竟比雨水锋利坚硬。天罗伞很快出现了许多裂痕。无来心疼道："白老板，这把天罗伞你得照价赔我！"

说完，无来转动伞柄，天罗伞旋转起来，伞骨将穿透了伞衣的长枪打落。

小白抬头看了看坏掉的天罗伞，说道："是星将道人放你来救我的吧？可惜了这么好的伞！赔你两天的修为吧！"

无来惊诧道："啊？我这天罗伞可是百年难遇的好法器！我为了打造好它，又耗费了三百年的修为！你就赔我两天的修为？太抠门了吧！"

齐黄见无来出现，又大喝道："杀！"

又有许许多多的长枪朝小白和老罗投来。

伞衣已经完全破裂，伞骨也被打得变了形。无来渐渐支撑不住了。小白却看热闹一般袖手旁观，甚至嘲讽道："三百年修为放在一把伞上？你可真大方！现在看来也不过如此嘛！"

一柄长枪突破了无来的防卫，朝小白刺来，小白轻轻侧头，枪尖从小白的脸颊边擦过。

167.

无来着急道："别净说风凉话，你倒是搭把手啊！"

小白扬手道："这不过是比较高级的障眼法。你越当真，它便越真。你不当真，它便不真。"

老罗见小白只是说话，却不帮忙，忍不住小声道："说得倒是轻巧！"

小白说："他齐黄不过是隐藏的黄仙儿，从'诸法空相'四字中悟得障眼法，千百年来一直以幻觉迷惑人。为什么他打牌能总是赢？因为无论你抓到的是什么牌，你和其他人看到的都不是真实的牌，而是他想让你看到的牌。在他这里，牌上本来是什么花色没有意义，就如一张张空白的牌，任由他添上花色。"

老罗一惊，说道："曾经有牌友以纸绘的牌面覆盖于牌上，以此偷梁换柱，骗人钱财。莫不是跟齐黄的障眼法一个道理？"

小白说："手法不一样，道理都一样。上回你跟他打骨牌，要不是那两张斧头骨牌是你父亲用过的，他变化不了，即使你换了牌，别人也看不出来。那样的话，你说他出老千，没人会相信。"

老罗此时被小白点醒，不禁心有余悸！那次真是太冒险了！如果那两张牌是从别人那里借的，后果不堪设想！自己输了不算什么，可是会牵连小白损失实力的！

老罗颤抖着说："你怎么那时候不告诉我？"

小白说："你老罗打牌从不怯场，我怎么能劝你退却？我虽是来救你的，但不能因此改变你的人情味儿，让你变得不像你自己。"

无来将天罗伞转得飞快，已经满头大汗，见小白和老罗还聊得正欢，忍不住咬牙切齿道："轻风细雨，又有人撑伞，真是谈情说爱的好时候！"

　　岸上的齐黄见无来已经渐渐不支，又命骑兵们投出更多长枪。越来越多的长枪突破了无来的防卫，黄雀开始左右躲避。老罗摇摇晃晃，数次几乎滑落，要摔到河里去。

　　无来终于支撑不住了，手一滑，天罗伞从手中脱落。密集的长枪朝小白和老罗刺来！

　　老罗见长枪已经朝着面门而来，吓得大叫。小白迅速挥袖。袖子从老罗的脸上滑过。

　　老罗以为自己要变成刺猬了，可是待小白的袖子挥过后，只看见了漫天的桃花翩翩落下，美若仙境。

　　老罗看呆了。

　　无来还在拼命抢回那天罗伞，全然不知身后的变化。

　　小白在老罗耳边轻语道："人间有句话叫作'化干戈为玉帛'，太俗气了！不如改叫'化干戈为桃花'。你觉得呢？"

　　无来这才发现周边的变化。他一副恍然大悟的样子，说道："手里拿着一只鸡的家伙跟星将道人说白老板你命犯桃花，果然到处是桃花！难怪星将道人总说他算命准！"

　　老罗却说："我觉得还是玉帛好，这样的话我就发财了！这些桃花瓣不能吃不能穿不能换酒钱……"

　　老罗见小白脸色不太好看，转而说道："倒是挺好看的……"

　　168.

　　几年前的一个春天，老罗站在一棵桃树下。一阵风吹来，几瓣桃花飘落。

　　老罗伸出手接住落下的桃花，感叹道："真好看！"话音刚落，那桃树一震，仿佛被人踹了一脚。树上的桃花纷纷掉落。

　　老罗吓了一跳，环顾四周，却没有看到别的人。老罗再看那桃树，桃花所剩无几，地上桃花散落。

老罗以为有人故意使坏，大骂道："是哪个兔崽子！给我出来！"

169.

齐黄见漫天的长枪幻化成了桃花，气得脸色发紫。

小白对着齐黄哈哈大笑，说道："早知道你费尽心机是想送我桃花，我也就不避着你了！不过你恐怕对我有点儿误会，我跟你一样，也是公的！"

齐黄气得跳脚。

这时，一个夜行的人从桥头那边走了过来，手里提着一把短柄锄头。

小白对齐黄说："咱们今晚到此为止吧！若是让这个人看到我们变幻长枪和桃花，让这个人知道我们的存在，传出去对我们都不好。"

老罗心想，赵一楼上那个仙家不是说人们会淡忘一切吗？怎么小白担心这个人看到？

老罗一眼就认出了那个人。那人不是别人，正是挖井人天罡。

无来说道："此人长年佝偻于地下，知道许多地下的秘密，我们若是被他发现在这里大张旗鼓地斗法，他告到老妖怪那里去，咱们都吃不了兜着走！"

老罗本想喊天罡一声，打个招呼，听无来这么说，赶紧忍了下来。

天罡似乎没有看到千军万马，他径直走向齐黄，登上齐黄的马车，抬起手来，狠狠地给了齐黄一巴掌。

170.

"这点儿小事都办不好，你黄鼠狼上千年的修为有什么用！"天罡怒喝道。

老罗惊讶地看见刚才嚣张得不得了的齐黄竟然捂住了脸，低下了头，不敢还手！

"捕两个鸟仙儿，用什么枪！用簸箕就可以了！"天罡训斥道。

齐黄唯唯诺诺道："簸箕那么小，如何捕得了白老板和无来？"

老罗听到小白说了声"糟糕！"

天罡用那短柄锄头往头顶的夜空一指，说："一物降一物，捕鸟用簸箕，捕鸟仙儿也没什么不一样！"

老罗往头顶的天空看去，一只巨大的簸箕笼罩在她和小白的头顶上。她想起小时候看到过许多次天罡捕捉鸟雀设下的陷阱。天罡有时候将陷阱设在人迹罕至的山上，有时候设在他家门前晒谷的地坪里。陷阱非常简单，一个簸箕倒扣，用一根小木棍支起。簸箕下有引诱鸟雀的诱饵，小木棍用一根长线牵着。待有鸟雀飞到了簸箕下吃那诱饵，隐藏在不远处的天罡便拉动长线，小木棍倒下，簸箕扣下来，鸟雀便成了瓮中之鳖，当晚便成了天罡饭桌上的一盘菜，和小葱生姜等作料一起，散发出诱人的香味。有时候夏天天热，天罡将饭桌搬到外面吃饭。老罗经过的时候，天罡还有几次夹了一筷子的鸟雀肉给她吃。

老罗虽然嘴馋，却不忍心吃。她说："天罡叔，你把捕到的鸟雀养起来多好！"

天罡说："一物降一物！它吃我的谷，我吃它的肉。"

老罗回过神来，慌忙问小白："你的黄雀儿吃过他家的谷没有？"

小白问："你为什么这么问？"

老罗说："他特别恨吃了他家谷子的鸟雀。"

小白说："你以为他大费周章，就是为了谷子？"

老罗已然看出来了，这个齐黄的幕后操控者就是天罡。虽然她还不知道天罡为什么要插手这件事情，但他费尽心机，应该不是真的为了捕捉小白的坐骑黄雀而来。

老罗赶紧又问："刚才那些长枪你说是假的，那么天罡叔这簸箕是不是也是假的？也可以变成桃花？"

老罗心想，小白你再把它幻化成桃花就是了。

无来在旁说道："假作真时真亦假，真作假时假亦真。"

171.

老罗曾经问小白："妖术到底是真还是假？若说是假的，为什么有时候摸起来听起来看起来都是真的一般？若说是真的，那妖怪原来那些真身又去了哪里？比如说，一片树叶变成了一枚铜钱，那铜钱到底是真的还是假的？若说是假的，为什么形状、重量、色泽与真的一模一样？若说是真的，那么之前的树叶去了哪里？"

小白说："世间本来就真假难辨。能完全分出真假的，便不能存活在这世间。"

老罗不解，说："你这是敷衍我啊！"

小白又说："什么是真？什么是假？一个人去世了，但其他人瞒着你，他就还活在你的世界里。一个人不爱你了，但你以为他爱，你就还活在他爱你的世界里。一个人说要来看你，不管他是否启程，你就活在他正在赶来的世界里。你身处的世间，跟你心处的世间，是两个不一样的世界，又都是你能感知的世界。妖术便是混淆你所能感知到的两个世界，存在破绽，便是假的，以假乱真，便是真的。假作真时真亦假，真作假时假亦真。"

老罗思考片刻，将信将疑。

小白接着说道："我若是不久与你告别而去，在你的世界里，我便是借你渡劫的妖怪。我若是不顾禁忌留在你身边，在你的世界里，我便是心中有你的妖怪。"

老罗脸一红，啐道："呸！你以前那么多风流债，都是这样花言巧语欠下的吧！"

小白小声道："你看你，我就打个比方……你却当真了……"

172.

小白看着头顶巨大的簸箕，叹道："齐黄的障眼法功力不足，虽然凌厉，却有破绽，所以我能破解。这天罡区区一普通人，竟然功力如此高深，虽然简单，却让我看不出任何破绽，无从破解！"

173.

老罗看着齐黄身边的天罡，他是老罗认识了二十年的人。老罗见过他给人挖井时憨厚的样子，见过他在农田里劳作时勤劳的样子，见过他与挑担贩子讨价还价时面红耳赤的样子，见过他在翠翠面前时慈祥的样子，更曾见过他坐在牌桌前大气不敢出摸牌如烫手一般的样子。

天罡极少打牌，老罗见过几次，都是因为天罡家来了亲戚，实在差人，他才上牌桌打一回。

天罡打牌时非常紧张，打错了一次牌就会打自己一耳光，输了一次便会唉声叹气，赢了一次则给其他牌友连连道歉，好像做了什么不光彩的事情。

因为这些原因，老罗不喜欢跟天罡打牌。

有几次天罡家来了亲戚，天罡叫老罗打牌作陪。老罗都找借口推辞了。

有一次天罡叫老罗陪亲戚打牌，老罗没有答应，但她去了赵一的牌馆打了牌。

老罗打完牌回来，从天罡家门前经过的时候，天罡又夹了一筷子鸟雀的肉，要老罗尝尝味道。

老罗不吃。

天罡把那块鸟雀的肉丢在了地上，低声说道："老罗，我家的肉你不吃，我家的牌你也不打，是不是对我有什么意见？"

老罗一听，感觉不对，连忙说："天罡叔，我……"

天罡打断她的话，继续说道："你天罡叔从未得罪过什么人，跟方圆几十里所有人都关系好得很，就是做的事情脏一点儿。有些人以为我天天在地下挖土，多少有点儿见不得光的本领，见识过不属于人间的事情。要是你因为这个嫌弃你天罡叔……"

他后面的话没有说出来就开始连连摇头，一副痛惜不已的样子。

老罗客气道："哪有这样的事！天罡叔，你想多了！"

老罗没有办法说不想跟他打牌是因为他打牌时表现出来的样子。老罗觉得那样说会让天罡叔更加尴尬。

老罗想说，要是下次你叫我来，我一定来。可是这话被天罡抢了先。

天罡勉强笑了笑，说："这样的话，下次我家来了喜欢打牌的亲戚，我再叫你的话，你可一定要来。"

老罗顿时火冒三丈，大声道："什么叫一定？我喜欢什么时候打牌就什么时候打，我愿意跟谁打牌就跟谁打！"

说完，老罗转身就走了。

174.

老罗心想，难道是那时候得罪了天罡？可是那么小的事情，值得使唤齐黄他们来处处为难我吗？难道天罡跟齐黄他们一样，也是为了夺取小白的修为而来？

忽然之间，老罗觉得自己从来没有认识过这个天罡。

这个天罡周身也有小白一样的气体护身，虽然此时微风小雨，但他身上不见半点淋湿的地方，不过衣服上像往日一样有许多泥点。

天罡挥舞手中的短柄锄头，巨大的簸箕迅速盖下来。

小白的黄雀和无来的喜鹊慌乱扑棱，头和翅膀频频撞在簸箕上，每次撞上，簸箕便发出一道红色电光。每次黄雀和喜鹊被红色电光击中都悲惨鸣叫。最后黄雀和喜鹊渐渐不支，跌落在河边。黄雀和喜鹊周身的气体被破坏，羽毛被淋湿。老罗和小白无来也被雨水打湿。

簸箕越来越小，无来奋力冲撞簸箕，可是无济于事。簸箕变得小如牢笼，将他们囚禁在一起。簸箕继续变小，让他们三人和两只鸟挤在一起，无法动弹。

齐黄大喜，与几个妖怪将他们拖到了天罡面前。

小白惊讶道："你是怎么获得这么巨大的能量的？我居然都无法破解！"

老罗奚落小白道："就你这点道行，还好意思说你居然都无法破解！"

天罡笑道："你们往日里都太小看我了，以为我就是一个佝偻在地下方圆三寸的挖井人。我活在你们周围，却像一个妖怪一样让你们唯恐避之不及。"

老罗想了想，天罡在别人的心里确实有些这样的印象。

天罡一脚踢在簸箕上，说道："尤其你老罗！那么爱打牌的一个人，偏偏不打你天罡叔家的牌！"

老罗解释道："天罡叔，我真没那个意思！"

天罡怒道："事到如今，说什么都晚了！你现在知道天罡叔不是可以小瞧的人，才说这样的话！我早就想弄死你了！上次我从预言巡查人那里得知你会在雨夜从河边经过，并且会在桥边失足落水，我在那里等到半夜，等了好几个小时，没想到你居然没来！这次你怎么也逃不过了吧！哈哈哈哈！"

天罡的笑声让老罗毛骨悚然。

小白问道："原来上次老罗的劫难是因为你？她本来只是失足

落水的小劫，因为你要趁机置她于死地，才变成了致命的大劫？"

天罡得意地说："没想到吧？"

老罗叹道："没想到天罡叔你因为这点儿小事怀恨在心，竟然要我的命！"

175.

老罗看到小白长长的银发被河边的湿泥弄脏，心中惋惜。

老罗问小白道："你这些头发打理起来不容易吧？是不是七天或者半个月不好好梳洗，就会生虱子？"

小白懒懒地看了一眼自己的头发，辩解道："我的头发可从来没有长过虱子！"

无来幽幽道："死到临头了，还担心头发生虱子？"

小白愤愤道："我没有担心过！因为我的头发从不会长这种东西！绝对不会！"

老罗说："好好好，我相信。"

天罡一脚踩在小白落在地上的头发上，说道："我最讨厌你们这种道行很浅造型却搞得很夸张的妖怪！花里胡哨！不就是为了骗姑娘喜欢吗？"

老罗着急道："天罡叔，要杀要剐，我都没意见，你这样踩人家的头发，未免也太不礼貌了！"

无来说道："就是！士可杀不可辱！"

小白却赔笑道："可以辱！可以辱！天罡叔，您尽量辱！等您消气了，再放了我们！"

天罡大为意外。他以为这样会让小白愤怒，没想到小白竟然不在意！还叫他天罡叔！

小白说："天罡叔，你别客气！请尽情地侮辱我！不要有心理负担！"

齐黄实在受不了地打了一个哆嗦。

小白继续说道："天罡叔，我有个问题想问问你，你说是从预言巡查人那里知道老罗会在雨夜从河边经过，可是预言巡查人是绝不会把预言告诉别人的。你是用什么方法撬开预言巡查人的嘴的啊？"

天罡笑道："我看你也就这点儿能耐，不妨告诉你，我是用修为玉石换来的。"

老罗忙问："修为玉石是什么？"

无来在旁解释说："修为玉石是地下少见的石头。一些修为很高的妖怪渡劫失败的时候，躯体灰飞烟灭，但修为没有完全散去，于是会落在雷击过的地方，沉到泥土里面去。久而久之，那些修为会在地面以下大约三尺的地方凝结成一种晶莹剔透的石头。这种石头就叫修为玉石，可以给其他妖怪增加修为。不过这种东西极难获得。你天罡叔或许是挖井的时候发现了许多这样的修为玉石，才能修为超过许多妖怪，并且许多妖怪为他所用。"

老罗说："我以前怎么没听说过？"

无来说："铜钱能辟邪，是因为经过了万千人的手，沾了许多人气。玉器能挡煞，是因为玉石蓄气，吸收了天地精气。这种东西其实大同小异。只是修为玉石更少见。"

小白叹道："我原以为老罗这一劫是自己粗心大意造成的，没想到是因为你暗中加害。我原以为妖怪是最擅长隐藏的，原来人心才隐藏得最好！我活了这么多年，料事如神，对人心竟然毫无察觉！"

齐黄冷笑道："星将道人自称十二枚铜钱的捉妖师，却把即将渡劫的妖怪抓入他的八卦星宿镜，借此渡过危机。他的师父观云仙长斩妖除魔无数，却与一小妖生下其凉。许多人自己都不知道自己的心是怎么想的，你又如何察觉得到？"

老罗恍然大悟，说道："原来星将道人一直要我将小白送到龙湾旅店去，是他早就知道小白会遭此劫难？"

无来说道："其实小白知道星将道人的意图，只是它不愿抛下你不管。"

小白干咳一声，清了清嗓子，说："不求同年同月同日生……"

老罗呸了一口，说："你别以为这样就能感动我。"

小白继续说道："也不能今晚同年同月同日死！我好不容易积累了这么多年的修为，天都拦不住我，怎么能栽在人的手里！"

小白话刚说完，天空一道闪电乍现，接着一声炸雷，惊得所有妖怪浑身一颤。

雨大了些，淋得老罗睁开眼睛都很困难。那黄雀和喜鹊已经跟落汤鸡没有什么区别了。

天罡大笑道："死到临头了，说话还这么硬气！齐黄，把我画好的引雷符贴在他们头上，抬到我挖好的井边去！待天雷击到他们，赶紧扔到井底填埋！不久之后，我就可以拿到他们的修为玉石了！"

齐黄与几个妖怪上前来，将老罗他们连同簸箕一起抬了起来。

小白急忙扭头朝着天罡大喊："天罡叔！天罡叔！不用这么麻烦！你放了我，我给你弄修为玉石！我听从你的命令，唯您马首是瞻！"

无来鄙夷道："小白，你太没骨气了吧！"

小白说："你懂个屁！我什么时候有过骨气？"

176.

天罡没有搭理小白。

齐黄和几个妖怪将老罗他们抬到了一棵大槐树下，然后将画了奇怪符文的黄纸贴在他们的额头上。老罗听到那引雷符在额头发出轻微的噼噼啪啪的响声，仿佛烧柴火时听到的声音。额头上一阵麻酥酥的感觉。

老罗想要摇头晃掉额头上的符文，可是簸箕越来越紧，她的头可动的空间特别小，根本无法摇头。

齐黄和几个妖怪将他们吊在大槐树上。他们的脚下就是一口水井。

老罗认得这棵大槐树和这口井。每逢秋忙的时候，稻田里干活儿的农人常来这里休憩打水喝。大槐树可以遮阴，井里的水清凉可口。老罗也来喝过。

谁也不知道这口井是谁挖的，不挖在离家近的地方，却挖在这个前不着村后不着店的河边。

有人说这口井不是一般的井，它深不可测，最深的时候连通了几十里外的洞庭湖底。

也有人说这口井是妖怪渡劫的地方，曾经数次有妖怪在这里被雷击中。

那时候老罗将信将疑。就像赵一楼上的仙家说的那样，人们对许多事情将信将疑，哪怕是真的，时间一久，也会渐渐淡忘。即使以后被人提及，其他人也以为是荒诞的故事，一笑了之。

此时老罗被吊在这个水井上空，她才体会到赵一楼上的仙家说的那些话有多么真实。

妖怪靠隐藏才能安稳生活，人们靠淡忘才能安稳生活。

无来惊讶道："小白，我们之前几个朋友就是在这里渡劫失败的。我原以为是它们选错了地方，原来它们是被天罡绑在这里做成了修为玉石！"

老罗心想，传说中在这里被雷击中的妖怪应该就是无来的妖怪朋友。

小白感慨道："它们算到了劫难，也算不到人心啊！"

这时候，夜空又传来一阵阵的雷声，仿佛巨大的磨盘在天上滚动，从东边滚到西边，从南边滚到北边。闪电明灭，一会儿让老罗眼前的妖怪清晰可见，一会儿又什么都看不见。

天罡低着头，正在念着听起来含糊不清的咒语。老罗知道那是让她额头的引雷符起作用的咒语。因为她感觉到额头的符纸颤动得越来越剧烈，仿佛是一只颤动翅膀的蜻蜓栖息在她的额头上。

老罗看见众多妖怪仰起头来看着吊在大槐树上的她，眼神既恐惧又好奇，又兴奋。

她感觉自己和小白无来就像是行刑台上等着被砍头的犯人，那些妖怪就是看客。

她对小白心生愧疚，它好不容易隐忍到现在，还是要被她连累，失去所有修为，灰飞烟灭了。

老罗努力地将头扭向小白那边，说道："小白，对不起，是我连累了你。这些日子你对我的照顾，我都知道。只是平时说起来显得生分，也没什么用。"

"哪里！明明是你一直在保护我，怕我被其他仙家妖怪欺负。"小白的语气中略显疲惫。

无来在旁长叹一口气，幽怨道："唉，你们俩临死之前还腻腻歪歪。可怜我一个单身汉，孤苦伶仃，没人牵挂！"

小白像是没有听到无来的话，继续说道："老罗，人间常说一句话，生则同床，死则同穴。我们以前也算是同睡过一张床，现在这口井也算是一个穴……"

老罗怒道："白老板！你还真把我当丫鬟了啊？谁跟你同床？谁要跟你同穴？"

小白像是没有听到老罗的话，仍然自顾自地说："这段时光虽然麻烦不断，但挺快乐的。我以前几千年的时光，加起来的快乐都不及这短暂时光。"

无来突然挣扎起来，大喊道："你们生则同床死则同穴，干吗拉上我！天罡！齐黄！你们让我死我没有意见，可是我没名没分的，死在这里算什么呀？求求你们可怜可怜我，让我换个地方死吧！"

177.

天罡对无来的抱怨无动于衷，他继续专心念诵着含糊不清的咒语。夜空的闪电越来越剧烈，雷声越来越震耳。

风越来越大，呼啸如哭泣。其他妖怪被风吹得摇摇晃晃，几乎站立不住。

小白突然大喊："是什么风把你吹来了？"

老罗费力地扭头一看，其凉坐着一只巨大如牛的斑鸠从天而降。地上的妖怪们剑拔弩张，如临大敌。

其凉朝着下面的妖怪们挥手道："紧张什么呢？大家都是衣冠禽兽，同道中人！"

齐黄骂道："狗崽子别骂人！我不是衣冠禽兽，我是身上有仙家的人！"

其凉微微皱眉，点头道："哦，差点忘记了，唯独你和天罡禽兽不如。"

天罡听了，忍不住停止念咒，仰头看着其凉，指着其凉骂道："小狗崽子！大云山的人不捉你，我可以捉你！"

其凉笑道："大云山的人已经知道你通过引雷符的方式击杀妖怪，从而获得修为玉石。他们已经在来捉你的路上了！"

妖怪们一阵骚动。老罗窃喜。

齐黄恐慌地对天罡说道："这可怎么办？"

天罡笑道："从大云山到这里且要些时候，等他们到了，老罗和白老板已经魂飞魄散！你我都是凡人之躯，他们大云山的人只能以人间的方式对待我们！何况他们也要保守妖怪存在的秘密，不能将所有事情公之于众，又能拿我们怎样？"

齐黄拍掌道："对啊！"

老罗泄了气。

天罡又开始念咒语。

其凉拍了拍斑鸠的羽毛，斑鸠绕着天罡飞。

其凉绕着天罡说："天罡，刚才我也听到了。你要对付的人是老罗，是老罗不跟你打牌，不是白老板不跟你打。要不这样，你卖我一个面子，把我两位朋友放了吧。老罗你该怎么处理就怎么处理，好不好？"

天罡不胜其烦，将手中的短柄锄头挥起，朝其凉扔去。

锄头在空中飞速旋转，发出呜呜的声音，如一个旋转的车轮一般朝其凉打去。

其凉道："你也太小看我了！"

其凉伸出两手，竟然将旋转的短柄锄头接住了！

就在此时，其凉头上突然一张大网垂直落下。其凉还来不及将手里的短柄锄头扔出去，就被那张大网结结实实地网住了。

连着大网的绳索在天罡的手里。

天罡冷笑道："打狗还要看主人。我本不想跟大云山结下梁子，你非得在这里嗡嗡地聒噪！"

天罡将绳索往大槐树上一抛，绳索绕过树枝后，齐黄赶紧过去牵住，然后将其凉吊了起来。

其凉和斑鸠被网在一起。

其凉蜷缩着身子给老罗道歉："老罗，不好意思，我知道天罡不会放过你才那么说的。"

小白叹道："其凉，你跑来做什么！你这不是自投罗网吗？"

其凉道："我就是来自投罗网的。"

无来嚷道："你脑子是不是坏了？不去帮我们搬救兵，跑来自投罗网？"

其凉小声道："我这就是给你们搬救兵啊！我若是去大云山求助，大云山的人会来救你们这两个妖怪吗？想都别想！只有我被捉起来了，大云山才会出手相助！"

小白仰头看了看天上闪烁不断的雷电，说道："恐怕是等不到大云山的来，我们就被雷电烤成焦炭了！"

这时，老罗感觉到额头的引雷符颤动得更加剧烈。天罡突然停止了念咒语，大喝一声："着！"

哧的一声响，老罗额头上的引雷符在雨中燃烧起来。

她慌忙大喊："天罡叔！你要是烧到我的头发了！我跟你没完！我做鬼也不会放过你！"

齐黄嘿嘿一笑，说道："老罗，这天雷下来，你魂飞魄散，怕是连鬼也做不了啦！"

小白和无来额头的引雷符也已经燃烧起来。

此时最远的天边出现了一条闪电。那闪电没有像刚才那些闪电一样亮过之后随即熄灭，而是像摔落在地上的瓷器上面的一条裂纹，迅速向前延伸，往老罗这边过来了。

天仿佛要碎掉了。

"让小看我的人都去死吧！"天罡怒目大喊。他的脸青筋暴起，也仿佛要碎掉了。

闪电到了天罡头顶的天空上，忽然分成了三个岔，分别朝三个燃烧的引雷符降落。

轰——

老罗听到一声巨响，看到自己周身起了一层强烈的光芒，仿佛浑身被点燃了一样。

齐黄和其他妖怪抬起手来遮挡眼睛。天罡一脸狞笑，眼睛如同被点燃了一样，里面全是火焰。

簸箕被雷火炸裂，老罗和小白无来从树上往水井坠落。

坠落的速度比老罗想象中的要慢太多，就像是一朵桃花从枝头坠落时被风托着一样缓慢。她在下坠的时候看到小白和无来被雷火烧得浑身漆黑如炭，那黄雀和喜鹊冒着白烟。

小白……对不起……老罗心里念道。

178.

老罗和小白无来先后落入水井中，溅起的水花又打在老罗的脸上。

躺在水中的老罗看到还吊在树上的其凉浑身长出赤红色的毛，他看着下坠的老罗他们，恐惧的脸渐渐拉长，牙齿变得尖锐，鼻子往前突出，很快变成了一条狗……不，变成了一只狐狸的模样！狐狸的嘴比狗要尖瘦一些，这点区别老罗还是能看出来的。

原来其凉是狐不是狗！老罗大为惊讶，一时之间竟然忘记了自己的处境。

她听到齐黄大喊："天哪，其凉居然是条红色的狗！"

她又听到天罡骂道："蠢货！这是只红狐！"

应该是刚才的雷电让近在咫尺的其凉吓回了原形。老罗心想。接着，老罗的好奇心转移到了自己身上。

她的背部感到了一股温柔却强劲的推力。这股推力使得她没有沉入水面以下，仍然漂在水上。

"住手！"

老罗听到有人大喊。

老罗侧头一看，星将道人来到了水井边上。他袖口的祥云白鹤在夜色中依然那么显眼。

她又赶紧往左右两边看，小白和无来及黄雀喜鹊不见了踪影。水面上漂着几根烧焦的鸟雀羽毛。

她心中一慌。小白无来已经沉到下面去了吗？

她想要翻身，却浑身无力，只能努力扭头去看水下。

一条巨大的白里透红的鱼尾迅速在她身下隐没，许多泡泡从水底冒了上来，一串串的，如同珠帘。

是鲤鱼精？老罗脑海闪过这个念头。

她怎么到这个水井里来了？莫非这个水井不但通着洞庭湖底，也连着旁边的河？老罗无法确定。

星将道人往井里看了老罗一眼。老罗发现星将道人的目光里掠过一丝惊讶。

是我被雷击中的样子太丑了吗？面色焦黑？头发爆炸？那是够吓人的。我居然被雷击中还没有立即死去！老罗一动不动地胡思乱想。

老罗听到齐黄哈哈大笑。

"你就是大云山来的救兵吗？"齐黄讥讽道。

"正是！"星将道人不亢不卑地回答。

老罗看到变成了狐狸模样的其凉眼里满是失望。

星将道人抬头看了看其凉，似乎也感受到了其凉的失望。星将道人勉强一笑，说道："我就是大云山派来守护你们的人。大云山素来以除妖驱邪闻名，怎么可以在人的手里解救妖怪？正因为此，你的父亲观云仙长故意驱逐我下山来，以大云山被逐弟子的名义保护你和其他善良的妖怪。这样的话，既可以维护大云山的名誉，又能保护你们周全。"

老罗看到其凉的眼睛睁大了，里面满是惊讶。

星将道人低头叹道："可惜我没想到，我在大云山学了这么多年的捉妖术，最后要对付的不是妖怪，而是人。"

179.

星将道人第一次来到龙湾旅店的时候，老板就问他："你到底是来捉拿妖怪的，还是来保护妖怪的？"

星将道人惊讶不已，问道："老板，你说这话是什么意思？"

老板反身去了柜台，在柜台下摸索了许久，抱出一条跟他一样老的狗来。

星将道人看了看狗，问道："这是……"

老板摆摆手，说："再等一下。"

老板又佝偻到了柜台下，又摸索了许久，终于捧着一本泛黄的线装书放在了柜台上。书的封面上写着"鉴妖师指南"几个工整的毛笔字。

老板随手翻开一页，最上面一行写着"酒妖"两个大字，下面写着许多行小字。

星将道人看到"酒妖"二字，心中已经发慌。

老板倚靠在柜台上，不紧不慢地说道："七百年前，京城郊外一酿酒作坊有妖作祟，大云山遣人前往，发现此妖竟是酒气凝结而成，是为酒妖。酒妖为了修炼，竟然喝掉了酿酒作坊所有的酒，换以泉水掩人耳目。酒妖见事情败露，竟然不远千里，逃到了大云山附近。此妖就在大云山的耳鼻之下，却被大云山的人忽略，竟然安然度过了六百多年！"

老板舔了舔干裂的嘴唇，继续说道："无酒可喝的酒妖实力大减，终于按捺不住，化身为一女子，潜入一医馆，假称生病，需以酒为药引治病。那日主医不在，看护医馆的是一位年轻伙计。伙计问，喝酒伤身，哪有以酒治病的？再说了，开药需要主医对症下药，哪有病人自己开药的？酒妖说，我得的是相思病，只有酩酊之时快乐。伙计见那酒妖生得好看，竟然买了酒来给她喝。从那之后，酒妖借住在医馆，以药香遮盖酒气，天天让伙计给她买酒，常常酩酊大醉。酒妖常常让伙计作陪，伙计怕酒妖败露，滴酒不沾。"

星将道人眼眶湿润。

老板瞥了他一眼，翻了一页，继续说道："伙计渐渐知道酒妖底细，却不言明。终有一日，酒妖说，两年来日日饮酒，甚为欢乐。不久天劫就要来临，我怕是躲不过去了。酒妖宽衣解带，露出手臂之处几道伤痕，伤痕甚重，肉中见骨。伙计不寒而栗。酒妖又说，你们人间常骂人为酒色之徒。我多年修炼，离修得人身还差了一点点，这手臂总是愈合不了。如今想来，恐怕是因为只是酒之徒，不是色之徒的缘故。你可否助我一臂之力？"

星将道人落下泪来。

180.

"你别说了。"星将道人说道。泪水滴落在那泛黄的书页上。

老板继续念道："是夜，雷雨大作，大云山一棵数百年的古树被击倒。次日晴空万里，惠风和畅。伙计揭开被子，偷看酒妖的手臂，手臂仍然没有愈合。他问酒妖，我可以帮你渡劫吗？酒妖说，你又不是妖怪，怎么帮得了我？他问，我如何才能成为一个妖怪？酒妖哈哈大笑，说，去大云山。山上的人都是妖怪。他问，为何大云山上的人都是妖怪？酒妖说，食色性也。是个人，就有食欲和色欲。他们控制食欲，抑制色欲，人性丢失，岂不是妖怪？他问，可你是妖怪，酒色皆沾了，也不见修成人身。酒妖说，你真是笨！"

星将道人央求道："别说了……"

老板合上了书，抬起头来看他，说道："后来酒妖渡劫失败，消失不见。你上了大云山学艺，后来被师父逐出山门。你现在说来我这里住店是为了捉妖，你说我信还是不信？"

181.

井水清凉，老罗感觉井水如无数条舌头在舔舐被雷烤焦的地方。

老罗听到天罡大声道："星将道人，你今天若是不插手此事，明天我送你一坛好酒！"

星将道人问："你不酿酒，哪来的好酒？"

天罡大声道："说来话长，许多年前有一酒妖来过我这里，找我讨要修为玉石，说是为了抵御即将来临的劫难。我敬她一杯酒，她却不喝，说什么医馆里的酒才好喝。她自恃美貌过人，竟然在我面前端着架子！我一怒之下，将她吊在此树上，引雷来将她打得魂飞魄散！她留下的修为玉石不一般，晶莹剔透，略带粉色，散发一股淡淡酒香，闻之即醉。泡在水中，水便变成酒，喝了这种酒，世间所有酒都为之逊色！我送你一坛！你尝尝就知道了！"

星将道人大怒，掏出八卦星宿镜来，奋力朝天罡扔去，然后跃身而起，往天罡扑去。

躺在井水上的老罗听到叫喊声、金属碰撞声混成一片。

不一会儿，星将道人飞到了老罗看得见的上空，落在了水井里。

老罗看到星将道人衣衫褴褛、口鼻流血地仰躺在她旁边，渐渐往水底沉了下去。

天罡走到了水井边，笑道："十二枚铜钱的捉妖师，也只能捉妖而已。可我是人，你能拿我怎么办呢？"

天罡一扬手。老罗看到八卦星宿镜从他手里飞了出来，咕咚一声，紧随星将道人沉入井底。

其凉在网中拼命挣扎号叫，试图从网中挣脱出来，可是白费力气。

天罡见老罗还没沉下去，眉头皱起，将齐黄扯了过来，问道："她怎么还没有沉下去？"

齐黄挠头道："莫非她会游泳？"

天罡随即拿起短柄锄头，向老罗投掷而来。

老罗大惊，看着那短柄锄头往她的脑袋砸来，却没有一丝力气躲避。

这时，一个身影从水中跃出，水花四溅。

待水花落下，老罗惊喜地看到小白脚踏黄雀，单手抓住了那短柄锄头。它依然银发飘扬，衣不沾雨。

天罡和齐黄大为惊讶，一时之间吓得连连后退。

小白长叹一口气，说道："天罡叔，你这样就不道义了啊！我浪费了一千年的修为抵御雷击，本想装死，等你们走后偷偷溜走。你却杀了星将道人，还要伤老罗！"

小白低下头来，对着老罗说道："你好心办了坏事，让我逃跑的计划落了空。"

老罗知道小白说的是她身后的鲤鱼精。

老罗气不打一处来，大声道："装死逃命？亏你想得出来！小白你也太窝囊了！"

井水又哗哗响起。

无来骑着喜鹊从水里钻了出来。喜鹊抖了抖身子，身上的水都滚落下来。这喜鹊黑多白少，这一抖，仿佛它是一朵乌云，滚落的水就是一场暴雨。

老罗被这场暴雨砸得脸上生疼，如被打了耳光一般。

小白回头对无来说："你能不能秀气点儿？把老罗淋坏了可怎么办？"说完，小白又一次挥袖，井水将老罗再次托起，将老罗送到了黄雀上，与小白并立。

老罗低头看了看下面，脑袋一阵眩晕，两脚发软。

老罗抱住黄雀的脖子，说道："我还是坐着吧，这么高，我有点儿怕。"老罗小心翼翼地坐了下来。

182.

老罗坐下之后发现更不舒服。因为小白的银发总是打到她的脸上。可她又不敢再站起来，只好不断地拨开小白的头发。

她低头看了看下面的水井，一条巨大的鲤鱼摇了摇尾巴，仿佛在跟她招手，然后下到深处去了。

小白对着天罡说道："天罡，我本不想插手人间的事情。可是你把星将道人杀了，我只能叫你一命抵一命。"

齐黄在天罡身边叫嚣道："你算个什么东西！有多少道行！敢叫天罡一命抵一命？"

小白一挥手，一缕银发如蛇逶迤而行，直奔齐黄而去。

几个妖怪想要挡住齐黄，银发如蛇摆尾，将它们抽翻在地。齐黄想要躲避，却已来不及。

银发束住了齐黄的脖子，竟然如手臂一般有力地将齐黄拎了起来。齐黄双脚悬了空，胡乱踢踏。

小白狠狠道："小小黄鼠狼，我让你三分，是可怜你几百年修来不容易，我躲你多次，是怕我控制不住自己毁了你！"

齐黄两只眼睛几乎要从眼眶里蹦出来，脸色涨紫，青筋暴起，可是喉咙被小白的头发勒住，说不出话来。

天罡见齐黄命在旦夕，大喊道："谁杀了白老板，我赏六百年修为玉石！"

众多妖怪向小白冲来。

老罗正想着这些妖怪怎么对付空中的小白，只见后面的妖怪踩着前面的妖怪的肩膀，再后面的妖怪又踩在前面的妖怪的肩膀上，如此叠罗汉一般站了起来。有些来不及踩到其他妖怪肩膀上的妖怪生怕悬赏被抢了，急忙将手中的武器投向小白。

很快就有妖怪伸手几乎够到老罗的脚了。老罗吓得大叫。小白一甩头，银发飞速旋转，将靠近的妖怪纷纷打落。妖怪的惨叫声此起彼伏，不绝于耳。

无来骑着喜鹊在叠起来的妖怪中飞来撞去，高处的妖怪不断跌落下来，落在地上或者水中。

这时候一阵旋风出现在妖怪之中，吹得几个叠起来的妖怪站立不稳，失足掉下。

老罗看到了那阵旋风，兴奋道："小白！风也在帮我们呢！是不是天意不让我们死？"

小白说："你可真笨！那是你的父亲！"

老罗一惊。

小白说："你的父亲虽然渡劫失败，但毕竟积累了那么多年的修为，没有完全消散。他化成了一阵风，经常在你周围出现。只是你没有注意而已。"

183.

老罗记得，许多次夜晚起风，门窗响动，老罗的妈妈爬了起来，匆匆忙忙地走到老罗的房间问她："是不是你爸爸回来了？"

老罗这个时候往往睡得迷迷瞪瞪。她难过却又不耐烦地说："妈，不是。"

她的妈妈迟疑地"哦"一声，然后慢慢吞吞地回到自己的房间。

老罗出门打牌的时候经常会被风吹到脸，仿佛一只手在脸上抚过。她觉得那都是错觉。

184.

在小白说那风就是她父亲的时候，她的鼻子突然一酸，几乎没有丝毫停顿，眼泪不受控制般地从她的眼眶滚落，一颗一颗，砸在黄雀脖子上，没入金黄的羽翼里。

就在那一瞬间，她明白了此前经历过的所有风的意义。父亲并没有离开她们。他一直在她们身边，看着她们，守护她们。

那阵旋风起到的作用微乎其微，它吹倒的几个妖怪在众多妖怪中几乎可以忽略。甚至妖怪们都没把那阵风当作一回事。但它依然那么努力地在妖怪中游移盘旋。

小白望着那阵风，朗声半念半唱道："大风起兮云飞扬！"才唱一句，小白就已经热泪盈眶，哽咽得不能成声。

老罗见小白这样，心中觉得奇怪，不知道是什么触动了它。

小白深吸了一口气，平复了一下情绪，对老罗说："老罗，你是人情味儿很浓的人，你也是道行很浅的仙家。你跟我们不一样，你跟我们也没有什么不一样。"

老罗茫然问道："你说这个做什么？"

小白说："你不要纠结于自己是人还是妖怪。人有时候是妖怪，妖怪有时候是人。"

老罗莞尔一笑，说："谢谢你，小白！"

小白说："不，我应该谢谢你。"

老罗意外道："你谢我做什么？"

小白说："是你让我开悟了。以前我以为人就是人，妖怪就是妖怪，所以建立荆棘组织，将妖怪和人区别开来，井水不犯河水。以前我认为所有的一切都是命中注定，没有必要改变，将预言告诉预言巡查者，避免有人逆天改命。以前我不理解你的父亲，为什么两千年的修为置之不顾，要变成隐匿在芸芸人海中普普通通的人。现在我明白了，是人是妖怪不重要，重要的是你喜不喜欢。活一百年活一千年不重要，重要的是你有没有值得记忆的事情。"

185.

天罡见众多妖怪都近不了小白的身，怒道："藏得够深啊，白老板！你这不止一千年的修为吧！"

这时远处响起狗吠声。

老罗循着狗吠声望去，只见旅店老板骑着他那条老狗过来了。那老狗居然变得像马一样大，旅店老板嘴里不停地"去去"地驱赶老狗往前走。

雨小了许多，旅店老板和他的狗周身也有一层气体裹身，身上没有打湿一点儿。旅店老板手里托着一本书，那书上也没有半点儿水渍。书上写着"鉴妖师指南"五个毛笔字。

那老狗非常会选路走，在众多混乱的妖怪中穿行，却没有让任何妖怪碰到或者从高处落下的妖怪砸到。

"住手！"旅店老板忽然大喊一声。

那些妖怪竟然立即安静了下来，爬到高处的妖怪急忙从别的妖怪肩膀上滑下。

老罗已经见识过旅店老板在龙湾街时让众多妖怪退回房间的威风，此时见潮水一般汹涌而来的妖怪竟然也怕他，仍然惊讶得很。

旅店老板扬起手中的书，厉声道："你们每一个都在我这里记录在册！我让你们留在这里，是让你们好好隐藏自己的，不是让你们打打杀杀的！"

天罡不满道："那白老板到底是什么来头？"

旅店老板翻开书的第一页，说道："它的记录在书的第一页，老妖怪，不知年岁，不知来处，坐骑黄雀，既知过去，预言未来，荆棘组织创建者。符文不伤，雷击不灭。"

天罡脸上露出恐惧之色，指着小白，慌乱道："它它它……它是老妖怪？"

旅店老板合上书，微微颔首。

天罡惊恐道："你你你……你凭什么判断它就是第一页的老妖怪？"

旅店老板说道："我是隐藏在这里的鉴妖师，但凡是妖怪，没有我认不出来的。"

天罡道："你一定是老糊涂了！荆棘的大头目不是赵一楼上那位吗？怎么会是它？"

老罗也有这样的疑问，所以刚才小白说什么建立荆棘组织，她以为小白被雨水淋得发烧，烧坏脑子了。

旅店老板说道："那位是荆棘的左护法，与杭杭组成左右护法。就是左右护法它们自己也不知道大头目到底是谁。杭杭触犯荆棘禁条五千九百多回，现在已经不属于荆棘的正式成员，只保留了右护法的名号。"

旅店老板铿锵有力地说道："更重要的是，你引来了雷击，但它毫发不伤，还护住了老罗和无来。世间能抵御雷击的妖怪，唯有老妖怪！"

其他妖怪听到这话，赶紧丢了武器，朝着小白跪拜。

小白的银发松了齐黄的脖子，齐黄急促呼吸，赶紧也跪了下来。

天罡抓住齐黄的衣领，将他拉了起来，吼道："我们是人！不是妖怪！我们不用向他跪拜！"

齐黄惊慌道："可是……可是它是传说中的……老妖怪啊！"

天罡嘴角抽动，露出诡异的笑，说道："齐黄，我们不怕它，它就奈何不了我们！"

天罡的手往腰间一摸，然后张开手掌。掌心出现了一小堆黄豆大小、晶莹剔透的石头。

旅店老板见了脸色也为之一变，诧异道："你居然有这么多高品质的修为玉石！"

天罡得意道："我这玉石加起来有不止一万年的修为！就算你是老妖怪，我也不怕你！"

说完，天罡将那些玉石撒了出去。不可胜数的玉石变成了无数道颜色各异的光在空中飞舞。

一时之间，老罗以为自己看到了能发出各种颜色光芒的萤火虫。

"受死吧！"天罡大喊。

颜色各异的光仿佛听到了命令，全部往小白飞了过来。

小白的银发立即聚集在黄雀的前面，变成了如盾牌一般的形状。无数道的光穿过了小白的银发，继续朝小白飞来。

小白急忙一挥手，将老罗甩到了无来的喜鹊上。

老罗回头看时，只见无数道色彩艳丽的光仿佛彩虹一般从小白的身躯中穿过，从小白身后透了出来。小白一脸惊讶地看着自己的胸膛，似乎不相信眼前看到的景象。

接着，老罗看到小白的银发末端开始变黑，黑色迅速蔓延，越来越多。只是眨眼之间，小白的头发都变成了黑色。变成黑色的头发不再飘扬，它们耷拉了下来，像是冬季枯了的野草。

小白身子渐渐后倾，终于支撑不住，从黄雀的身上滑了下来。

跪在地上的妖怪们抬头看到了小白被击败，惊恐之下急忙掉了头朝着天罡跪拜。

天罡张开双臂，高昂着头享受众妖的膜拜。每个跪拜的妖怪身上都出现了一道或明或暗、颜色不一的光。光线都往天罡身上聚集，进入天罡的身体。

旅店老板呼喊道："不要朝它跪拜！它会吸走你们的修为！"

天罡振臂高呼："我才是最厉害的妖怪，我才是你们值得尊敬值得恐惧的王！"

186.

老罗曾问小白："你们妖怪为什么可以通过让别的妖怪认输而夺取它的实力？"

小白说："还不是跟你们人学的？"

老罗惊讶道："我不曾见过人夺人的实力。"

小白说："人跟人本没有什么区别，是他到了那个位置，受人追捧，他才显得高于常人，与众不同。也有人从高处跌落，虎落平阳被犬欺，受人欺负，他才显得低人一等，不受重视。"

老罗说："这不算是夺取了别人的实力吧？"

小白说："你说得对。相信自己的人是不会被夺取实力的。身在高处的时候不听花言巧语，不欺负弱小；身处困境的时候不低下头颅，不仰视他人。他便不在此中。但是有的人得意之时睥睨一切，看不起失意的人；失意之时唯唯诺诺，仰视得意的人。这种人往往没有什么实力，全靠别人给，也会被别人夺。"

老罗"啧"了一声，说："你们就不能多学学好人少学学不好的人吗？"

小白笑了起来，说："按我们的说法，物以类聚。按你们的说法，人以群分。不是想不想学什么样的人，是什么样的妖怪就学什么样的人。"

老罗问："那你是什么样的妖怪？"

小白不无得意地说："我是不会夺取也不会被夺取的妖怪。"

老罗揶揄道："是是是，你不会夺取，因为你道行太浅，只有被夺取的份儿！你不会被夺取，因为你老躲在我这里，不敢显露自己！"那时候，老罗刚刚躲过掉入河中的劫难，身体尚未恢复。她对小白还不够了解。

小白也不生气，应承道："对对对，你说得对！前天你梦魇的时候，要不是你经得住恐吓，我就被那个到你床边来的人影发现了。那可就完蛋了！"

老罗说："那个人影到底是什么？"

小白犹豫了一会儿，说："我不知道。它的真身没有出现，我不知道它到底是人还是妖怪。是人的话，也不会是一般的人。"

老罗恼道："你怎么都不知道？"

小白说："反正呢，它肯定是盯上你了，甚至在那河边守了好久。"

老罗心中一凉，问道："为什么它会盯上我？"

小白说："因为它知道你会掉入河里。或者说，它想让你掉入河里。不然它不会找到这里来问你的。至于它到底是什么来路，我真的不知道。"

187.
看着众多妖怪跪拜天罡，老罗脑海里想起了小白曾经说的话，这才后知后觉地恍然大悟！原来那个人影就是天罡！天罡怕她认出来，所以不敢露出真面目！

老罗顿时怒从心头起，恶向胆边生。她不怕高了，她从黄雀身上站了起来，朝着天罡大骂道："你这个卑鄙小人！你让我鬼压床好几次！害得我在床上躺了好几天！七天没有摸麻将！七天没有打骨牌！手也痒心也痒！像百爪挠心！像蚂蚁爬身！你这个遭天谴的！你害得我好惨哪！"

跪拜的妖怪们见老罗破口大骂，纷纷抬起头来看。老罗从黄雀身上朝着天罡一跃而下。

天罡见老罗一副要拼命的架势朝他扑来，吓得赶紧往边上躲。光线因此断开。

老罗从黄雀身上落下的时候，风突然大了许多。这阵风奇怪得很，不是从东往西刮，不是从南往北刮，也不是旋转，却是从下面往上面刮，在老罗下落的过程中有一股将老罗往上托的力量。等到落在天罡刚刚站过的位置时，老罗站得稳稳当当。

老罗小声道："谢谢你，爸爸！"

见老罗从高处飘逸地降落下来，跪拜的妖怪们大吃一惊。一个妖怪怯怯地小声道："老罗跟仙女下凡似的！"

接着，老罗一巴掌打在了天罡的脸上，发出响亮的声音。

另一个妖怪怯怯地小声说："显然不是仙女。没见过仙女打人耳光这么狠的！"

天罡也被老罗落地的姿势惊呆了，没提防她会这么快就扇他一耳光。

天罡捂住了脸，惊道："你……你……你刚才……是怎么回事？"

老罗"哼"了一声，说："有什么好奇怪的？你我没有什么区别。你是人变成的妖怪，我是妖怪变成的人。"

188.

天罡眼睛里充满了疑惑。他上下打量老罗，仿佛第一次看到她一般。

"你是妖怪变成的人？"天罡问道。

老罗打天罡耳光的那只手火辣辣的，像是捏过剁碎的辣椒一样。她甩了甩手，仿佛那样可以把火辣辣的感觉甩掉。

老罗说："你不知道吧？从小我就被我妈妈拿出来跟别人家的孩子比，总觉得人家的孩子比我好。那时候我烦死了她。现在我才知道，她是怕我长成妖怪的样子。她知道我是妖怪，但我自己不知道。她总说人家的孩子乖，人家的孩子优秀，人家的孩子走路秀气，人家的孩子眼睛鼻子嘴巴头发都好看！以前我不理解她为什么喜欢别人家的孩子，不喜欢我，现在我知道了，她是希望我长成一个人该有的样子，就像那些妖怪模仿人的样子走路说话，最后修得人身一样。"

天罡拧眉道："你妈妈知道你是妖怪？我怎么从来不见你妈妈透露过？"

老罗说："毕竟我道行很浅，她要帮我掩饰，护我周全！哪像你！出卖自己的女儿翠翠，只为消灭我身上的仙家！你还有没有人性！"

旅店老板的狗朝着天罡狂吠了两声。

天罡见那狗朝他吠叫，大怒道："狗眼瞧人低！你也看不起我！"

天罡就地扯了一根狗尾巴草，在手里一晃，变成了一支狼牙棒。

天罡将那狼牙棒挥舞得呼呼响，然后朝那狗打去。旅店老板急忙牵狗后撤。

老罗顾不上旅店老板，她往河边看去，小白躺在那里，黑色的头发如水草一般缠绕在它身上。她急忙奔跑过去，扶着小白坐起来。许多修为玉石散落在小白身边，闪烁着不同的光芒。光芒渐渐变暗，最后熄灭，仿佛被人捉住之后死去的萤火虫。那些修为玉石变成了河边一颗颗普通的石头。

老罗感觉到小白浑身发烫。"你怎么样？"老罗问道。

"他这一下打掉了我好多年的修为。"小白侧头看了看变黑的头发，虚弱地说。

老罗说："好多老了的人还把白了的头发染黑呢。你这么大年纪了，就当染了头发吧。"

小白说："你觉得我老？"

老罗说："物老成怪，你不止是怪，你还是老妖怪。你说你老不老？"

小白说："真是伤心，你都觉得我老了。"

天罡挥舞了几次狼牙棒，都没有打到旅店老板的狗。他回头一看，见老罗正扶着小白，于是向老罗奔来，举起狼牙棒朝老罗的脑袋打来。

小白大喊："快躲开！"

老罗感觉到脑后一阵凉意，眼前无数鸡毛飘落。

老罗回头，看见鸡仙家站在她身后。鸡仙家一手托着鸡，一手抓着满是尖刺的狼牙棒。鸡仙家的手已是鲜血淋漓。

天罡愤怒地看着鸡仙家，喝道："你怎么也来凑热闹！"

齐黄跟了上来，附和道："不知好歹的家伙！杀了他的鸡炖汤喝！"

鸡仙家眼前无数鸡毛飞舞。他对着其中一根鸡毛用力一吹，鸡毛如射出的箭直奔齐黄的面门而去，扎在了齐黄的眉毛中间。

齐黄直挺挺地往后仰，倒在了地上。他的眼睛看着眉毛中间的鸡毛，不再眨一下。他的脸本就消瘦，此时却变得更为消瘦，脸颊凹陷，眼窝也凹陷，眼珠显得更为突出。脸上的皮肤本来就比一般人要黄，此时变得更为暗黄，枯叶一般。

其他妖怪都被鸡仙家这一下吓住了。

鸡仙家手中的鸡拍翅飞起，咯咯咯地叫。鸡再落到他手里的时候，他竟然换了一身衣裳！

他头戴朝冠，朝冠后面有两翅，两翅各绣着一枚灿黄的铜钱。他身穿红袍，红袍上也绣着许多灿黄的铜钱，金光闪闪。这副装扮跟民间常见的财神爷的模样有几分相似，也有几分区别。最有区别的地方是他仍然戴着墨镜。

众多妖怪发出惊叹声。

有妖怪窃窃道："原来他是早就有庙宇的招财仙家！"

有妖怪回应道："不换这身衣裳还真看不出来！"

金光闪闪的鸡仙家推了推鼻梁上的墨镜，叹道："活了这么多年，我倒成了这身皮子的附庸了！"

众多妖怪慌忙又朝鸡仙家跪拜。

老罗听到小白鄙夷地说："满身铜臭味儿！"

老罗说："你懂个屁！满身铜臭味儿可比人情味儿受欢迎！"

鸡仙家往死去的齐黄那边看了看，淡淡道："老子有庙的时候，这黄鼠狼还来求过财呢。这么多年了，竟然还经不住一根鸡毛！"

鸡仙家扫视所有妖怪，冷冷道："你们之中曾经来我庙中求过我的，我都记得！没来求过的，多多少少也听说过我的名声！今晚谁跟我翻脸，下场就跟这只黄鼠狼一样！"

妖怪们立即鸦雀无声。

鸡仙家目光转回到天罡身上。

天罡浑身一颤，恐惧道："我跟你没有什么过节吧？"

鸡仙家放开了天罡的狼牙棒，说道："我曾经给一个人算了一命，说他能活到一百岁。我声名在外，招财和算命都是一流。你现在就把他杀了，害得人人以为我算不准。你说说看……这算不算过节？"

189.

天罡颤抖道："人各有命，都是天意，你又怎么会次次算到？"

鸡仙家用那只鲜血淋漓的手抓住天罡，大吼道："我若是给人算了命，命长的话，就要确保他能平安活到那个岁数。我若是给人算了财运，财运好的话，就要确保他能在说好的时间里财源滚滚。这是我确保的天意！这是我算命和招财一流的原因！"

鸡仙家将鸡扔出，鸡扑腾翅膀，掉落许多鸡毛。鸡仙家深吸一口气，然后猛地吹出来。

空中的鸡毛如万箭齐发，整齐地向天罡射去！

鸡毛的尖儿扎进了天罡的身体，羽毛都留在外面。天罡顿时变成了一个鸡毛掸子。

小白捂住了眼睛，却从指缝里往天罡那边看。"太狠了吧！"小白说。

无来坐着喜鹊飞了下来，无来一落地，喜鹊就变回了正常大小，飞到树枝上去了。

无来走到小白身后，说道："你当年可比鸡仙家下手狠多了！"

老罗一愣，问无来道："小白当年怎么了？"

无来长叹一口气，摇头道："不说了不说了，现在躲在姑娘脚下安度晚年，早不是当年的白老板了。"

小白着急道："什么叫安度晚年？按我的生命长度来算，我现在才二十岁出头！"

无来看了看周边的石头，点头道："对，对，我差点忘了，你刚才又吸收了这么多修为玉石的修为，怕是再渡一百个雷劫都没有关系！"

老罗迷惑道："这些玉石的修为都被你吸收了？我还以为你被打败了！"

无来道："它每次吸收了外界的实力，就会浑身发烫。"

老罗狠捶小白，生气道："原来你每次都是装病！"

小白经不住她这样捶打，疼得龇牙咧嘴。

无来接着说："但是吸收之后就会大病一场，脆弱得像个刚出生的孩子。"

老罗赶紧揉刚刚打过的地方，连连说抱歉。

小白一把抓过老罗揉他的手，眼睛盯着老罗的脸。老罗被它看得不自在，侧了脸躲避。

小白说："转过来让我再看看吧。"

老罗仍然侧着脸，说："有什么好看的！"

小白说："我这次完全暴露了，恐怕不能再留在这里了。你让我再仔仔细细看一看，好让我在以后漫长的岁月里，尽量久地记住你的样子。"

老罗心中一酸，缓缓转过头来。她从小白的眼睛里看到了自己。她早就想过小白迟早有一天会离开她，但是此时小白说出这样的话来，她还是不太相信。

"你什么时候走？"老罗问道。

说出这句话的时候，老罗的泪水抑制不住地流了出来。

小白说："听起来像是要催我走一样。"

老罗抹了一把泪水，说："是啊，希望你早点走。"

小白说："说这话真伤心。"

老罗说："星将道人第一次来找我的时候，我就应该让你走的。"

小白眼神悲伤地说："你这么讨厌我？"

老罗说："是啊，那时候就把你送走的话，现在就不会舍不得让你走。"

小白嘴角一弯。

无来双手抱臂，打了一个冷战，说道："这话甜得我牙齿受不了！你们俩为什么总要折磨我？对了，其凉还在树上，我去把其凉取下来。"

无来爬上大槐树，去解困住其凉的网。

这时，杭杭和一道人影飞奔而来，那人影是赵一楼上的仙家。他们俩身后跟着三个半人高的老头。

杭杭和赵一楼上的仙家拱手齐声道："左右护法来迟！请仙尊降罪！"

鸡仙家见状也赶紧拱手作揖。

小白在老罗的搀扶下站了起来，摆手道："不知者不罪。以后你们看到我，一定要假装不认识我！不然我怎么隐藏起来啊！"

浑身鸡毛的天罡突然大笑起来。

旅店老板一惊，说道："他居然还没死！"

天罡大笑道："原来再厉害的妖怪也害怕世间的人知道它的存在！我倒想起一句话来，任凭妖怪有多少有多强大有多厉害，这句话说出来，它们都会消失得无影无踪！"

鸡仙家问："什么话？"

天罡一字一顿地说道："见怪不怪！其怪自败！"

此话一出，夜空再次电闪雷鸣。雨骤然倾盆而下！

老罗的视线迅速变得模糊，眼前的妖怪全被雨水遮住了。紧接着，老罗发现身边的小白也被雨水掩盖，如同浸入了河水之中。她的眼前只剩下了瀑布一样的雨水。

接着，雨水声忽然没有了，眼前的雨水变成了秋季清晨的浓雾。到处都是白茫茫一片。除了白茫茫的雾，老罗看不见其他。整个世界似乎只剩下了她一个人。她搀着的小白的胳膊也没有了。

"小白！小白！"老罗恐惧地大喊。

186.

"老罗，你喊什么呢？是不是做噩梦了？"老罗妈妈的声音传来。老罗双手乱抓，一下抓住了她妈妈的胳膊。

她发现自己坐在家里的床上，床是自己睡了十多年的床。

"妈，小白呢？"老罗惊慌失措地往左脚上摸。

"什么小白？"老罗的妈妈温和地问道。

"就是……就是帮我喝了豆腐脑的小白啊！"老罗一时之间不知道该怎么形容小白。

老罗的妈妈问："什么时候喝的豆腐脑？"

老罗惊问道："你都忘了吗？你喝豆腐脑中了毒，我叫医生来给你……"

老罗的妈妈笑道："傻孩子，我什么时候中了毒？你是在梦里还没有醒过来吧？要不，你再眯一会儿？"

老罗紧张道："妈，齐黄你知道吧？天罡叔回来了吗？"

老罗的妈妈说："齐黄？不是你的牌友吗？天罡叔又怎么了？我早上还碰到他了，他拿着一把短柄锄头去给董家庄的人挖井。他还问起你了。"

老罗更紧张了，问道："他问我什么了？"

老罗的妈妈说："他说每次叫你打牌你都不答应，还问下回家里来了亲戚，能不能找你借一副骨牌。"

老罗迅速溜下床，打开柜子，将父亲留下的骨牌拿了出来。

老罗的妈妈连忙说："你急什么！他不是现在要，是等家里来亲戚了借。"

老罗快速清点骨牌，三十二张牌，一张都不少。斧头也在里面，没有被动过的痕迹。

她拿起斧头牌，喃喃自语道："明明斧头被我拿走了啊……"

老罗的妈妈担忧地看着她，问道："你这是怎么了？"

老罗抓住妈妈的手，看着妈妈的眼睛，说道："妈妈，你知道我是妖怪，对吗？"

老罗的妈妈蹙眉道："孩子，你说什么呢？你怎么会是妖怪？"

老罗说："妈妈，你别瞒着我了。我都知道了。小时候你总拿我跟别人家的小孩比较，就是担心我不会长成别人家的小孩那样！对不对？你知道我爸爸跟一般人不一样，你知道他也是妖怪！对不对？"

老罗的妈妈难以置信地看着老罗，伸手摸了摸老罗的额头。

"你是不是昨晚淋了雨，烧坏了脑子？还是看到什么东西，吓得丢了魂？你要是在外面输多了钱，你也不要害怕。妈妈不会怪你的！"老罗的妈妈担忧地说。

老罗抱着妈妈大哭起来。

妈妈拍着她的后背，安抚道："哭吧，哭吧，哭出来就好了。"

老罗哭着喊："妈，小白不见了……"

妈妈小声说："哭有什么用呢，你去找找看呀。"

187.

老罗到了赵一的牌馆里，惊讶地看着齐黄坐在牌桌边上打牌。她刚进门的时候，齐黄就大喊一声："和了！"

坐他对面的牌友抱怨道："你怎么总是赢？是不是拜了什么仙家？"

齐黄用力地搓着手，笑嘻嘻道："拜什么仙家？拜黄鼠狼啊？拜了有用的话，你们不都去拜了？得多搓搓手！搓得手发热！手热了，牌就好了！"

齐黄见老罗进来，举起手大喊："老罗！听说你最近手气不错！什么时候跟我打一局啊！"

老罗咬牙道："我不是跟你打过一次吗？"

齐黄挠挠后脑勺，看了看周围的牌友，说："我们什么时候打过？"

老罗懒得理他，直接去找赵一。

赵一正在忙着泡茶。桌上放着十多个泡茶的杯子。

赵一见老罗过来了，笑说道："难得见你来一回呀！快坐！"

赵一见房间里没有多余的椅子了，扭头朝里屋喊："九饼，搬个椅子过来！"

九饼搬着一把椅子从里屋出来，放在老罗身后。

老罗蹲下来问九饼："九饼，这几天晚上是不是跑出去玩了？"

九饼说："我妈会打断我的腿！"

赵一在一旁大笑。九饼回到里屋去了。

老罗不甘心，又跟赵一说："我上次送酒坛来的时候……"

赵一笑道："你什么时候送酒坛来的？我没见到啊。"

老罗说："你不记得了吗？那个星将道人还在这里喝地上的酒……"老罗抬起手指着外面。

赵一往外面看了看，问道："星将道人？那个住在旅店的道长吗？"

老罗大喜，连连点头，说道："是的！是的！你想起来了？"

赵一说："他前几天倒是来过一趟。我还以为他要送我平安符什么的呢，他居然坐上牌桌打了一上午的牌！你要是找他，现在赶紧去。听说他今天要走。"

188.

老罗急急忙忙跑到了龙湾旅店。

旅店门口坐着老板，须发全白，旁边趴着一条老狗，皮毛全黄。

老板正在打盹。老罗叫了几声"老板"，他似乎没有听见，仍然闭着眼。那老狗倒是扭头看了老罗一眼，又趴下了。老罗跑到二楼，走到记忆中的那个房间。

星将道人正在收拾东西，听到脚步声，转过头来，看到了老罗。星将道人上下打量老罗，问道："你是……"

老罗说："你不记得我了吗？"

星将道人说："请问姑娘贵姓？"

老罗说："老罗。"

星将道人挠了挠眉毛，嘶嘶地吸气，然后说："姓老的倒是少见！"

189.

老罗失望地从龙湾街回来，经过天罡家门前的时候，被天罡喊住了。

"老罗！龙湾街打牌回来露？"天罡喊道。

老罗见天罡手里端着饭碗走了出来，饭碗里像往常一样有几块漆黑的肉。老罗知道，那是鸟雀的肉。

在门槛边上，有一个簸箕，簸箕里有许多鸟雀的羽毛。老罗有些心慌，摇头道："没……没打牌。"

天罡将筷子倒了过来，然后用筷子头夹了一块肉。老罗摆手道："不不，我不喜欢吃这个。谢谢啦。"

天罡将肉放回碗里，笑着说："你要是想吃，我让翠翠给你弄一些。"

老罗神色凛然道："不，我不是嫌你的筷子，我是真的不想吃这个。"

天罡尴尬道："好的。好的。"

老罗往前走了几步，又停住了，转过身来，看着蹲在门口吃饭的天罡。

天罡被老罗这么一看，不自在地问："怎么了？我脸上有饭粒吗？"他摸了摸脸，把手上的泥抹在了脸上。

老罗走到他面前。他拘谨地站了起来。

老罗说："天罡叔，以后你家里来了亲戚，别再叫我来打牌。"

天罡尴尬地说："好的，好的。"

老罗又说："天罡叔，我不是不想跟你打牌，也不是不想陪你亲戚打发时间。我只是不喜欢你打牌的时候碎碎叨叨，更不喜欢看到你打牌的时候紧张的样子。你要是打牌，应该放松下来。该赢的时候自然会赢，该输的时候就接受输。还有，不要想着谁瞧不起谁，或者谁高看了谁。对我老罗来说，只有合得来与合不来，没有看得起和看不起。"

天罡迷惑地看着老罗。老罗长吁一口气。

"不论你听得懂还是听不懂，我该说的都说了。"老罗说道。

天罡点头。

"对了，还有一件事情很重要。"老罗想了想，说道。

天罡问："什么事？"

老罗说："我说这些话，不是跟你妥协。我只是衷心希望你心情好一点，不要从人变成了妖怪。"

翠翠从屋里走了出来，问道："罗姐，什么是妖怪？"

天罡连忙说："你罗姐跟我开玩笑呢。"

老罗想了想，认真地跟翠翠说："怎么说呢，妖怪有太多不一样的地方了，有时候跟人一样，有时候又不一样。"

翠翠问："罗姐，你能分辨出人和妖怪吗？"

老罗摇摇头，说："人有时候会成为妖怪，妖怪有时候会成为人。很难分辨。"

翠翠问："那谁能分辨出来呢？"

老罗眼睛一亮，说："旅店老板！翠翠，谢谢你！你让我想起了一条线索！谢谢你！"

翠翠问："什么线索？"

老罗摸摸翠翠的头，说："我要去趟旅店！"

190.

老罗原路返回，直奔龙湾旅店。

旅店老板还在打盹。

老罗将老板摇醒，在他耳边大喊："老板！老板！你的书呢？"

老板醒来，抹了一下嘴角流出的涎水，问道："什么书？"他脚下的狗也醒过来，抬头看着老罗。

老罗大声道："你的《鉴妖师指南》！"

老板问道："什么南？"

老罗对着他的耳朵喊道："鉴！妖！师！指！南！"

老板想了想，举起手来，伸出食指，在自己的脑袋上点了点，说："哦，哦，那个呀。"

老罗大喜，说："对！对！就是那个！"

老板爬了起来，走向柜台。那条狗也懒洋洋地起了身，跟在后面。老罗喜不自禁。

老板在柜台下面摸索了许久。老罗听到许多钥匙碰撞发出的声音。老板拿出一大串钥匙，放在柜台上。

"钥匙都在这里了。"老板说。

老罗两眼一黑，差点倒在柜台边上。老板把"妖师"听成了"钥匙"。

老罗咬了咬嘴唇，思索了一会儿，又问："老板，你那个住客登记册呢？"

老板又在柜台下面摸索了许久，拿出一本蒙了厚厚一层灰尘的登记册来。

老罗吹了吹上面的灰尘，呛得老板和那条狗连连打喷嚏。登记册打开，老罗发现里面什么都没有写。

老罗指着空白的登记册，大声问道："老板，怎么什么都没有啊！"

老板神秘兮兮地小声说："傻孩子，不能让人发现哪！"

这时，一个声音在老罗身后响起。

"老板，还有空房吗？"

老罗听到那熟悉的声音，几乎要哭出来！

她转头一看，一个留着板寸头的男人站在那里。除了头发以外，他的容貌跟小白一模一样。他的肩膀上有一只鸟，是只黄雀。黄雀叫个不停。

"小白！"老罗激动地大声喊道。

那个男人身后又走出一个戴着墨镜的人，那人手里托着一只雄赳赳气昂昂的鸡。鸡冠红得像燃烧的火。

"小白是你叫的吗？叫白老板！"戴墨镜的人严厉地说道。

191.

这时，楼梯间那边响起了脚步声。星将道人背着行李从楼上下来了。

星将道人见了柜台前的几个人，欣喜道："哎，你们是不是三缺一？走走走！我们去赵一的牌馆里凑一桌！"

老板这次居然听清楚了，问道："你不是今天要走吗？"

戴墨镜的人一副不情愿的样子。他推了推鼻梁上的墨镜，说："跟我打牌？你是有多少钱可以输？"

星将道人放下行李，掏出一把铜钱来亮给众人看。老罗见那些铜钱竟然完整无缺。

"不多，十二枚铜钱而已。"星将道人说道。

戴墨镜的人侧头对小白模样的人说："白老板，你说他是不是在威胁我？"

小白模样的人问道："你怕吗？"

戴墨镜的人说："输赢都是天意，我怕什么？"

小白模样的人点点头，又问老罗："你不是喜欢打牌吗？能不能赏个脸，一起打一局？"

老罗愣愣地看着他。她不知道这个人到底是不是她要找的那个小白。之前发生的一切，仿佛是她一个人做的梦。梦醒过来，她记得梦里的一切，但梦里出现的人却浑然不觉。

192.

老罗记得，曾有一天晚上她做了一个梦，清晨醒来，她问小白："你能不能帮我解个梦？"

小白说："梦都是假的。"

老罗说："你出现之后，我感觉每一天都是假的，做梦一样。"

小白笑着说："过去也是假的。"

老罗问："过去也是假的？"

小白说："是啊。回不去的地方，都是假的。梦醒来，梦就没有了。过去的过去了，你也不可能回到记忆里去。它们都只存在于你的脑海里，不存在于其他地方，可不就是假的？"

老罗说："梦是没有根据的，可是过去的事情怎么会是假的？"

小白说："过去比梦还要脆弱。如果现在发生的事情跟你记忆中的完全不一样，你就会想，以前发生的那些都是真的吗？是不是我记错了？还是我做的梦？"

老罗不太相信，说："有这么脆弱吗？"

小白说："比如你刚刚出门去了龙湾街，走到半途觉得累了，在树荫下打了个盹儿，睁开眼却发现此时此刻你躺在家里的床上。你说说看，你刚刚出去没有？"

老罗想了想，说："那应该没有出去吧？我会觉得只是在床上做了一个梦。"

小白接着说："你想起床，爬起来后双脚往地上一踩，却踩空了。这一惊，你才发现自己坐在树荫下，被热气蒸出了一身汗。你说，你刚刚是躺在床上吗？"

老罗想了想，说："原来我是在树荫下做了一个梦。"

小白说："你看，过去跟做梦一样，都是假的。只有当下是真实的。"

193.

老罗懵里懵懂地跟着他们三人走到了赵一的牌馆，找了个空桌坐下。

戴墨镜的人将鸡放在腿上。牌馆里的看客挤了过来，好奇地看抱着鸡打牌的人。

赵一泡了茶过来，见了白老板和戴墨镜的人，欣喜道："今天是什么风把你们几位吹来了！"

老罗一把抓住赵一，问道："你认识他们？"

赵一笑道："老朋友了，我开牌馆以前跟他们打过几回牌，是我见过的牌打得最好的。"

赵一话音刚落，另一张牌桌那边站起来一个人。那人朗声道："牌打得最好？敢跟我打一局较量一下吗？"

老罗看去，那人正是齐黄。

这情形跟老罗记忆中齐黄找她挑战的情形太相似了。

老罗顿时变得非常紧张。她希望白老板应战，又害怕他应战。

希望他应战，老罗是想看看齐黄身上会不会钻出一只黄鼠狼，如果钻出来了黄鼠狼，那么她相信齐黄身上有仙家，那么之前经历的事情就有了根据。害怕他应战，老罗是担心打完牌之后什么事情都没有发生，那么之前经历的事情确实是个梦。

她觉得此时自己就是坐在树荫下做梦的人，她处在梦与现实的边缘地带。

白老板也站了起来，笑道："我不喜欢跟陌生人打牌。不过你要较量，我就跟你用最简单的方式较量一下。"

齐黄怔了一下，问道："最简单的方式？"

白老板点头道："化繁为简，你在你的桌上抽一张牌，我在我的桌上抽一张牌。不可以用手指触摸牌面。咱们一起亮出来，比点数大小。点数大的赢。怎么样？"

牌馆里的人立即起哄，都希望他们比一比。齐黄自信满满地说："这个好！"

齐黄和白老板同时将手伸向桌上的麻将，然后两手护住，不让别人看到他们手里摸了什么牌。

齐黄先亮出了手中的牌。"九索！"齐黄得意洋洋。

老罗心中一凉。九是麻将里最大的点数。看热闹的人赞叹不已。

戴墨镜的人拍掌道："随手就摸到点数为九的牌，运气实在太好了！"

齐黄见坐在白老板身边的朋友都称赞他，更为得意。

戴墨镜的人对白老板说："该你亮牌了。你要不是九万九索或者九饼，就输给他了！"

白老板将手中的牌亮了出来。

老罗坐得太近，只看到了他的手背，却看不到他手中的牌。

老罗便往齐黄脸上看，看到齐黄的反应，就知道结果如何了。可是齐黄眯起了眼睛，脸上没有什么反应。

齐黄犹疑道："你这牌怎么……"

白老板笑道："你不认识牌了吗？那让别人看看。"

看热闹的人却回答得乱七八糟。

"是幺鸡！"

"是二万！"

"这不是三索吗？"

"瞎说！明明是五万！"

众人争论起来，都说对方看错了。

齐黄听了，脸色煞白，眼神惊恐，顿时大汗淋漓。他将手里的麻将扔了，急忙跪在地上朝白老板磕头。

"我认输！我有眼不识泰山，求您大人不记小人过！"齐黄一边将脑门磕得咚咚响，一边求饶道。

看热闹的人都丈二和尚摸不着头脑。

"齐黄，你赢了啊！"有人说道。

"对啊，他怎么认输了？"有人问道。

白老板将手中的麻将放回桌上，对着磕头的齐黄说："打牌本为休闲怡情，切不可沉迷，不可有贪念。"

齐黄磕头道："再也不敢了！"

白老板说："那你走吧，以后不要到龙湾街来了。"

齐黄爬了起来，额头上都是血。他跟跟跄跄跑了出去，急急如丧家之犬。

老罗迷惑不已，她伸了手要去拿白老板刚放下的牌看一看。

白老板却按住了那张牌，俯下身，凑到老罗耳边小声地说："老罗，恭喜你渡劫成功，从此以后我会一直保护你。请你帮我保守这个秘密，不要让任何人知道我的存在。"

老罗撸起袖子将桌上的麻将洗乱，然后大喊道："打牌！打牌！今天不管我老罗是输是赢，都请在座的各位吃饭！"

尾声

少年终于讲完了他的故事。

阿亮认真地听完了他的故事。

阿亮问："这就完了？"

少年笑而不语。

阿亮问："但是跟我爷爷有什么关系？"

少年说："你爷爷其实也是妖怪，只是他忘记了这件事情。"

少年说完这句话，转身走进了前来悼念的人群里，消失得无影无踪。

图书在版编目（CIP）数据

小白与老罗 / 童亮著. -- 成都 ：四川文艺出版社，
2021.12
　ISBN 978-7-5411-6172-8

　Ⅰ．①小… Ⅱ．①童… Ⅲ．①长篇小说－中国－当代
Ⅳ．①I247.5

中国版本图书馆CIP数据核字(2021)第218811号

XIAOBAI YU LAOLUO

小白与老罗

童亮　著

出 品 人	张庆宁
责任编辑	邓　敏
内文设计	小　　T
封面设计	白砚川
责任校对	汪　平

出版发行　四川文艺出版社（成都市槐树街2号）
网　　址　www.scwys.com
电　　话　028-86259287（发行部）　　028-86259303（编辑部）
传　　真　028-86259306

内购地址　北京市朝阳区马哥孛罗大厦1201　　100020
印　　刷　三河市国新印装有限公司
成品尺寸　145mm×210mm　　　　　　开　　本　32开
印　　张　9　　　　　　　　　　　　字　　数　230千
版　　次　2021年12月第一版　　　　印　　次　2021年12月第一次
书　　号　ISBN 978-7-5411-6172-8
定　　价　49.00元